The Master Of Fate

천운초월자 3

이상규 판타지 장편 소설

초판 1쇄 찍은 날 § 2005년 5월 10일
초판 1쇄 펴낸 날 § 2005년 5월 20일

지은이 § 이상규
펴낸이 § 서경석

편집장 § 문혜영
편집책임 § 최하나
편집 § 장상수 · 김민정

펴낸곳 § 도서출판 청어람
등록번호 § 제1081-1-89호
등록일자 § 1999. 5. 31
어람번호 § 제1-0597호

주소 § 경기도 부천시 원미구 심곡1동 350-1 남성B/D 3F (우) 420-011
전화 § 032-656-4452 팩스 § 032-656-4453
http://www.chungeoram.com
E -mail § eoram99@chollian.net

© 이상규, 2001

값 8,000원

ISBN 89-5831-523-7 04810
ISBN 89-5505-167-0 (SET)

이상규 판타지 장편 소설

The Master Of Fate

천운초월자

天運超越者

불운과 행운 **3**

도서출판 청어람

목차

3
불운과 행운

19_장
절망 속에서

천인 고등학교 테러 비상 대책 소집반.

박상군 교장과의 마지막 5차 협상이 결렬된 후, 한 시간 동안의 장기 토론 끝에 그들은 그들 나름대로의 결론에 도달했다. 그것은 최대한 빠른 시간 안에 이번 사건을 종결 짓는 것이었다. 이를 위해 다수의 희생도 감수하기로 했다.

"……."

하지만 많은 사상자가 발생할지도 모르는 일이기에 정부 관료들의 표정은 결코 밝지 않았다. 그리고 그 생각을 대변하려는 듯이 한 고위 관료가 어두운 표정으로 입을 열었다.

"이희감 국방부장관에게 모든 죄를 덮어씌운다……."

그것은 그들이 내린 결론이었다. 그리고 그 말을 한 고위 관료는 그것이 못마땅하다는 듯한 표정으로 말했다. 하지만 그 말을 듣고 다른 관료들이 반박을 가했다.

"죄를 덮어씌우는 게 아니잖소? 국방부장관이 희생하는 거요."

"희생이든 뭐든 빨리 테러범들을 잡는 게 중요하오. 국방부장관이 일을 잘 처리한다면 아무 일도 안 나는 거고, 잘 처리하지 못하면 당연히 그에 상응하는 벌을 받아야 하는 것뿐이오."

명분은 그렇게 내세우고 있었으나 결국은 자신들의 안전을 위해 국방부장관을 이용하자는 수작이었다. 특히 그 계획을 대통령이 제일 먼저 제안했기 때문에 나머지 고위 관료들은 그 말에 따르기로 한 상태였다. 상황이 어떻게 전개되더라도 자신들에게는 그다지 큰 피해가 돌아오지 않기 때문이다.

"아무튼 이희감 국방부장관을 연결하시오."

대통령의 말에 비서가 현장에 출동, 대기해 있는 이희감 국방부장관에게 연락을 취했다. 이희감 국방부장관이 타고 다니는 군 차량의 컴퓨터를 통해 결정된 사항을 전달하기 위해서였다.

[이희감 국방부장관입니다. 무슨 일이십니까?]

박상군 교장 앞에서는 거드름을 피우던 것과는 달리 대통령과 대면하게 되자, 이희감 국방부장관의 얼굴은 많이 굳어졌다. 대통령이 자신보다 높은 직위에 있으니 당연했다. 게다가 뭔가 명령을 내리기 위해 연락했다는 것을 이희감 국방부장관도 알기 때문에 긴장하지 않을 수 없는 것이다.

"국방부장관에게 명령을 전달하겠소."

[예!]

“지금 즉시 테러범들을 진압하도록 하시오. 최대한 빠른 시간 안에 소탕해야 하오.”

[……!]

이희감 국방부장관은 이미 그것을 예상하고 있었으나 막상 그런 말을 들으니 걱정스런 마음이 들었다. 테러범들을 진압할 경우 최소 수십 명의 사상자는 각오해야 하기 때문이다. 그렇지만 국군 통수권을 가지고 있는 대통령의 명령이기에 이희감 국방부장관은 그 명령에 따를 수밖에 없었다.

“알겠습니다. 최대한 빠른 시간 안에 일을 마무리 짓도록 하겠습니다.”

결코 쉽지 않은 일임에도 불구하고 이희감 국방부장관은 호언장담을 했다. 정부 관료들이 자신을 이용하려 한다는 것을 뻔히 알고 있었으나, 상관의 명령에 절대 복종이 군대의 규율이기 때문에 따라야만 하는 것이다.

[국방부장관만 믿겠소.]

그 말을 끝으로 대통령과의 대면은 종료되었다. 매우 어려운 명령만을 던지고 사라진 대통령의 잔상을 좇듯이 이희감 국방부장관은 컴퓨터의 모니터를 한동안 쳐다보았다. 그리고는 특공대에게 무전 연락으로 명령을 내렸다.

“입수한 정보를 바탕으로 5분 후에 학교 안으로 들어간다! 그리고 테러범들을 전멸시킨다! 다수의 희생자가 생기더라도 테러범들의 사살 및 체포를 우선 시 한다!”

　　　　　*　　　　　　*　　　　　　*

털썩―

차가운 방송실의 바닥 위로 한 소녀가 쓰러졌다. 아름다운 은발을
지닌 3학년 여학생. 그녀는 다름 아닌 채소은이었다. 임사환이 유정운
을 쏘았을 때 채소은이 유정운의 앞을 막았기 때문에 유정운 대신 그
녀가 총에 맞아버리게 된 것이다.

'소은 선배……!'

자신의 바로 앞에서 쓰러져 있는 채소은의 은발을 내려다보며 유정
운은 머리 속이 새하얘짐을 느꼈다. 하지만 유정운과 마찬가지로 다른
사람들 역시 경악해 하고 있었다.

'소은아……!'

채소은과 가장 절친한 친구 사이인 임배희는 자신의 친구가 차가운
방송실 바닥에 쓰러져 일어날 줄을 모르자 입을 손으로 가린 채 아무
런 말도 하지 못했다.

'엇……!'

반면 총을 쏴서 결과적으로 채소은을 맞히게 된 임사환 선생도 놀라
는 표정을 지었다. 자신의 의도와는 다른 결과가 나왔기 때문에 한동
안 아무런 행동도 취하지 못하는 것이다. 따라서 빨리 남은 총탄으로
유정운을 쏴 죽여야 한다는 행동을 하지 못했다. 그것은 뜻밖의 상황
에 당황한 박상군 교장 일당들도 마찬가지였다.

"하아…… 하아……"

총탄이 박힌 곳은 오른쪽 어깨 부근이었으나 최신 화학총의 우수한

화학 작용으로 인해 채소은의 적혈구는 빠르게 소멸해 가고 있었다. 그렇기 때문에 채소은은 숨을 쉬는 것이 점차 힘들어져만 갔다.

털썩—

유정운은 주저앉듯이 채소은 옆에 무릎을 꿇었다. 그러나 무릎만을 꿇었을 뿐 채소은을 안아 일으키지 않았다. 아니, 그렇게 하지 못했다. 아무런 생각조차 들지 않았기 때문에 그 어떤 행동도 취할 수 없었던 것이다.

"저…… 정…… 운…… 아……."

숨조차 제대로 쉴 수 없는 채소은은 온 힘을 다해 입을 열었다. 그리고 유정운을 향해 손을 들고자 했다. 그렇지만 이미 초점이 흐트러진 채소은으로서는 유정운이 정확히 어디에 있는지 알 수가 없었다.

"아…… 아……."

점차 사라져 가는 의식 속에서 채소은은 유정운이 있다고 생각하는 쪽으로 손을 뻗었다. 그러나 힘이 제대로 들어가지 않아 손을 드는 것조차 힘들었고, 그 방향조차 틀렸다. 그녀의 초점이 흐려진 눈과 산소 부족으로 창백해진 손은 유정운의 옆을 가리키고 있었던 것이다.

슥—

잘못된 방향으로 손을 뻗으려 하는 채소은의 손을 유정운은 두 손으로 감싸 쥐었다. 그러자 채소은의 얼굴에서 미묘하나마 미소가 떠올랐다. 얼굴 근육이 제대로 움직여지지 않고 있었지만 유정운은 그녀가 미소를 짓고 있다는 것을 바로 알아차렸다.

"아아……."

뭔가를 말하고자 채소은은 입술을 움직였다. 하지만 미소조차 지을 수 없는 상태에서 말을 한다는 것은 불가능했다. 그래서 그녀의 입에서 흘러나오는 말은 의미가 불분명할 수밖에 없었다.

"큭……!"

채소은뿐만 아니라 유정운 역시 채소은에게 그 어떤 말도 하지 못했다. 채소은보다 말하기 훨씬 편한 위치의 자신이 먼저 말을 해야 하지만 목이 메여서 아무런 음성도 낼 수가 없었던 것이다. 그저 창백해진 채소은의 손을 꽉 쥐어주는 일밖에 하지 못했다. 그리고 서서히 사라져 가는 초점과 창백해져 가는 피부를 보며 유정운의 뇌리에는 채소은과의 추억이 스쳐 지나갔다.

「마법 연구부 마마에 들어온 거 축하해.」

「무슨 아르바이트해?」

「수고했어. 피곤할 테니까 내가 잠깐 동안만 쉼터가 돼줄게. 괜찮지?」

「그거 SF지? 마침 보고 싶었던 건데 볼까?」

「정운이는 어때? 재미있어?」

「아무튼 나, 내일 학교 나올 거야.」

「마음에 들어서 다행이야.」

철컥—

그때 채소은만 내려다보고 있던 유정운의 귓가에 매우 귀에 거슬리는 금속성이 들렸다. 그것은 멍하게 정신을 놓고 있던 임사환 선생이 유정운을 쏘기 위해 총을 그에게 겨눌 때 나는 소리였다. 그 소리는 유정운에게 채소은이 왜 이렇게 쓰러져 있어야 하는지, 왜 자신의 앞에서 죽어가야만 하는지에 대한 의문을 말끔히 씻어주었다.

"으아아아—!!"

임사환 선생을 노려보는 유정운의 입으로부터 일갈이 터져 나왔다. 그것은 사랑하는 사람을 자신에게서 영원히 뺏어가려는 자에 대한 분노였다. 그 분노를 정면으로 맞닥뜨린 임사환 선생은 알 수 없는 공포를 느꼈다. 그 공포로부터 탈출하기 위해 임사환 선생은 검지 손가락을 방아쇠에다 걸었다. 그리고 있는 힘껏 방아쇠를 당기고자 했다. 그러나 그 순간,

"……!"

방송실, 아니, 천인 고등학교 안에 있는 모든 사람들은 이상한 경험을 하게 되었다. 그것은 원자가띠에서 안정적으로 돌고 있어야 할 마나전자들이 전부 전도띠로 들뜨게 된 경험이었다. 그러한 경험이 마법을 배운 모든 이들에게서 동시 다발적으로 일어난 것이다.

우우웅—

엄청나게 많은 마나전자가 한꺼번에 들뜨게 되자 소리굽쇠가 진동하는 듯한 음향이 일어나기 시작했다. 하지만 상황은 거기에서 끝나지 않았다. 대량의 들뜬 마나전자가 일제히 박상군 교장 일당에게 터널링해 버렸던 것이다.

"헉!"

총을 쏘려고 했던 임사환 선생은 거칠게 헛바람을 들이마셨다. 유정운에게서 넘어온 마나전자가 사라지기도 전에 또 다른 대량의 마나전자가 들어왔기 때문에 숨 막힐 듯한 질식감을 느끼게 된 것이다. 사실 아무리 자신의 전도띠가 마나전자로 꽉 채워져도 심한 질식감

을 느낄 뿐 그 외에는 아무런 피해가 없어야 정상이었다. 그런데 대량의 마나전자가 전도띠를 가득 채우고 이론적으로는 마나전자끼리의 반발력 때문에 더 이상 들어올 빈 공간이 없음에도 불구하고, 마치 고체의 분자처럼 전도띠의 모든 공간이 마나전자로 가득 들어차 버리자 상황은 완전히 달라졌다. 승객이 잔뜩 탄 버스 안에 껴 있는 것처럼 말로는 설명할 수 없는 질식감이 임사환 선생의 몸을 덮친 것이다.

털썩— 털썩—

아직 밴드 수가 그리 높지 않은 박상군 교장 일당의 부하들은 그 질식감을 견디지 못하고 쓰러져 버렸다. 그래서 남아 있는 사람은 5밴드 이상인 박상군 교장과 임사환 선생 둘뿐이었다. 그렇지만 그것도 곧 한계에 다다랐다.

"말도…… 안 돼……!"

그 말을 끝으로 임사환 선생은 차가운 방송실 바닥에 쓰러졌다. 그리고 그와 동시에 박상군 교장 역시 더 이상 버티지 못하고 쓰러져 버렸다. 밴드 수 자체는 임사환 선생보다 높은 6밴드이지만 나이로 인한 정신력의 약화 때문에 임사환 선생과 동시에 쓰러져 버리게 된 것이었다.

쨍강— 파팡—

그때 느닷없이 방송실의 운동장 쪽 창문이 일제히 깨져 나갔다. 그 깨진 유리창을 통해 연막탄이 날아와 희뿌연 연기를 발생시켰다. 이희감 국방부장관의 명령을 받은 특공대들이 테러 진압에 나선 것이다.

“꺄악!”

“으윽!”

갑자기 발생한 연기 때문에 방송실 안에 있던 여선생과 남선생들이 비명을 질렀다. 아무것도 보이지 않으니 겁이 난 것이었다. 하지만 특수 적외선 안경을 써서 어느 정도 사물의 식별이 가능한 특공대 요원들은 무기를 든 인질범들을 잡기 위해 총을 들었다.

“……?”

유명운이라는 사람에게서 입수한 정보에 의하면 적어도 방송실에는 일고여덟 명의 인질범들이 포진되어 있어야 했다. 그런데 특공대 요원들의 적외선 레이더에는 맨손인 인질들만이 보일 뿐 무기를 든 인질범들의 모습은 보이지 않고 있었다. 그것은 특공대 요원들에게 잘못된 정보를 입수해서 큰 낭패를 본 게 아닌가 하는 걱정을 하게 만들었다.

“연막 제거탄을 터뜨려!”

특공대 대장의 명령이 떨어지자 대원들이 일제히 연막 제거탄을 터뜨렸다. 그러자 방송실을 가득 메웠던 흰 연기가 빠른 속도로 사라져 갔다. 그렇게 시야가 확 트이자 특공대 요원들은 특수 적외선 안경을 벗고 좀 더 정확한 상황 파악에 주력했다.

“……!”

특공대 요원들은 눈을 크게 부릅떴다. 방송실 바닥에 여러 명의 사람들이 쓰러져 있었기 때문이다. 하지만 그 쓰러진 사람들 손에 무기가 들린 것을 보고 이내 그들이 인질범이라는 사실을 알아차리게 되었다.

“어서 작전대로 나머지 놈들을 잡아!”

왜 박상군 교장 일당이 쓰러져 있는지는 알 수 없었지만 일단 애초에 계획했던 방송실 점거는 성공했다고 볼 수 있었기 때문에 특공대 대장은 대원들에게 다음 명령을 내렸다. 그러자 특공대 요원들은 신속한 몸놀림으로 각 교실로 침입해 들어갔다.

평! 퍼펑!

각 교실에서 연막탄이 터지는 소리와 함께 일련의 총소리가 들려왔다. 그리고 연달아 박상군 교장 부하들의 신음 소리가 터져 나왔다. 아무런 예상도 하지 못하고 느닷없이 맞이한 상황이었기 때문에 박상군 교장의 부하들은 제대로 대응을 하지 못했던 것이다.

"유정운!"

특공대 요원들이 각 교실에 침입하여 박상군 교장의 잔당들을 처리했을 때 깨진 창문을 통해서 유명운이 날아들었다. 현재 재현할 수 있는 사람이 손에 꼽을 정도라는 비행 마법으로 3층의 높이를 가볍게 뛰어넘은 것이었다. 그러나 유명운 자신은 운동장에 몰려 있던 사람들이 감탄사를 연발하든 말든 깨진 창문을 통해 방송실 안으로 들어가 유정운의 모습을 찾았다.

"……!"

유명운은 별로 어렵지 않게 유정운을 찾아내었다. 유정운이 인질이었던 선생들 앞에 떡하니 무릎을 꿇고 앉아 있으니 찾기가 수월했던 것이다. 하지만 유명운은 유정운의 모습을 보고 결코 안심했다는 표정을 얼굴에 떠올릴 수가 없었다. 그것은 유정운의 뺨을 따라 흐르는 눈물을 보았기 때문이다.

'저 녀석이 울어……?'

아버지와 어머니가 죽었을 때에도 눈물은커녕 슬픈 표정조차 짓지 않았던 유정운이 울고 있자 유명운은 심상치 않은 느낌을 받았다. 그래서 유정운 앞에 쓰러져 있는 여학생을 쳐다보았다. 한눈에 보기에도 여학생의 상태는 위험했다. 이미 동공은 풀려 있고, 피부는 죽은 사람처럼 창백했기 때문이다.

"어떻게 된 거야?"

유명운이 다가가 유정운에게 물어보았지만 유정운은 그저 채소은의 손만을 움켜쥔 채 멍하니 무릎을 꿇고 있을 뿐이었다. 그래서 유명운으로서는 주위를 둘러봄으로써 현 상황에 대한 정보를 얻고자 했다.

"……!"

바닥에 떨어져 있는 최신 화학총과 채소은의 오른쪽 어깨에 나 있는 자그마한 구멍을 확인하자마자 유명운은 경악을 금치 못했다. 만약 자신의 상황 판단이 올바른 것이라면 채소은이 살아날 가능성은 극히 희박했기 때문이다.

"뭐 하는 거냐, 이 멍청아!"

"……!"

갑작스러운 유명운의 호통 소리에 유정운은 정신을 차리고 그를 쳐다보았다. 하지만 그렇다고 무엇인가를 행동에 옮기지는 않았다. 유정운으로서는 지금 이 상태에서 무엇을 어떻게 해야 할지 알 수 없었기 때문이다.

"가만있으면 알아서 될 것 같냐?! 빨리 병원으로 옮겨!!"

유명운은 유정운에게 그렇게 호통을 치고는 자신이 직접 채소은을 안아 들었다. 아무래도 힘없는 유정운보다는 자신이 직접 옮기는 게 시간을 단축하는 데 용이하기 때문이다. 그렇게 유명운은 채소은을 안고 창밖으로 몸을 날렸다. 물론 그냥 뛰어내리면 온전치 못할 높이였지만 비행 마법을 가동시킨 유명운은 아주 안전하게 땅 위에 착지했다. 반면 유정운은 유명운처럼 자유자재로 마법을 사용하지 못하기 때문에 1층까지 직접 뛰어가야 했다.

"상황 종료. 테러범 전원 사망. 중상으로 보이는 인질 한 명 확인."

지금까지의 상황을 지켜보던 특공대 대장은 무전기를 통해 상관에게 보고를 했다. 그리고 유명운이 채소은을 데려가는 모습을 보고 마지막으로 덧붙였다.

"중상자는 현재 병원 후송 중. 이상."

그렇게 보고를 마친 특공대 대장은 대원들이 사람들을 진정시키며 밖으로 이동시키는 것을 확인하고 나서 널브러져 있는 인질범들을 둘러보았다. 비록 겉으로는 아무런 이상이 없었지만 그들이 모두 죽어 있다는 것을 특공대 대장은 어렵지 않게 알아냈다.

'대체…… 어떻게 이 많은 녀석들이 한꺼번에 죽은 거지? 누가? 무슨 수로?'

상황을 알지 못하는 그로서는 인질범들의 사인을 알 수가 없었다. 그래서 인질범들이 모두 소탕되었음에도 불구하고 눈살을 찌푸렸다. 일단 인질범 소탕은 완료되었으나 그 다음으로 중요한 사건 전말을 알 수 있는 방법이 그들의 죽음과 동시에 사라져 버렸기 때문이다.

"골치 아프게 됐군."

특공대 대장은 그렇게 중얼거리며 무전기로 후속 부대를 불렀다. 그리고는 대원들과 함께 사람들을 진정시키며 상황 수습에 나섰다.

                    *   *   *

2074년 4월 16일 월요일 오전 10시.

"……."

유정운은 말없이 채소은을 내려다보았다. 그녀는 병원 침대 위에 곤히 잠들어 있었다. 하지만 산소 호흡기와 링거에 의지한 채 누워 있는 채소은의 얼굴은 너무나 창백했다. 그녀의 얼굴만큼이나 유정운의 마음도 차갑게 얼어붙고 있었다.

"일단 목숨은 부지하고 있지만…… 생막으로 적혈구를 둘러싼 것뿐이기 때문에 어떻게 될지는 아직 알 수 없어."

유정운의 옆에 서 있던 유명운이 그를 보며 말을 이었다.

"생막이 EDC(Erythrocyte—destroyer Chemicals:적혈구 파괴 물질)에 얼마나 견딜 수 있는지 아직 실험해 본 적은 없으니까. 하지만 이론적으로는 반영구적으로 견딜 수 있지. 중요한 것은 EDC 제거 물질이 발명되어야 한다는 점. 안 그러면 이 애는 평생 이렇게 살아야 할 테니까."

"……."

형의 설명을 듣는지 마는지 유정운의 표정에는 변화가 없었다. 이미 유정운은 채소은이 어떻게 이런 상태가 되었는지 유명운과 함께 옆에서 지켜본 상태라 굳이 설명을 듣지 않아도 되었다. 채소은의 몸속에 있는 EDC의 활동을 억제하기 위해 병원에 도착하자마자 채소은을 급속 냉각시키고, 그 사이에 특별히 만들어진 생막을 그녀의 혈관 속에 투입했다. 생막으로 EDC를 억제한다는 것은 유명운이 그 당시 급히 생각해 낸 것이었기 때문에 EDC 억제 생막은 애초에 존재하지 않았다. 하지만 유명운은 생막 연구원들과 함께 지난 이틀 동안 골머리를 싸매면서 EDC 억제 생막을 개발했고, 그 어떤 임상 실험도 거치지 않은 채 곧바로 실전에 사용해 버렸다.

"……너무 걱정하지 마라. 내가 어떻게든 EDC 제거 물질을 만들어 낼 테니까."

유명운은 유정운을 보며 위로의 말을 던졌으나 유정운은 무반응으로 일관했다. 그것이 유명운을 불안하게 만들었다.

'이 녀석…… 이러다가 자살이라도 하는 거 아니야?'

입장을 바꿔서 남궁소진이 화학총에 맞아 목숨이 위험한 상태라면, 자신도 그렇게 할지도 모른다는 생각을 유명운은 하고 있었다. 물론 그전에 어떻게든 남궁소진을 살리기 위해 별의별 짓을 다할 테지만.

위잉—

그때 병실 자동문이 부드럽게 열리며 한 중년 부부가 병실 안으로 들어왔다. 적당한 체격을 지닌 중년 남자는 부드러운 인상을 가지고 있었고, 그보다 체격이 조금 작은 중년 부인은 나이에 걸맞지 않은 아름다움을 소유하고 있었다. 그들이 병실을 찾아온 이유는 다름 아닌 채소은 때문이었다.

"딸아이 상태는 어떻습니까?"

중년 남자가 유명운을 바라보며 물었고, 유명운은 미소를 띠며 답했다.

"괜찮습니다. 이제 치료제만 개발되면 됩니다."

"네……."

웃고 있는 유명운과는 달리 중년 부부의 표정은 결코 밝지 않았다. 그들은 의료계 쪽에 대해 잘 모르고 있었지만, 최신 화학총의 치료제가 없다는 것쯤은 알고 있었기 때문이다. 물론 두 사람은 과학계에서 유명운의 지명도를 알지 못했다.

"정운아, 가자."

"……."

채소은의 부모님이 온 관계로 유명운은 유정운을 데리고 병실 밖으로 나갔다. 유정운은 여전히 무표정한 얼굴로 채소은의 창백한 얼굴을 바라보다 유명운에게 이끌려 나올 수밖에 없었다. 그리고 그런 그의 표정은 집에 도착할 때까지도 계속되었다.

"오늘은 학교 안 갈 거지?"

"……."

"……알았다. 그럼 집에서 쉬고 있어."

"……."

유명운이 아무리 말을 걸어와도 유정운은 묵묵부답으로 일관했다. 그리고 집 안으로 들어가자마자 자기 방으로 들어가서 문을 잠가 버렸다. 그 모습을 보며 유명운은 걱정을 하지 않을래야 않을 수 없었다.

'이런…… 이거 아주 중증인데…….'

《명운 씨, 저예요. 전화받아요. 명운 씨, 저예요. 전화받아요.》

그때 유명운의 핸드폰에서 남궁소진의 목소리로 녹음한 벨소리가 울려 퍼졌다. 그가 남궁소진의 전화번호에 설정한 벨소리가 그것이었기 때문에 지금 울리는 전화는 남궁소진에게서 오는 것이었다. 만약 다른 전화번호였다면 지금과는 다른 벨소리가 울렸을 것이다.

"아, 나야. 강의 끝난 거야?"

《네, 끝났어요. 강의만 없다면 같이 갔을 텐데……. 그나저나 정운이는 지금 어때요?》

"글쎄…… 생각보다 상태가 심한 것 같아서 걱정이야."

《좋아하는 사람이 그렇게 됐으니 그럴 만도 하죠.》

유명운을 통해서 유정운과 채소은의 관계를 대충 들은 남궁소진은 걱정스러운 어조로 말을 이었다.

《정운이가 이상한 생각 하지 않도록 명운 씨가 잘 얘기해 봐요. 동생이니까 정운이가 지금 어떤 생각을 하고 있는지 대충 알 거 아니에요. 저도 도와주고 싶지만 지금 정운이 옆에 있는 건 명운 씨니까 믿을 사람은 명운 씨밖에 없어요.》

"응……. 알았어. 내가 얘기해 볼게."

《네. 그럼 명운 씨만 믿을게요. 나중에 봐요.》

"그래."

탁—

전화를 끊은 유명운은 유정운의 방문을 바라보았다. 그리고 한차례의 심호흡을 실시했다. 그렇게 한 뒤에 유명운은 잠겨 있는 방문을 열쇠로 따고 유정운의 방에 무단으로 침입했다.

"……."

"……."

유명운이 들어왔음에도 유정운은 방 한쪽 구석에 쪼그려 앉은 채 눈길조차 주지 않았다. 풀려 있는 그의 눈은 마치 생명이 다한 것처럼 생기가 없었다. 그리고 그런 그의 모습과도 비슷하게 창문에 쳐져 있는 커튼과 꺼져 있는 전등은 방 안의 분위기를 너무나 어둡게 만들고 있었다. 그리고 유정운이 매일 켜서 사용하던 컴퓨터는 시커먼 얼굴을 드러내고 있고, 노트북은 그 두꺼운 입을 닫고 있어 방 안에는 살아서 움직이는 것이라고는 없는 것처럼 보였다.

"후우……."

너무나 답답한 분위기에 유명운은 일단 숨을 크게 내쉬었다. 그리고 나서 유정운의 앞에 털썩 앉아 그의 눈을 쳐다보았다. 하지만 유정운은 고개조차 들지 않고 방바닥만을 뚫어져라 쳐다만 보고 있었다. 아니, 좀 더 정확히 말하자면 쳐다보는 게 아니라 눈을 그냥 방바닥에 고정시켜 놓은 것이었다. 이미 유정운의 눈은 무엇을 본다고 할 정도로 말할 만한 수준이 아니었기 때문이다.

"이거 완전 폐인이구만."

"……."

유정운은 유명운의 말에도 아무런 반응을 하지 않았다. 어떻게든 유정운의 반응을 끌어내고자 유명운은 노력했다.

"소은이는 아직 안 죽었다. 치료제만 개발되면 살 수 있다고."

"……."

"넌 내 실력을 못 믿는 거냐?"

"……."

"소은이를 지켜주지 못해서 자책하는 거냐?"

"……!"

그 말에 유정운의 눈이 약간 흔들렸다. 그것은 유정운이 유명운의 말을 듣고 있다는 것을 나타내는 것이었다. 그래서 유명운은 약간 안도하면서 자신이 하고 싶은 말을 주저리주저리 읊었다.

"전에 말했었지? 우울증 환자의 자살율이 높은 건 회복되는 시점이라고."

"……."

"그걸 끈으로 설명했던 거 기억나냐?"

"……."

최초의 반응 이후에는 더 이상의 이렇다 할 반응이 없었지만 유명운은 그것에 대해 신경 쓰지 않고 얘기를 이어나갔다.

"우울증이라는 건 연결된 끈을 통해서 흘러 들어오는 에너지를 감당하지 못해서 생기는 병이야. 물론 그 끈을 끊어버리면 일은 해결되지만 자신의 힘으로는 그 끈을 끊지 못해서 에너지가 흘러들어 오는 걸 내버려둘 수밖에 없는데, 그 때문에 우울증이 생기지. 그래서 끈을 끊는 대신에 아예 행동을 멈추어서 다른 끈으로부터 들어오는 에너지를 최소화시키는 것이 바로 우울증 환자들의 행동이고. 일단 움직이지 않으면 그만큼 외부로부터 받는 에너지가 줄어드니까."

"……."

"하지만 에너지가 유입되는 끈을 끊지 못했기 때문에 시간이 흐르면 흐를수록 에너지는 축적되게 돼. 그렇게 되면 쌓인 에너지 때문에 움직이지 않을 수 없게 되지. 그게 바로 우울증이 호전되는 시기야. 그리고 그 시기에 우울증 환자는 두 가지 중에 하나를 선택하게 되지. 다른 활동을 통해 에너지를 방출할 것인가, 아니면 자신에게 연결된 끈을 모두 끊기 위해 죽음을 택할 것인가."

"……."

"네가 그 시점에서 어떤 길을 선택할지 난 모른다. 하지만 네 실수로 누군가를 지켜주지 못했다면, 그 실수를 한 원인이 무엇인지 생각해 봐. 원인을 찾고 나서 그 원인을 없애는 쪽으로 갈 것인가, 원인 따윈 생각 안 하고 그냥 죽어버릴 건가 깊이 생각해 보고."

"……."

평소의 말버릇대로 유명운은 약간 빈정대는 투로 말했다. 사실 유명운으로서는 왜 유정운이 이렇게 괴로워하고 있는지 확실하게는 알지 못했다. 단지 테러 진압 직후 쓰러진 채소은의 손을 잡고 눈물을 흘렸던 유정운의 모습, 쇼크사로 죽어버린 박상군 교장 일당들, 그리고 테러범들이 죽기 직전에 자신의 마나전자가 들떠서 어딘가로 터널링되어 버렸다는 선생들과 학생들의 진술 등을 바탕으로 유명운은 나름대로의 추측을 하고 있었다.

'사건 당일 첫 희생자로 지목된 유정운이 마법을 쓰려고 했으나 실패하여 채소은이 대신 총을 맞게 되었고, 그것에 격분한 유정운이 다른 사람들의 마나전자를 들뜨게 하여 인질범들에게 터널링시켰고, 그 결과 인질범들은 사망하게 되었다.'

하지만 그것은 어디까지나 유명운 혼자만의 추측이었다. 이런 추측을 경찰에 말한다면 미친 녀석 소리 듣기 딱 좋았다. 일어날 확률이 적은 마나전자 터널링을 이용해서 사람을 쇼크사시킨다는 건 마법 좀 한다는 사람들도 동의하지 못하는 사항이기 때문이다. 그러나 '악운의 연속이라면 어느 순간 행운이 한꺼번에 터진다'라고 생각하는 유명운이었기에 자신의 생각을 충분히 가능한 것이라고 생각했다. 특히 유정운의 악운이 매우 극악이라는 것을 유명운도 알고 있었기 때문에 자신의 추측이 더욱 옳다는 생각을 하게 하였다.

"웃차."

할 말을 마친 유명운은 자리를 털고 일어났다. 유정운은 여전히 방바닥만을 내려다본 채 미동도 하지 않았다. 그런 동생의 모습을 바라보며 유명운은 마지막 한마디를 던졌다.

"네 길은 네가 선택하는 거지만, 모두를 슬프게 하는 선택은 하지 않았으면 좋겠다."

탁—

유명운이 문을 닫고 나갈 때까지 유정운은 아무런 반응을 보이지 않았다. 그리고 유명운이 나간 후에도 유정운은 방 한구석에 쪼그리고 앉아 있을 뿐이었다.

"휴우……."

유명운은 고개를 설레설레 저으며 한숨을 내쉬었다. 자신의 말을 유정운이 어떻게 받아들였을지는 알 수 없었지만 일단 믿음을 가져 보기로 했다. 적어도 자신의 동생이라면 의미없는 행동을 하지는 않을 것이라는 확신이 있었기 때문이다.

탁—

유명운은 집을 나서면서 집에 있는 불을 모두 켜놓았고, 날카로운 면을 가지고 있는 도구란 도구는 모조리 안 보이는 곳에 치워놓았다. 혹시라도 유정운이 날카로운 도구를 보고 엉뚱한 마음을 먹을지도 모른다는 가정에서였다. 그리고 TV는 코미디 프로를 틀어놓았다. 일단 즐거운 마음을 가지도록 만들기 위해서였다. 만약 오늘 강의가 없었다면 유정운의 상태를 하루 종일 볼 생각이었으나 사회인인 그로서는 자기 마음대로 할 수 없는 것이 너무나 많았다.

《와하하.》

유명운이 나가자 집에서 들리는 소리는 TV 코미디 프로에서 나오는 웃음소리뿐이었다. 그러나 아무도 없는 듯한 집 안에 울리는 웃음소리는 너무나 공허해서 오히려 묘한 이질감만을 가져다주었다.

스륵—

그때 열리지 않을 것 같던 유정운의 방문이 천천히 열리며 유정운이 모습을 드러내었다. 그는 여전히 초점없는 눈으로 거실과 부엌을 찬찬히 훑어보았다. 그리고는 이내 냉장고 쪽으로 걸어가 물컵에 물을 따랐다.

쪼르르—

물컵의 크기가 그다지 크지 않았기 때문에 물은 금방 찼다. 하지만 유정운의 손은 물통의 기울기를 변화시키지 않은 관계로 물컵은 자신의 용량을 견디지 못하고 물을 밖으로 흘려보내고야 말았다.

주륵—

자신의 왼손을 적시는 물을 아무 생각 없이 바라보던 유정운은 물통을 내려놓고 물컵을 입가에 가져갔다. 그리고는 아직 열려 있는 냉장고의 냉기를 느끼며 물을 천천히 마시기 시작했다.

주륵—

물컵에 든 물의 양이 많아서 유정운은 어린아이처럼 옆으로 물을 흘렸다. 차가운 물이 입에서 목으로, 목에서 가슴으로 들어가자 왠지 섬

뜩한 기분이 들었다. 그 섬뜩한 기분은 유정운에게 잊고 싶은 기억을 떠올리게 만들었다.

「저…… 정…… 운…… 아…….」

"크윽!"
쨍강—

물컵은 방바닥에 부딪치며 외마디 비명을 내질렀고, 유정운은 머리를 감싸 안고 제자리에 주저앉았다. 그리고는 하염없이 자책하기 시작했다.

'나 때문이다……. 내가 그때 마법만 제대로 썼더라면 소은 선배가 그렇게 되지는 않았을 거다……. 모든 건 내가 다 머저리 같기 때문이다……!'

무릎을 적시는 물의 차가움을 느끼며 유정운은 입술을 깨물었다. 마음속으로는 울고 싶었지만 눈물이 나오지 않았다. 그의 메마른 가슴에서는 분노라는 감정만이 솟아 나올 뿐이었다.

'내가 마법만 제대로 썼더라면……!'

자신에 대한 분노가 유정운의 머리를 가득 메웠다. 중요한 순간에 실수를 하여 소중한 사람을 죽음 직전까지, 아니, 실질적으로 죽게 만든 자신을 증오하게 된 것이다. 그리고 그것은 유정운에게 죽음이라는 단어를 떠올리게 했다.

'난 살아 있을 가치가 없다…….'

그런 생각이 들자 유정운은 고개를 들고 뭔가 흉기가 될 만한 것을 찾았다. 하지만 유명운이 흉기란 흉기는 전부 숨겨 버렸기 때문에 유정운의 눈에는 흉기가 들어오지 않았다. 물론 제대로 찾아보면 유정운의 방 안에는 충분히 흉기가 될 만한 물건들이 많이 있었지만, 아직 정말 죽기로 결심한 것이 아니었기 때문에 유정운은 눈에 보이는 물건만 찾고 있었다.

「모두를 슬프게 하는 선택은 하지 않았으면 좋겠다.」

그때 갑자기 그 말이 유정운의 머리 속에 맴돌았다. 그것은 끈에 대해 한참 설명하고 나서 방 밖으로 나갈 때 유명운이 했던 마지막 말이었다.

"……"

여전히 쏟아진 물 위에 무릎을 꿇은 채로 유정운은 잠시 행동을 멈추었다. 머리 속에서 여러 가지 생각이 떠올라 그의 머리를 어지럽혔기 때문이다. 하지만 그러한 머리 속의 혼란은 시간이 지남에 따라 점차 가라앉기 시작했다.

'그래…… 이대로 죽으면 도망치는 것일 뿐이다.'

평범한 것이었지만 일단 하나의 결론에 도달하자 머리 속이 맑게 개어졌다.

'터널링으로 소은 선배를 위험에 빠뜨렸다면 난 그 터널링을 지배한다. 마법을 완벽히 제어하는 것이 혼수 상태가 된 소은 선배에 대한 보상이다. 여기서 죽는 건 너무 편하다. 베란다 밖으로 뛰어내려도 쉽게 죽는다. 하지만 마법을 제어한다는 것은 어렵다. 죽는 것보다 훨씬 어

렵다.'

생각을 전개하면 전개해 나갈수록 유정운의 눈빛은 점차 살아났다.

'쉬운 일보다는 어려운 일을 해야 한다. 나 자신을 혹사시켜서 뭔가를 이룩해 내야만 내 실수를 만회할 수 있다. 그리고 소은 선배 역시 그것을 바랄 것이다.'

머리 속의 혼란을 완전히 정리한 유정운은 천천히 몸을 일으켰다. 지금까지 흐리멍텅했던 그의 눈은 어느새 날카롭게 빛나고 있었다. 얼음장처럼 싸늘한 표정으로 눈을 빛내는 유정운의 모습은 옆에 있는 사람을 두렵게 할 정도였다.

＊　　　＊　　　＊

"후우……."

유명운은 손에 핸드폰을 든 채 한숨만 내쉬었다. 그 모습을 옆에서 지켜보던 남궁소진이 걱정스러운 어조로 입을 열었다.

"지금 정운이는 어쩌고 있을까요?"

"글쎄…… 녀석 성격이 워낙 삐딱해서 위험한데……."

"전화해 보면 되잖아요?"

"아니, 녀석이 먼저 전화하지 않는 이상 이쪽에서 전화를 해봤자 소용없어."

핸드폰을 쥔 손에 힘이 들어갔다. 남궁소진의 말처럼 전화를 해보고 싶다는 마음이 굴뚝같은 유명운이었으나 전화를 해도 유정운이 받지 않을 거라는 생각에 차마 전화를 하지 못했다. 그러나 남궁소진은 유명운의 생각과는 달랐다.

"정운이가 전화를 안 받아도 상관없어요. 중요한 건 정운이에게 지금 정운이를 필요로 하는 사람들이 있다는 사실을 알려주는 거라구요. 전화를 한다는 건 그런 뜻이 아니겠어요?"

"……!"

남궁소진의 말에 유명운은 흠칫하는 표정을 지었다. 자신으로서는 전혀 생각지도 못한 것을 남궁소진이 생각했기 때문이다. 그리고 더 중요한 것은 유명운 스스로도 그녀의 생각이 맞을지도 모른다는 생각을 하게 만들었다는 점이다.

"그래…… 사람은 혼자 놔두면 이상한 생각을 하게 되니까 정신없이 만들어주는 것도 좋은 방법이겠군. 난 원래 정운이 녀석에게 생각할 시간을 주려고 했었는데…… 오히려 생각할 시간이 없을 만큼 바쁘게 만들어주는 게 좋을지도……."

그렇게 결심한 유명운은 즉시 유정운에게 전화를 하려고 했다. 그러나 그보다 한 발 먼저 핸드폰이 먼저 울음을 터뜨렸다.

《메롱, 메롱. 전화왔어요. 메롱, 메롱. 전화왔어요.》

"……!"

핸드폰에서 울리는 벨소리를 듣고 유명운은 경악을 금치 못했다. 그 벨소리는 유정운의 전화번호로 설정해 놓은 것이기 때문이다. 그 소리는 지금 전화를 한 사람이 유정운이라는 얘기였다.

탁—

"여보세요?"

유명운은 약간 떨리는 목소리로 전화를 받았다. 그러자 송화기에서 약간 딱딱한 유정운의 목소리가 들려왔다.

《형, 집에 먹을 게 없는데 올 때 먹을 거나 사와. 배고파 뒤지겠다.》

"……!"

평소와 다름없는 유정운의 말투를 듣자 유명운은 놀람을 금할 수가 없었다. 폐인이 되어버린 지 얼마 되지도 않아 바로 정상인처럼 말하는 유정운을 쉽게 이해할 수 없었던 것이다. 하지만 마음속으로는 그런 정상적인 유정운이 반갑기도 했다. 그래서 자기도 모르게 평소에 하던 것처럼 말을 했다.

"그래? 그냥 시켜 먹지 그러냐?"

《어라? 그런 방법이 있었군.》

달칵— 뚜우— 뚜우—

시켜 먹으라는 말을 듣자마자 유정운은 전화를 끊어버렸다. 그래서 유명운은 피식 하고 실소를 터뜨렸다. 그 모습을 보고 남궁소진이 의아한 듯이 물었다.

"아까 정운이한테서 전화 온 거 아니에요?"

"어, 맞아."

"정운이 괜찮아요?"

"응, 괜찮은 것 같애."

실실 웃고 있는 유명운을 보면서 남궁소진은 마음속으로 안도했다. 유명운이 웃을 정도라면 유정운에 대해서 크게 걱정하지 않아도 된다는 뜻이었기 때문이다.

"자, 그럼 우리도 식사나 하러 갈까?"

"아…… 네."

　유명운과 남궁소진은 사이좋게 팔짱을 끼고 캠퍼스 정문 밖으로 나
갔다. 그것은 아까까지만 해도 걱정 어린 표정으로 다니던 모습과는
완전히 반대였다. 누가 보면 저 사람이 무슨 걱정을 했었나 싶을 정도
였던 것이다.

20장
새로운 결심

ⅡⅩ 새로운 결심

웅성웅성—

수업 시간이 가까워짐에 따라 1학년 28반 학생들이 꾸역꾸역 모습을 나타내기 시작했다. 그리고 그들은 이런 저런 불만을 터뜨렸다. 지난주 토요일에 엄청난 테러 사건을 겪었음에도 불구하고 정규 수업은 거의 그대로 하고 있었기 때문이다.

"테러도 일어나고 테러범들까지 죽었는데 왜 수업을 하냐고."

"임시 휴교라도 할 것이지."

학생들은 학교 측을 욕하면서 떠들었다. 목숨이 위험할 뻔했던 테러 사건을 겪은 지 이제 3일밖에 지나지 않았지만 그들은 이미 그때의 공포를 잊은 상태였다. 목숨이 위험할 정도의 중상을 입은 것은 채소은 뿐이고 그 외의 사람들은 다치지도 않았으니, 심지어는 정말 그 테러 사건이 위험했었는지조차도 의심하고 있었다.

"오늘 정운이 안 온다에 10,000원."

"난 온다에 건다."

"나도 온다."

"난 안 온다."

이상규를 주축으로 한 몇 명의 남학생들이 모여서 내기를 걸고 있었다. 그것은 어제 학교를 무단결석했던 유정운이 과연 오늘 올 것인지 안 올 것인지에 관한 것이었다. 특히 다른 애들은 테러범들에 의해 전부 교실에 갇혀 있었을 때, 유정운 혼자만 교실 안에 없었기 때문에 아이들의 관심의 대상이 되어버린 상태였다.

"저게 친구냐?"

"하여간 꼭 저런 놈들이 있다니까."

박호준과 서동민은 이상규 일당을 지칭하면서 고개를 절레절레 흔들었다. 아직 두 사람은 유정운이 결석을 한 이유를 정확히 모르고 있었지만 혼수상태가 된 채소은과 관계가 있을 것이라는 생각을 어렴풋이 하고 있었다.

"야, 빨리 돈 내놔. 어차피 정운이는 안 오니까……!"

이상규는 마치 유정운의 결석이 당연한 것처럼 말을 하면서 내기를 걸었던 남학생들에게 돈을 받으려고 했다. 그렇지만 바로 그 순간 교실의 뒷문이 조용히 열리면서 어제 무단결석을 했던 유정운이 불쑥 모습을 드러내었다.

"컥!"

유정운의 모습이 보이자마자 이상규는 숨넘어가는 듯한 소리를 냈다. 비록 빵 두 개 값밖에 안 되는 만 원이었지만, 가지고 있지도 않은 돈으로 내기를 했는데 그걸 지불해야 하는 상황이 되었기 때문이다. 그래서 이상규는 즉시 유정운에게 달려들어 그의 등을 떠밀었다.

"넌 오면 안 돼. 그러니까 집에서 그냥 편히 쉬고 있어……!"

"……?"

갑작스런 이상규의 행동에 유정운은 잠시 멍한 표정을 지었다. 그렇지만 이상규는 평소에도 이상한 짓을 자주 하기 때문에 별 신경 쓰지 않고 박호준이 앉아 있는 자리로 향했다. 박호준은 돈 없이 내기를 걸었다는 사실을 알고 남학생들에게 끌려가서 맞고 있는 이상규를 잠깐 쳐다보다가 유정운에게 말을 걸었다.

"괜찮냐?"

"어."

"……."

말로는 괜찮다고 하고 있었지만 유정운이 풍기는 분위기는 결코 괜찮아 보이지 않았다. 다가가면 베어버릴 듯한 날카로운 분위기가 유정운의 전신을 감싸 돌고 있었기 때문이다. 예전의 그 흐리멍텅한 분위기에 익숙해져 있던 박호준과 서동민에게는 낯선 느낌이었던 것이다.

'왠지 어제 왜 결석했는지 물어봐서는 안 될 것 같다…….'

그런 느낌 때문에 박호준과 서동민은 유정운이 결석한 이유를 묻지 않았다. 대신 유정운이 학교에 올 경우 교무실로 오라는 전애리 선생의 말을 전했다.

"너 오면 선생님이 교무실로 오라고 했으니까 가봐."

"어…… 알았어."

모처럼 자리에 앉았던 유정운은 박호준의 말에 다시 자리를 털고 일어났다. 그리고 남학생들에게 숨겨둔 돈이 있나 없나 몸수색을 당하고 있는 이상규의 곁을 지나쳐 교실 밖으로 나갔다.

"……."

교실 밖으로 나오자 교실 반대편에 있는 방송실의 모습이 유정운의 눈에 들어왔다. 3일 전에 있었던 테러 사건을 전혀 느낄 수 없을 정도로 모든 것이 완벽하게 복구되어 있었다. 사실 망가진 물건이 창문 외에는 없었으니 복구랍시고 할 것도 없었다. 단지 방송실 컴퓨터를 모두 압수당했다는 것이 예전과 달라진 점이었다.

저벅저벅—

뭔가 가슴이 저려오려는 순간 유정운은 즉시 발을 내딛어 4층 교무실로 향했다. 3일 전에 과연 테러 사건이 있었던가 의심하게 만들 정도로 복도에서 활기차게 뛰어노는 학생들의 곁을 지나쳐, 그와는 반대로 너무나 조용한 교무실 안으로 들어갔다.

"안녕하세요."

교무실에 들어가자마자 유정운은 전애리 선생에게로 가 인사를 했다. 교장이 없는 학교의 업무를 통괄하느라 바쁜 전애리 선생은 유정운이 인사를 하고 나서야 비로소 그가 학교에 왔다는 것을 알게 되었다.

"아, 정운이구나."

비록 유정운이 학교를 빠진 건 월요일 하루뿐이었지만 그것이 테러 사건 직후였다는 것 때문에 전애리 선생으로서는 유정운이 걱정되지 않을 수 없었다. 특히 채소은이 유정운을 감싸려다 혼수상태가 되었다는 것이 가장 마음에 걸렸다. 그 둘이 구체적으로 어떤 사이인지 전애리 선생은 모르고 있었지만, 자기 때문에 다른 사람이 희생됐다는 죄책감을 유정운이 가지고 있는 것은 아닌지 걱정되었던 것이다.

"감기는 다 나았니?"

유정운이 학교를 빠져서 집에 연락을 했을 때, 유명운에게서 유정운이 몸살감기에 걸렸다는 말을 들어서 전애리 선생은 일단 유정운의 건강 상태를 물었다. 물론 유정운은 유명운이 그런 얘기를 했다는 사실조차 모르고 있었으나 별로 당황하지 않고 대답했다.

"예, 나았어요."

"그래, 다행이구나."

전애리 선생은 유정운이 전보다 더 차가워진 것 같은 인상을 받았지만 그걸 일종의 큰 사건을 겪은 뒤의 후유증이라고 생각했기 때문에 그다지 신경 쓰지 않았다. 이유야 어찌 되었든 유정운이 학교에 나왔다는 사실이 전애리 선생에게는 중요했다.

"그럼 돌아가서 수업 준비 하렴. 아, 그리고 호준이 좀 불러주겠니?"

"예."

대답을 한 유정운은 전애리 선생에게 가볍게 인사를 하고 교무실을 나섰다. 나가기 전에 전애리 선생을 한 번 보니 그녀는 이마에 손을 대고 인상을 찌푸리고 있었다. 박상군 교장이 죽은 뒤로 아직 새로운 교장 선생이 부임하지 않은데다가, 박상군 교장 선생과 대담하게 얘기를 했다는 점 때문에 학교의 중요한 업무를 교감과 더불어 전애리 선생이 맡게 된 것이었다. 그래서 담임으로서 학생들을 지도하는 것보다는 학교의 행정을 바로잡는 일이 그녀에게는 더 시급한 사항이었다.

웅성웅성―

"……?"

교실로 돌아온 유정운은 이상규를 주축으로 한 네 명의 내기꾼이 자신을 뚫어져라 쳐다보는 것을 보았다. 하지만 그들이 쳐다보는 이유를 몰랐기 때문에 유정운으로서는 별반 다른 행동을 할 수 없었다. 그러자 이상규 옆에 있던 남학생들이 입을 열었다.

"거봐, 안 혼났잖아. 그러니까 빨리 만 원 내놔."

"아까 것까지 합쳐서 2만 원이다."

"빌려서라도 당장 2만 원 만들어."

세 남학생은 이상규에게 돈을 요구했다. 방금 전에 유정운이 전애리 선생에게 결석한 것 때문에 혼날 것인가, 혼나지 않을 것인가를 놓고 자기들끼리 내기를 했는데 이상규를 뺀 다른 세 남학생은 '혼나지 않을 것이다' 쪽에 걸었던 것이다. 따라서 혼자 '혼날 것이다' 쪽에 돈을 건 이상규는 아까 전에 틀렸던 것까지 합해 2만원을 헌납해야 하는 상황이었다.

"아냐! 정운이는 원래 표정에 변화가 없어서 표정만 가지고는 몰라. 분명 혼났다니까. 그렇지? 그치?"

어떻게든 이번 내기를 자신의 승리로 만들기 위해 이상규는 애처로운 눈으로 유정운을 바라보며 재차 물어왔다. 그래야 수중에 없는 돈으로 내기를 걸었던 상황이 무마되기 때문이다. 하지만 유정운은 매우 무표정한 얼굴로 입을 열었다.

“안 혼났어.”

그리고는 한 치의 망설임도 없이 이상규의 곁을 지나쳤다. 그래서 이상규는 일순간 몽둥이로 머리를 후려 맞은 것처럼 멍한 표정을 지었지만, 곧이어 내기를 했던 남학생들에게 끌려가서 괴롭힘을 당했다. 하지만 유정운은 그런 이상규를 무시하고 박호준에게 가서 전애리 선생의 말을 전했다.

“선생님이 오라는데.”

“나? 아, 알았어.”

박호준은 반장인 17번 유정운 대신 전애리 선생의 학교 일을 돕기로 했기 때문에 고개를 끄덕이며 자리에서 일어섰다. 반장은 전애리 선생 대신 학급의 일을 처리하는 것이고, 자신은 전애리 선생을 돕는 것이다. 물론 그 제안은 박호준 스스로가 전애리 선생에게 했고, 전애리 선생도 동의한 사항이었다.

“그럼 나 갔다 온다.”

자리에서 일어선 박호준은 빠른 발걸음으로 교실을 나섰다. 나기는 도중에 이상규에게 돈 좀 꿔달라는 협박 비슷한 요청을 받았으나 싸그리 무시해 버렸다. 많은 업무에 시달리고 있을 전애리 선생을 생각하니 한시도 지체할 수 없었던 것이다.

스륵—

서둘러 교무실까지 뛰어갔던 박호준은 조용히 문을 열며 교무실 안으로 들어갔다. 그리고 즉시 전애리 선생의 자리로 향했다. 하지만 전애리 선생은 피곤한 나머지 책상 위에 엎드려 졸고 있었다. 안경을 벗어 손에 쥔 것으로 봐서는 잠깐 휴식을 취한답시고 엎드린 것 같았는데, 그녀의 얼굴 표정은 완전히 꿈나라로 간 상태였다.

'잠자는 모습도 예뻐.'

박호준은 뭐가 그리 좋은지 싱글싱글 웃으면서 전애리 선생의 잠자는 얼굴을 쳐다보았다. 평소에는 항상 지적인 분위기를 연출하는 전애리 선생이었으나 자는 모습은 여느 사람들과 똑같았다. 물론 침을 흘리며 자는 건 아니었고, 귀여운 얼굴로 잠이 든 아기 같은 인상을 주고 있었다.

'깨우기는 싫지만……'

박호준으로서는 계속 전애리 선생의 잠자는 얼굴을 보고 싶었으나 장소도 그렇고 상황도 그렇기 때문에 큰맘 먹고 깨우기로 했다.

"선생님, 선생님."

"으응……."

박호준이 살짝 흔들면서 깨우자 전애리 선생은 코맹맹이 소리를 내며 간신히 눈을 떴다. 하지만 교무실에서 졸았다는 것을 깨닫고 황급히 손에 쥔 안경을 쓰며 어색한 미소를 지었다.

"아, 잠깐 쉰다는 게 그대로 자버렸네."

어색하게 웃는 전애리 선생의 얼굴에서 피로감이 엿보였다. 만약 전애리 선생이 학교 수업의 차질없는 진행을 위해서 3일 동안 고군분투하지 않았다면 최소 일주일 정도는 임시 휴교가 되었을지도 몰랐다. 그러면 중간고사가 뒤로 미뤄지고 모든 학교 일정이 엉망이 되기 십상이었다. 그래서 전애리 선생은 다른 선생들이 테러 사건의 충격을 핑계로 학교 업무를 소홀히 하는 것에도 불구하고 혼자서 거의 모든 학교 업무를 처리했던 것이다.

"피로가 쌓여서 그런 거예요."

박호준은 약간 굳어진 얼굴로 말했다. 자신이 좋아하는 사람이 혼자서 고생하고 있으니 기분이 좋을 리가 없는 것이다. 그래서 말투가 조금 딱딱해졌다.

"많은 학교 일을 선생님 혼자 하고 계시잖아요. 게다가 선생님은 여자구요. 다른 사람들과 같이해야 하는데 혼자 하려다 보니까 피로를 이길 수가 없는 거죠."

"아……!"

박호준의 말에 전애리 선생은 곤란한 표정을 지었다. 박호준이 일을 전부 전애리 선생에게 맡겨 버린 다른 선생들을 탓하고 있었기 때문이다. 특히 테러 사건 이후로 교무실이 매우 조용해져서 박호준의 목소리는 교무실 안에 있는 선생들의 귀에 잘 들어오고 있었다. 그래서 전애리 선생은 즉시 박호준의 말을 막고자 했다.

"혼자 하는 게 아니야. 다른 선생님들도 열심히……."

"그래 봐야 원래 맡은 일만 하고 계시잖아요. 선생님만 담임에다 교장 역할까지 하고 계시구요."

박호준은 과감하게 전애리 선생의 말을 끊었다. 전애리 선생이 어떻게 생각하든지 일단 자신의 생각을 말하고 싶었기 때문이다. 그래서 전애리 선생의 입장이 난처해졌다.

"이, 이건 내가 하겠다고 해서 하는 거고……. 게다가 학교 업무를 해본 선생님들도 별로 없어서……."

"선생님도 학교 업무는 처음 해보시는 거잖아요."

"그건……."

이번에도 박호준은 전애리 선생의 말에 제동을 걸었다. 계속되는 박호준의 비판에 전애리 선생은 점차 당혹감을 느끼고 있었다. 학교의 정상적인 운영을 위해서 발 벗고 나선 것은 자신의 의지였는데, 박호준이 그걸 다른 선생들의 탓으로 돌리고 있었기 때문이다.

"난 내가 하겠다고 한 거니까……!"

"알아요. 하지만 선생님 혼자서 하는 것보다는 여럿이서 하는 게 더 효율적이잖아요. 모르는 건 서로 도와가면서 말이에요."

"……."

박호준의 말이 틀린 것은 아니었기에 전애리 선생으로서는 뭐라고 반박할 수가 없었다. 그래서 그저 화제를 돌리는 것으로 위기를 타개했다.

"아무튼 편집실 가서 이 전자서류를 여기에 복사해 주겠니?"

전애리 선생은 그렇게 말하며 전자서류 두 권을 박호준에게 건네주었다. 전자서류를 받아 든 박호준은 더 이상의 비판은 하지 않고 조용히 교무실을 빠져나갔다. 자신의 말이 전애리 선생의 입장을 곤란하게 만들었다는 것을 알고 있었기 때문에 한발 물러선 것이다.

"휴우……."

일단 박호준이 조용히 물러가자 전애리 선생은 안도의 숨을 내쉬었다. 그러나 그녀로서는 그 후가 문제였다. 박호준의 비판 때문에 다른 선생들이 화를 낼지도 모르는 것이다. 그런데 의외로 선생들의 반응은 그녀의 예상을 빗나갔다.

"커피나 하나 타다 드릴까요?"

"뭐 맡길 일 있으면 맡기라구, 전 선생."

　지금까지 전애리 선생의 학교 업무에는 신경도 안 쓰던 선생들이 스스로 도움을 자청하고 나섰다. 사실 전애리 선생이 혼자서 힘들게 학교 정상화에 힘쓰는 모습을 보면서 도와주고픈 마음은 있었지만, 괜히 나서기도 그렇고 귀찮을 것 같기도 해서 여태껏 가만히 있었다. 그런데 박호준의 말로 인해 더 이상 지켜보기만 하는 것이 여의치 않아졌기 때문에 도와주려는 것이었다.

　"아…… 고마워요."

　갑자기 뒤바뀐 선생들의 태도를 보면서 전애리 선생은 비웃기보다는 환한 미소를 지었다. 사실 몸의 컨디션 문제도 그렇고, 어쨌든 다른 사람의 도움이 필요한 상태였기 때문이다.

　'호준이한테 고맙다고 해야겠네…….'

　그렇게 생각하면서 전애리 선생은 다시 학교 업무에 들어갔다.

　저벅저벅—

　수업이 모두 끝나자 유정운은 게임하러 가자는 박호준의 유혹을 뿌리치고 곧장 8층 물리실A로 향했다. 그렇지만 마법 연구부실로 향하는 유정운의 발걸음이 가벼운 것은 아니었다. 거침없이 내딛는 발걸음 속에 무거움이 포함되어 있었던 것이다.

　"……!"

　물리실A 문 앞에서 유정운은 막 안으로 들어가려는 임배희와 마주쳤다. 임배희를 보자마자 순간적으로 피하고 싶은 마음이 들었지만 그런 마음을 억누르면서 유정운은 임배희에게 인사를 했다.

　"안녕하세요."

“아…… 안녕.”

한동안 유정운이 학교에 나오지 않을 것이라 생각했던 임배희는 3일 만에 돌아온 유정운의 모습에 조금 놀라고 있었다. 하지만 그것을 겉으로 나타내지는 않았다.

“어서 들어와.”

평상시와 다름없는 얼굴을 해 보이며 임배희는 유정운을 데리고 물리실A 안으로 들어갔다. 하지만 안에 있던 정태환과 다른 마마 부원들은 유정운을 보고 평상시와 다름없는 얼굴을 하지 않았다.

“너……!”

유정운의 얼굴을 보자마자 정태환의 얼굴 표정은 일그러졌다. 테러 사건 당시 자신은 친구들과 함께 실컷 놀고 있었지만, 임배희를 추궁한 결과 유정운 때문에 채소은이 혼수상태가 되었다는 사실을 알고 있었다. 거기에다 평소에도 유정운을 마음에 들어하지 않았으니 더 더욱 얼굴 표정이 일그러질 수밖에 없었던 것이다. 하지만 유정운은 일그러진 정태환의 얼굴을 보고서도 태연히 인사를 했다.

“안녕하세요.”

“…….”

정태환의 얼굴에 경련이 일어났다. 그리고 그 경련은 곧 행동으로 드러났다.

“안녕은 뭐가 안녕이야?!”

덥석―

정태환은 유정운의 멱살을 거머쥐었다. 원래 정석대로라면 그 다음으로는 주먹이 나가야 했다. 하지만 정태환은 정석보다는 변칙을 사용했다.

쿵—

유정운의 멱살을 잡은 채로 정태환은 그를 벽에 던지듯이 밀었다. 등으로부터 약간의 통증이 전해지기도 전에 정태환의 비난이 유정운의 귀에 꽂혔다.

“너 때문에 소은이가 그렇게 됐다고! 알아?!”

“……”

거칠게 밀어붙이는 정태환을 보면서도 유정운의 표정에는 아무런 변화가 없었다. 이곳에 올 때부터 이런 사태를 예상하고 있었기 때문에 나올 수 있는 행동이었다. 그리고 물론 그 다음에 일어날 상황도 알고 있었다.

“그만 해!”

“그만 하세요!”

가까이 있던 마마 부원들이 정태환을 뜯어말리며 그를 유정운과 떨어뜨려 놓았다. 하지만 정태환의 비난은 그칠 줄을 몰랐다.

“무슨 낯짝으로 왔냐?! 당장 나가!”

“……”

정태환의 기세는 그야말로 살기등등했지만 유정운은 그 어떠한 감정 표현도 하지 않았다. 그러한 유정운의 모습은 정태환의 기분을 더욱 긁어버리는 효과를 초래했고, 정태환의 행동을 한층 더 과격하게 만들 수 있었다. 하지만 그전에 임배희의 견제가 들어왔다.

“말 함부로 하지 마!”

“……”

임배희가 싸늘한 얼굴을 하고 싸늘한 어조로 입을 열자 정태환은 잠시 행동을 멈추었다. 그렇지만 이내 자신이 하고자 하는 말을 거침없이 내뱉었다.

"저런 녀석 때문에 소은이가 그렇게 됐어. 당연히 이곳에 올 자격이 없다고. 그래서 내쫓겠다는데 내가 잘못했어?"

"정운이 때문에 소은이가 그렇게 된 게 아니야. 그건 어쩔 수 없는 일이었다구. 정운이 역시 괴롭다는 걸 왜 몰라?"

임배희는 정태환과 맞서면서 유정운을 옹호했다. 물론 그녀는 유정운이 마법을 쓰려다가 실패하고, 그 때문에 임사환 선생이 총을 쐈으며 그걸 채소은이 대신 맞았다는 사실을 모르고 있었다. 그저 유정운이 그들을 화나게 해서 그들이 총을 쏜 것이라고 생각할 뿐이었다. 아무튼 채소은이 유정운을 감싸려다 총에 맞은 것은 분명한 사실이었기 때문에 임배희는 유정운의 기분을 충분히 예상할 수 있었던 것이다.

"저 녀석만 괴로운 줄 알아? 저 녀석이 소은이를 불러내서 이렇게 돼버렸는데 화 안 내게 생겼어?! 저런 녀석은 여기 있을 자격도 없다고!"

임배희가 유정운을 감싸려고 했지만 정태환은 비난을 멈추지 않았다. 특히 아무런 표정도 짓지 않고 있는 유정운의 얼굴을 볼 때마다 더욱 화를 내었다. 물론 다른 부원들 역시 정태환과 마찬가지로 유정운을 좋게 보고 있지는 않았지만, 그렇다고 그들이 전부 유정운을 나쁘게 생각하는 것은 아니었다.

"그만 하세요."

“싸운다고 소은이가 낫는 것도 아니잖아.”

마마 부원 중 2학년 여학생과 3학년 여학생이 과민 반응을 보이는 정태환을 말렸다. 그녀들로서는 특별히 유정운을 미워할 이유가 없었다. 유정운이 말을 잘 안 하고 붙임성이 없어서 말을 거는 것 자체가 약간 부담스럽다는 점이 안 좋을 뿐이지 그 외에는 유정운에 대해서 그리 불만이 없었던 것이다. 특히나 처음에는 이른바 3마마의 기세에 눌려 6번인의 자리로 밀려나면서 사교성이 좋은 정태환과 같이 놀게 되었으나, 시간이 흐를수록 정태환의 능글거리는 태도가 눈에 거슬려서 최근에는 오히려 3마마와 같이 어울리고 있었다. 하지만 정태환을 위시한 2학년 남학생과 3학년 남학생은 여자들에게 둘러싸인 유정운을 매우 못마땅하게 여겼다.

“1학년 주제에 3학년을 불러낸 것부터가 잘못됐다고.”

“벌을 받던가, 아니면 제 발로 순순히 나가던가.”

정태환을 지지하는 남학생 두 명은 모두 유정운을 내쫓아내고자 했다. 그에 반해서 임배희를 주축으로 한 여학생들은 유정운을 나가지 못하게 하고자 했다. 그렇게 여섯 명이 유정운의 처리를 놓고 경합을 벌이는 가운데 당사자인 유정운은 무표정한 얼굴로 결론을 기다렸고, 남은 2학년 남학생 한 명은 멍한 표정으로 구경만 하고 있었다.

“유정운의 탈퇴를 요구한다!”

정태환은 지겨운 말싸움을 끝내려는 듯이 강경한 자세로 나왔다. 그러나 임배희도 지지 않고 맞섰다.

“네 맘대로 부원 강제 탈퇴는 안 돼. 정 탈퇴를 시키려면 부원들의 의사를 물어보라구."

"홍! 좋아, 그렇게 한다!"

임배희의 말이 끝나기 무섭게 정태환은 마마 부원들을 쳐다보았다. 그리고 살벌한 눈을 한 채로 부원들을 향해 입을 열었다.

"유정운의 탈퇴를 거부할 사람은 손 들어."

슥—

정태환의 말이 끝나자 임배희를 주축으로 한 여학생들이 살짝 손을 들었다. 그리고 정태환을 지지하는 남학생 두 명은 손을 들지 않았다. 당사자인 유정운은 참가 권리가 없으므로 제외, 따라서 남은 사람은 멍한 표정으로 구경만 하던 2학년 남학생뿐이었다.

"……."

이름이 조동표(趙動表)인 2학년 남학생은 예전에 채소은이 가장 강한 마법이 뭐냐고 물었을 때 다른 사람들은 불꽃계다 바람계 마법이다라는 식의 대답을 했는데, 혼자서 전부 강하다고 헛소리를 했던 녀석이었다. 아무튼 조동표는 자신을 노려보고 있는 두 무리의 사람들을 보고 잔뜩 움츠러들 수밖에 없었다. 어떤 대답을 하더라도 두 쪽 중에서 어느 한쪽은 미움을 받을 수밖에 없는 입장이었기 때문이다.

"넌 어디야? 확실히 해."

조동표가 손을 들까 말까 고민하고 있자 정태환이 날카롭게 쳐다보면서 빠른 결정을 요구했다. 잘못하면 정태환에게 맞을 것 같아서 조동표는 반쯤 들었던 손을 슬며시 내리려고 했다. 하지만 정태환의 뒤에서 무표정하지만 지그시 노려보고 있는 임배희를 보고서는 손을 들지 않을 수도 없었다.

“에……..”

이러지도 저러지도 못하는 상황에서 조동표는 잠시 뜸을 들였다. 다른 마마 부원 남학생들과는 다르게 그에게는 유정운에 대한 적개심이 거의 없었다. 그것은 조동표가 채소은이나 마마 부원 여학생들에게 별로 관심이 없었기 때문이라고도 할 수 있었다. 게다가 정태환보다는 유정운이 훨씬 부 활동을 열심히 한다고 생각했다.

슥—

어느 정도 자신의 생각을 정리한 조동표는 그대로 손을 높이 들었다. 그 순간 다른 남자 부원들이 조동표를 향해 싸늘한 시선을 보냈으나 그의 결심은 변하지 않았다. 그것으로 결국 유정운의 강제 탈퇴는 무산되었고, 정태환의 얼굴은 완전히 일그러지게 되었다.

“녀석이 안 나간다면 내가 나가겠어!”

정태환은 자신이 졌다는 사실에 주먹을 불끈 쥐며 물리실 밖으로 나가 버렸다. 강제 탈퇴는 부장이나 부원들의 의견이 있어야 하지만 개인의 탈퇴는 자유롭게 해놓았기 때문에 누구도 정태환의 탈퇴를 막지 않았다. 특히 여자 부원들은 정태환의 탈퇴를 바라고 있었으니 가지 말라는 말조차 할 생각도 없었다.

“나도 간다.”

“저두요.”

리더인 정태환이 나가자 그를 지지하던 두 남학생은 그의 뒤를 따랐다. 그렇게 남자 부원 세 명이 나가 버리자 남은 부원은 총 다섯 명이었다. 학교 규정에 최소 다섯 명 이상이어야만 서클을 만들 수 있고, 학교의 지원을 받을 수 있다라고 나와 있기 때문에 그들로서는 간신히

턱걸이한 셈이었다.

"다섯 명이긴 하지만 그래도 나간 사람들이 있으니까 부원 모집을 해야겠다."

임배희는 남은 부원들을 둘러보면서 차분한 어조로 입을 열었다. 그렇게 일단 임배희가 말을 꺼내자 정태환 일행으로 인해 딱딱해졌던 분위기가 많이 풀리게 되었다.

"잘했어, 잘했어."

자신들의 편이 되어 아주 큰 역할을 했던 조동표를 보며 여자 부원들이 장하다는 등의 말을 해주었다. 그러자 조동표는 머리를 긁적이며 헤벌쭉 웃었다. 남자들에게서 칭찬받는 것보다는 여자들에게서 칭찬받는 게 그로서는 기분이 좋았기 때문이다.

"배희 선배."

이번 사건의 원인이었던 유정운이 임배희에게 다가왔다. 그의 얼굴은 방금 전에 무슨 일이 있었는지조차 알 수 없을 정도로 무표정했다. 그것이 임배희의 마음을 안타깝게 했다. 채소은이 있었을 때에는 조금씩 감정 표현을 했었는데, 이제는 처음 마법 연구부에 들어왔을 때의 모습으로 되돌아갔기 때문이다.

"왜?"

마음속에서 피어오르는 안타까움을 억누르며 임배희는 평소와 같은 어조로 입을 열었다. 그러면서 혹시라도 유정운이 더 이상 마법 연구부에 오지 않겠다는 말을 할까 봐 가슴이 조마조마했다. 정태환 일당이 나가 버린 지금 유정운마저 나가게 되면 사실상 마마의 주축이 모두 사라지게 되기 때문이다.

“마법 공부하는 데 추천할 만한 책이나 문헌 좀 알려주세요.”

“……!”

유정운이 나가겠다는 말을 하지나 않을까 걱정하던 임배희는 뜻밖의 말을 듣고 많이 놀랐다. 유정운의 말은 채소은이 있었을 때보다 더욱 마법 공부에 매진하겠다는 뜻이었기 때문이다. 그것은 임배희로서도 매우 반가운 일이기도 했다.

“응, 그래.”

우려했던 일이 일어나지 않자 임배희는 살짝 미소 지으며 안도했다. 비록 채소은이라는 거대한 뿌리가 한동안 사라지게 된 마법 연구부였지만, 자신과 유정운이 있으면 어느 정도 예전처럼 기틀을 다질 수 있으리라고 생각했던 것이다.

“음…… 일단 읽어두면 좋은 게…….”

한결 밝아진 표정으로 마법책과 문헌에 대해 이야기를 하는 임배희와는 달리 유정운은 시종일관 매우 무표정한 얼굴을 했다. 마법을 정복하겠다는 결심을 했을 때부터 다른 모든 것에는 관심을 두지 않고 있었기 때문이다. 설령 마법 연구부가 최소 인원 부족으로 해체되는 상황이 되더라도 유정운으로서는 전혀 상관하고 싶지 않을 정도인 것이다. 그것은 오직 마법에만 전념하겠다는 유정운의 의지였다.

＊　　　＊　　　＊

2074년 4월 19일 목요일.

유정운과 이상규, 서동민과 김연영, 그리고 전애리 선생은 게임 센터의 좌석에 나란히 앉아 하늘의 분노 게임 리그를 관전했다. 오늘은 2074년도 하늘의 분노 1차 리그의 8강전 경기가 있는 날인데 박호준의 경기도 끼어 있었다. 박호준은 지난주 8강 첫 번째 경기에서 1승을 따낸 상태라서 오늘 또 이기게 된다면 2승으로 거의 4강 진출을 확정 짓게 되는 상황이었다.

웅성웅성─

평소에도 시끌벅적한 게임 센터였지만 오늘은 유난히 사람들이 많이 떠들었다. 그것은 천인 고등학교 테러 사건이 있은 지 5일밖에 지나지 않은 상황에서 경기가 열렸기 때문이다. 특히 그 테러 사건을 겪었던 사람이 박호준 혼자라는 것 때문에 박호준의 팬들이 오늘 경기를 다음 주로 연기해야 한다고 강력하게 주장했던 것이다. 하지만 경기 일정상 등의 이유로 그 의견은 받아들여지지 않았다.

"요즘 호준이 연습 많이 못했던 것 같던데……."

경기석에 앉아 경기를 준비하는 박호준을 보면서 김연영이 걱정스러운 어조로 입을 열었다. 테러 사건 후에 실질적인 교장이 되어버린 전애리 선생을 돕느라 박호준에게 연습할 시간이 그렇게 많이 주어지지 않았기 때문이다.

"잘하겠지. 괜히 지난 리그 우승자겠냐."

매우 느긋한 소리를 하면서 이상규는 영화관도 아닌데 열심히 팝콘을 집어먹었다. 사실 박호준이라면 테러 사건의 후유증을 떨쳐 버리고 훌륭한 경기를 보여줄 것이라는 기대감이 있었기 때문에 박호준의 팬들도 오늘의 경기를 지켜보려는 것이었다.

"……."

옆에서 이상규가 요란한 소리를 내면서 팝콘을 먹고 있었지만, 유정운은 그와는 다른 이유로 눈살을 약간 찌푸렸다. 박호준이 과연 오늘 경기를 잘할 수 있을지 걱정되었기 때문이다. 어제 그가 초조해하는 모습을 유정운은 가끔 보았던 것이다.

《그럼 경기 시작하겠습니다!》

캐스터의 힘찬 외침과 함께 박호준의 8강 두 번째 경기가 시작되었다. 하지만 처음부터 박호준에게는 운이 따라주지 않았다. 자원을 채취하는 일꾼으로 두 선수 모두 초반 정찰을 보냈으나 상대 선수는 금방 박호준의 진영을 찾아낸 것에 반해 박호준은 제일 늦게 상대 선수의 진영을 찾았던 것이다. 게다가 그때에는 상대 선수의 공격 유닛 몇 기가 나와 있었던 상태라서 박호준의 일꾼이 상대 진영 안쪽으로 들어가려다가 공격받아 죽음으로써 박호준으로서는 상대 선수가 어떤 작전으로 경기를 할 것인지 알 수 없게 되어버렸다.

"시작이 안 좋네……."

서동민과 김연영이 이구동성으로 말을 하는 동안에도 경기는 계속 진행되었다. 초반에 상대의 전략을 파악하지 못한 박호준은 최대한 방어적으로 나갔다. 그러나 상대 선수는 그것을 노리기라도 하듯 과감하게 여기저기 멀티를 늘렸고, 점차 많은 자원을 확보하기 시작했다. 뒤늦게 상대가 여러 군데 멀티를 했다는 것을 깨달은 박호준은 수송선에 일부 병력을 실어 상대의 멀티 기지를 파괴하려 했다. 하지만 수송선이 날아가다가 상대 선수의 병력과 마주쳐서 파괴되는 불상사가 일어났다.

《너무 정직하게 날아갔어요.》

　해설자들은 박호준의 실수를 아쉬워했으나 그의 실수는 그것으로 끝나지 않았다. 상대의 멀티 기지를 파괴하지 못한 박호준은 성급한 마음에 전 병력을 이끌고 상대의 멀티 기지를 파괴하러 나갔다. 하지만 그것을 노리고 상대 선수가 소수의 병력으로 박호준의 본진으로 난입하는, 이른바 빈집털이를 감행하여 박호준의 일꾼을 다수 사냥하는 데 성공했다.

　"돌아와야지!"

　박호준의 본진이 유린당하는 것을 보고 이상규가 주먹을 불끈 쥐며 그렇게 말했다. 그것을 들었기라도 하듯 박호준은 상대의 멀티 기지를 치러 나갔던 병력을 모두 본진으로 되돌렸다. 하지만 그것을 보고 유정운은 속으로 한숨을 쉬었다.

　'끝났군.'

　그랬다. 빈집털이를 막는답시고 모든 병력을 되돌린 것이 박호준의 커다란 실수였다. 일꾼의 막심한 피해를 감수하고서라도 본진 건물에서 생산되는 병력으로 어찌어찌 빈집털이를 막으면서 자신의 병력으로는 방어가 허술했던 상대 선수의 본진을 공격해야만 했다. 하지만 본진에 난입한 상대의 소수 병력을 잡으려고 전 병력을 되돌렸기 때문에 그 시간 동안 상대 선수는 많이 모인 자원을 바탕으로 병력을 마구마구 생산해 내었다. 만약 빈집털이를 무시하고 그대로 상대 선수의 진영으로 쳐들어갔으면 상대 선수의 병력이 거의 없었고, 본진 방어도 매우 허술했으므로 충분히 상대의 본진을 밀어버릴 수가 있었던 타이밍이었다.

　《아…… 이거 박호준 선수 밀리는데요?》

캐스터의 말대로 많은 자원을 바탕으로 쏟아져 나오는 상대 선수의 병력에 박호준은 점차 밀리기 시작했다. 그리고는 이내 'Good Game'의 약자인 GG를 치면서 박호준은 자신의 패배를 인정하고 말았다. 너무 평범한 전략의 사용과 여러 가지 컨트롤 미스, 그리고 판단 미스가 패배를 부르게 된 것이었다.

웅성웅성―

박호준답지 않게 허무하게 무너진 경기를 보고 관전하던 사람들이 웅성대기 시작했다. 역시 박호준이 테러 사건의 충격에서 벗어나지 못했다고 생각하는 것이다. 그리고 실제로도 그러했다.

"……."

어두운 얼굴로 경기석에서 일어나는 박호준의 모습을 보면서 유정운은 마음 한구석에서 무거운 돌이 짓누르는 듯한 느낌을 받았다. 그것은 유정운 스스로 자신에 대해서 생각하게 해보는 계기를 갖게 해주었다.

"졌다고 너무 실망하지 마. 다음 기회가 또 있으니까."

게임 센터 내에 있는 패스트푸드점에서 전애리 선생은 침울해하는 박호준을 위로해 주었다. 하지만 박호준 스스로가 자신이 했던 플레이에 매우 불만을 가지고 있었기 때문에 너무 틀에 박힌 전애리 선생의 위로는 거의 도움이 되지 않았다. 특히 오늘 경기의 실수가 다음 경기에도 나오지 않으리라는 보장이 없다는 게 문제였다.

"연습할 시간이 부족해서 진 거니까 내 일 돕는 거 그만 하고 연습을 많이 하도록 해. 다른 선생님들도 날 많이 도와주고 계시니까."

박호준의 패배 원인이 연습량 부족이라고 생각한 전애리 선생은 박
호준에게 그렇게 말했다. 쉬는 시간이나 방과 후마다 박호준이 전애리
선생을 도왔기 때문에 그만큼 연습할 시간이 없었던 것은 사실이었다.
하지만 의외로 박호준은 고개를 가로저었다.

"선생님을 도와드리기로 한 건 제가 스스로 결정했던 거니까 지금
와서 안 하거나 하지는 않을 거예요."

"하지만……."

"너무 걱정하지 마세요."

자신이 벌려놓은 일은 자신이 끝까지 책임을 지겠다는 박호준의 태
도에 전애리 선생은 믿음직스럽다는 생각과 함께 걱정스러운 마음도
들었다. 그리고 유정운 역시 박호준이 걱정스럽긴 마찬가지였다.

"저기, 박호준 선수죠?"

그때 유정운 일행이 앉아 있는 테이블 쪽으로 세 명의 여학생이 다
가왔다. 중학생 정도 되어 보이는 그 여학생들은 박호준을 보면서 자
기들끼리 수군대고 있었다.

"예, 제가 박호준인데요."

"꺄―!"

박호준의 입에서 그렇다라는 말이 떨어지자마자 세 여학생은 호들
갑을 떨었다. 그리고는 이내 사인해 달라면서 종이와 펜을 내밀었다.
전자책과 전자펜이 나오면서 종이와 펜의 수요가 줄어들기는 했지만
아직도 종이와 펜은 널리 쓰이고 있는 상태였다.

슥슥―

박호준이 사인해 주는 광경을 서동민과 김연영, 이상규는 아주 부럽

다는 눈으로 쳐다보았다. 하지만 전애리 선생과 유정운은 사인을 해주면서 억지로 웃고 있는 박호준을 부럽다고 생각하지 않았다. 공인이라는 이름에 묶여 기분 나쁠 때에도 그것을 표현해서는 안 되는 것을 안타깝게 여길 뿐이었다.

"다음 경기 꼭 이기세요!"

사인을 받은 후 여학생들은 그렇게 말하며 자리를 떠났다. 박호준은 그녀들이 보이지 않을 때까지 미소를 지었다. 그러나 그녀들의 모습이 사라지자 이내 표정을 굳히고는 나지막이 한숨을 내쉬었다. 다음 경기를 장담할 수 없는 상태라서 더 더욱 마음이 무거워졌던 것이다.

"저기, 전 아르바이트가 있어서 먼저 가볼게요."

침울해 있는 일행의 분위기를 깨면서 서동민이 입을 열었다. 10시부터 새벽 2시까지 하는 편의점 아르바이트를 아직 하고 있었기 때문이다. 전에는 자정에서 새벽 4시까지 하는 아르바이트였지만 그때는 김연영에게 선물을 주기 위해서 필사적으로 했던 것이고, 여유로워진 지금에는 조금 편한 시간대에 하고 있었던 것이다. 아무튼 현재 시각이 9시이기 때문에 약간 서둘러야 편의점에 도착할 수 있었다. 하지만 자신의 제자가 아르바이트를 한다는 소리에 전애리 선생은 담임으로서 걱정이 되었다.

"무슨 아르바이트인데?"

"편의점 아르바이트요."

"몇 시부터 몇 시까지인데?"

"10시에서 새벽 2시까지요."

그 말을 하면서 서동민은 약간 걱정스러운 표정을 지었다. 전애리 선생이 당장 그 아르바이트 때려치우라고 하면 어쩌나 하는 생각 때문이었다. 하지만 의외로 전애리 선생은 담담했다.

"그래서 네가 항상 수업 시간에 조는구나."

"하하."

다행히 전애리 선생에게서 우려했던 말이 나오지 않자 서동민은 안도의 표정을 지으면서 어색하게 웃었다. 그러고 나서 김연영과 같이 자리에서 일어났다. 그것을 보고 전애리 선생이 의미심장한 표정으로 물었다.

"너희 둘 사귀니?"

"예? 에…… 예."

서동민은 약간 망설였지만 이내 사실임을 시인했다. 10년 전에 학생들이 초등학교 때부터 너무 일찍 성 관계를 갖는다고 사회적 이슈로 대두되었던 적도 있었으나 서동민과 김연영은 초등학생도 아니고, 그렇다고 무슨 선까지 넘은 것도 아니었기 때문에 별로 켕길 게 없었던 것이다.

"그래, 아르바이트 열심히 해."

"예, 그럼 갈게요."

웃는 얼굴의 전애리 선생을 뒤로한 채 서동민과 김연영은 나란히 패스트푸드점 밖으로 나갔다. 방금 전까지는 여학생들에게 사인을 해주던 박호준을 부러운 눈으로 쳐다보았던 이상규는 나란히 걸어가는 서동민과 김연영을 보고 더욱 부럽다는 눈을 해 보였다. 아무래도 수많은 팬들의 사랑보다는 사랑하는 사람과 함께 있는 게 더 좋기 때문이다.

띠리링—

"어?"

갑자기 자신의 핸드폰이 울리자 이상규는 어리둥절한 표정을 지었다. 오늘은 박호준의 경기를 구경한다는 일정을 잡아놨었기 때문에 이 시간에 자신에게 전화를 할 만한 사람이 없었던 것이다. 그런데 전화를 한 사람은 뜻밖에도 이상규의 어머니였다.

"여보세요?"

《이놈아! 아버지 또 술 처먹었다! 당장 집으로 와!》

천둥 소리 같은 어머니의 불호령에 이상규는 당황하는 기색을 보였다. 평소에 술만 먹으면 아들을 찾는 아버지이기 때문에 당장 집에 가지 않으면 아버지가 아들 없어졌다고 어떤 난리를 칠지 알 수가 없었다. 그래서 박호준에게 빌붙어 야참 좀 먹으려 했던 이상규는 계획을 변경해야만 했다.

"선생님, 저 먼저 가볼게요."

"응? 그래?"

가라고 해도 안 갈 것처럼 폼 잡고 있던 이상규가 제 발로 가겠다니까 전애리 선생은 약간 고개를 갸웃했다. 하지만 심각한 문제가 아닐 경우에는 자유방임으로 학생들을 지도하고자 하는 전애리 선생이었기 때문에 굳이 꼬치꼬치 캐묻지 않았다.

"조심해서 가라."

"예이~"

이상규는 장난스럽게 대답하며 서둘러 자리를 떴다. 그렇게 이상규마저 가버리자 꽉 차 있던 테이블이 일순간에 썰렁해져 버렸다. 게다

가 원래부터 말이 별로 없는 유정운에다 기분이 우울해져 있는 박호준
이니 분위기 자체가 무거워지는 것은 어쩔 도리가 없었다.

'아…… 뭔가 아무 말이라도 해야 하는데……!'

그 생각만이 전애리 선생의 머리 속을 맴돌았다. 하지만 생각만 그
럴 뿐 무슨 말을 해야 할지 갈피를 잡지 못해서 아무런 말도 할 수가
없었다. 박호준 역시 자신 때문에 분위기가 무거워졌다는 것을 알고
있었으나 딱히 꺼낼 말이 없어서 가만히 앉아 있기만 했다. 그런 전애
리 선생과 박호준을 보면서 유정운은 자신의 생각을 정리할 수 있었다.

'나만…… 나만 너무 티내고 있었다…….'

그것이 유정운의 생각이었다. 자신의 실수 때문에 채소은을 위험에
빠뜨리고 거의 폐인 상태에서 결심한 것이 마법 정복. 좀 더 정확히 말
하자면 다른 모든 것을 포기하고 오직 마법에만 전념하겠다는 것이었
다. 그래서 마법 연구부에서 정태환과의 소동이 있었을 때도 신경 쓰
지 않았고, 박호준이 게임 경기에서 지든 말든 전혀 관심을 갖지 않았
다. 그런데 오늘 박호준을 보면서 자신만이 그때의 충격을 너무 티내
고 있었다는 생각을 가지게 된 것이다.

'선생님은 교장 대신 학교 업무를 총괄하고 있고…… 호준이는 그
런 선생님을 도우면서 게임에도 신경 쓰고…… 둘 다 그때 사건 후로
훨씬 어려운 생활을 하고 있다……. 항상 선생님이 피곤해 보이는 것
도, 오늘 호준이가 게임에서 진 것도 모두 그걸 증명하고 있는 것…….
그런데도 두 사람은 그걸 거의 내색하지 않았다…….'

교장 업무를 하랴, 담임 업무를 하랴 몸이 여러 개라도 부족할 정도
로 바쁜데도 전애리 선생은 학생들에게 그런 자신의 고생을 말한 적이

없었다. 박호준 역시 게임 연습할 시간이 없다고 누구에게 불평을 한 적도, 유정운에게 같이 연습하자고 말한 적도 없었다. 유정운이 테러 사건 이후로 굉장히 괴로워했다는 것을 어느 정도 알고 있었기 때문에 감히 연습하자고 할 수 없었던 것이다.

'그에 비해서 난……'

유정운이 무슨 특별나게 자신의 괴로움을 남에게 말한 적도, 남에게 피해를 준 적도 없지만 자신도 모르는 사이에 주변 사람들에게 묘한 압박감을 주었다는 것은 부인할 수가 없었다. 물론 눈앞에서 채소은이 쓰러지는 것을 보았던 유정운이었기에 그 정도로 견뎌낸다는 것 자체 가 다행이라고도 할 수 있었으나, 주변 사람들이나 친구들에게 관심을 끊을 필요까지 있는지 의구심이 들었다.

'나만 힘든 게 아니다. 친구를 잃은 배희 선배도, 일이 많아진 선생 님도, 여러 가지를 해야 하는 호준이도 힘들다. 내가 힘들다고 친구들 을 돕지 않는 게 과연 잘하는 짓인가……. 분명 도와줄 수 있는데 안 도와주는 것이 잘하는 짓인가……'

경기를 코앞에 둔 박호준을 위해서 약간의 시간을 내어 연습 상대라 도 해주었다면 그가 그렇게 맥없이 경기에서 패배하지는 않았을지도 몰랐다. 박호준은 유정운을 위해서 배려를 해주었는데 유정운은 박호 준에게 아무런 배려도 하지 않았다. 그것이 유정운 자신을 힐책하게 만들었다.

'호준이를 도와야 한다. 아니, 돕고 싶다. 호준이가 날 도와준 만큼 나도 호준이를 도와주고 싶다.'

그렇게 결심을 새로이 한 유정운은 일단 물을 한 모금 들이켰다. 그러고 나서 박호준을 쳐다보며 입을 열었다.

"내일부터 연습할래? 전처럼 아침에 일찍 나와서."

"……!"

유정운의 말에 박호준은 놀란 표정을 지었다. 유정운이 다시 학교에 나왔을 때부터 그 말을 하고 싶었지만 너무나 어두운 유정운의 분위기 때문에 차마 하지 못했었다. 그런데 유정운이 먼저 그렇게 말해 주니 박호준으로서는 기쁘지 않을 수가 없었다.

"괜찮겠어?"

속으로는 당장 그렇게 하자라고 말하고 싶었지만 유정운의 상황이 상황인지라 박호준은 조심스럽게 물어보았다. 그러나 유정운의 결심은 변하지 않았다.

"뭐, 늘 했던 거니까 괜찮지."

그 말을 하는 유정운의 눈빛은 한 점의 흔들림도 없었다. 그것을 확인한 박호준은 정말 막혔던 가슴이 시원하게 뚫리는 듯한 기분을 느꼈다. 테러 사건이 일어나기 전의 분위기라면 박호준도 마음을 안정시키고 자기 일을 잘해 나갈 자신이 있었기 때문이다.

"그래 주면 나야 좋지!"

박호준은 싱글거리면서 아주 좋아했다. 그냥 같이 연습하자는 한 마디였을 뿐인데 매우 좋아하는 박호준을 보며 전애리 선생은 의외로 박호준이 꽤 단순하다는 것을 알게 되었다. 하지만 그것 때문에 박호준이 한심하다던가 하는 느낌은 전혀 들지 않았다.

"……!"

별생각없이 전애리 선생을 쳐다보던 유정운은 박호준을 바라보는 그녀의 눈길이 예사롭지 않음을 발견했다. 그래서 즉시 박호준을 위한 도움 주기를 시작했다.

"저도 가볼게요. 형이 일찍 오랬거든요."

"뭐?"

가뜩이나 인원이 줄었는데 거기에 유정운마저 가버린다니까 전애리 선생으로서는 아쉬움이 컸다. 가능하면 유정운을 잡아놓고 셋이서 이런 저런 얘기를 하면서 시간을 보내고 싶었던 것이다. 그렇지만 가겠다는 유정운의 의지를 막지는 못했다.

"그럼 조심해서 가."

"내일 보자."

전애리 선생과 박호준의 전송을 받으며 유정운은 유유히 패스트푸드점을 나섰다. 그러고 나서 바로 집으로 가지는 않고 게임 센터 내에 있는 PC방에 들렀다. 내일부터 박호준의 연습 상대가 되어주어야 하기 때문에 잃었던 게임 감각을 익히고자 잠시 게임이나 하고 갈 생각이었던 것이다. 한편,

"이제 호준이는 뭐 할 거니?"

썰렁해진 테이블 자리를 둘러보던 전애리 선생이 박호준의 의사를 물었다. 하지만 박호준은 오늘 있었던 경기에만 신경 쓰느라고 그 이후의 계획은 세워두지 않았기 때문에 특별히 할 것이 없는 상태였다.

"선생님은 바쁜 일 없으세요?"

"나? 아니, 오늘은 없어. 내일 가면 할 일이 쌓여 있겠지만."

그렇게 말하면서 전애리 선생은 싱긋 웃었다. 어차피 자신이 하겠다고 나선 일이었기 때문에 힘들지라도 웃을 수밖에 없었다. 그것을 알

고 있는 박호준은 그녀의 기분을 풀어주기 위해, 그리고 자신의 기분도 풀기 위해서 한 가지 제안을 했다.

"오늘 저하고 데이트 하실래요?"

"뭐?"

박호준의 말을 듣자마자 전애리 선생의 얼굴이 약간 붉어졌다. 그것은 순전히 데이트라는 말 때문이었다. 그렇지만 사제 간에 간단히 식사하고 진로 등에 대해서 얘기하는 것을 데이트라고도 볼 수 있었기 때문에 전애리 선생은 붉혔던 얼굴을 풀었다.

"음…… 그럴까?"

"예. 이 근처에 아주 좋은 데이트 코스가 있어요."

"……학생이 그런 곳도 알아?"

"팀원들이랑 여기 자주 오다 보니까 이것저것 들어서 많이 알게 됐어요."

박호준은 별로 대단한 것도 아니라는 듯이 말을 했지만 전애리 선생은 박호준이 많은 여학생들과 그 데이트 코스에서 무수한 데이트를 했을 것이라는 생각을 하고 있었다. 그러다가 이내 자신이 생각하는 것에 자신이 놀랐다.

'내가 왜 그런 걸 신경 쓰지? 이상하네……'

사실 그런 걸 생각해도 별로 문제 될 것은 없었지만 전애리 선생은 잠시 자신을 책망한 뒤에 박호준의 제안에 찬성했다.

"그래, 가자."

"예."

그렇게 서로 간의 합의로 두 사람은 공식적인 첫 데이트를 하게 되었다. 물론 박호준은 이 데이트를 기회라는 식으로 생각하지 않고 그저 자신이나 전애리 선생의 기분을 전환시키기 위한 것이라 여겼고, 전애리 선생 역시 침울해하는 박호준을 위해서라며 크게 신경을 쓰지 않기로 했다. 그러나 방금 전까지 어두웠던 두 사람의 표정이 데이트라는 명목으로 함께 있는 동안 끊임없이 미소를 머금고 있었다는 것을 두 사람 모두 알아차리지 못했다.

21장
인간 꿈틀이

ⅡXⅠ 인간 꿈틀이

땡― 땡― 땡―

모든 수업이 끝났음을 알리는 종소리가 그윽하게 울려 퍼지자 학생들은 소란을 피우며 저마다 환호의 표현을 해댔다. 천인 고등학교에 들어와 처음으로 치른 시험이라 모두 상기되어 있는 표정이었다. 하지만 유정운과 이상규의 표정에는 한 치의 흔들림도 찾아볼 수 없었다. 이미 마법 이외에는 공부를 하지 않기로 맹세한 유정운이라 다른 과목 성적이 어떻게 나오든 관계가 없었던 것이다. 그것은 마법이론과 마술학에서 100점을 받았기 때문에 나올 수 있는 일종의 자신감이었다. 비록 마법 실기 시험 때 마나전자 터널링으로 낮은 점수를 받았지만, 그래도 다른 과목들에 비해서는 마법 관련 과목이 높은 점수를 나타내었다. 그 사실 하나 만으로도 유정운은 이번 중간고사를 만족스럽게 여기고 있었던 것이다.

반면 이상규는 애초부터 중간고사 자체를 포기하고 있었기 때문에 예비 채점 점수가 바닥을 기다 못해 파고들고 있어도 걱정을 하나도 하지 않고 있었다. 그것이 이상규의 표정을 여유롭게 만드는 이유였다.

"으아~ 이번 시험 완전히 망해 버렸다!"

박호준은 자책하듯이 자신의 머리를 감싸 쥐며 고개를 연신 흔들어 대었다. 물론 유정운보다는 훨씬 좋은 성적을 거두어 반 10등을 기록했으나 자신의 직책이 부반장이고, 전애리 선생의 기대에 못 미쳤기 때문에 이번 성적에 만족하지 못한 것이었다.

"임마, 그래도 넌 4강까지 올라갔잖아."

박호준의 절규를 지켜보던 서동민이 일침을 가하듯 입을 열었다. 중간고사 시험 중에 하늘의 분노 1차 리그 8강 마지막 경기가 있었음에도 불구하고 당당히 승리를 거두어 2승 1패로 4강에 조 1위로 안착한 데다가 중간고사 역시 어느 정도 잘 보았기 때문이다. 그렇지만 그렇게 박호준을 비난하는 서동민은 김연영과 사이좋게 반 3, 4등을 나누어 차지했다.

웅성웅성—

교실 한쪽 컨에서는 반 1등이 확실시된 17번 유정운에게 몰려든 인파들로 북새통을 이루었다. 그것을 보며 이상규가 18번 유정운에게 한 가지 제안을 했다.

"정운아, 우리 꼴찌 길드라도 만들자!"

"……."

이상규의 말을 한 귀로 흘리며 유정운은 소지품을 챙겨 자리에서 일어났다. 그리고는 박호준을 보며 입을 열었다.

"난 부실로 갈게."

"어, 그래."

박호준의 말이 끝나기 무섭게 유정운은 멍청하게 서 있는 이상규의 곁을 지나 교실 문을 열고 밖으로 나갔다. 그에 따라 박호준도 컴퓨터 부실 쪽으로 발길을 돌렸고, 서기를 맡고 있는 김연영은 서동민의 호위를 받으며 학생부실로 향했다. 오직 할 일이 없는 이상규만이 어디로 갈지 몰라 갈팡질팡할 뿐이었다.

저벅저벅─

교실을 나온 유정운은 무표정한 얼굴로 8층 물리실A로 향했다. 6층을 지나 7층에 도착했을 때 중앙 계단 바로 옆에 있는 3학년 5반 교실의 문이 열리며 긴 흑발을 늘어뜨린 안경 쓴 소녀가 모습을 드러내었다.

"안녕하세요."

"아, 정운아."

유정운이 인사를 하자 임배희는 밝은 표정을 지으며 유정운 쪽으로 다가왔다. 그리고는 매우 자연스러운 어조로 입을 열었다.

"부 활동 끝나고 나서 서점에 안 갈래?"

"서점이요?"

"응. 마법책 좀 사려고."

마법책을 산다는 말에 유정운은 귀가 솔깃했다. 저번에 임배희에게서 소개받은 책은 이미 다 읽었기 때문이다. 물론 마법책이 거기서 거

기라고 할지라도 그중에서 뜻하지 않은 수확을 얻을 수 있을지도 모른
다는 생각을 유정운은 가지고 있었다.

"예, 갈게요."

유정운은 그다지 망설임없이 고개를 끄덕였다. 그러자 임배희는 엷
은 미소를 띠며 기쁨을 나타냈다. 그 모습은 임배희가 채소은의 충격
으로부터 어느 정도 벗어났다는 뜻이었다.

"그럼 내일 보자."

"네, 안녕히 계세요."

마법 연구부 활동이 끝나자 부원들은 서로 인사를 나눈 뒤 부실을
나섰다. 유정운은 임배희와 같이 남아 물품들을 정리하고 나서 그녀
와 함께 학교를 빠져나왔다. 아까 약속했던 대로 서점에 가려는 것이
다.

위이잉—

자기부상 지하철을 타고 서울에서 가장 큰 영일문고에 도착한 유정
운과 임배희는 영일문고 내부 중에서 전자책을 취급하는 전자책 코너
로 향했다. 일반 서적 코너가 많기는 하지만 찾기도 쉽고 다운받기도
쉬운 전자책으로 마법책을 구입하려는 목적이었기 때문이다.

"음……."

임배희는 거대한 스크린 앞쪽에 설치된 스크린 컨트롤러를 통해 전
자책을 검색하는 것에 열중했다. 유정운은 그런 임배희의 옆모습을 물
끄러미 바라보다가 그녀가 꽤 아름다운 몸매를 가지고 있음을 깨달았
다. 만약 임배희가 안경을 벗는다면 채소은에 견주어도 손색이 없을

정도의 미인이었던 것이다.

"배희 선배는 왜 안경을 썼어요?"

"응?"

느닷없는 유정운의 질문에 임배희는 전자책을 검색하다가 그를 쳐다보았다. 하지만 이내 유정운의 질문 의도를 파악하고는 엷은 미소를 지으며 대답했다.

"라식 수술은 각막을 깎아내는 거라 왠지 꺼려졌거든. 컴퓨터 시술로 정교하다고는 하지만 마음이 안 내켜서. 그리고 마술 치료는 돈이 많이 들잖아. 콘택트렌즈 같은 건 눈에 직접 넣는 거니까 조금 거부감이 들었고."

그녀의 말대로 컴퓨터로 제어하는 라식 수술은 오래전에 그 안정성을 인정받았다. 하지만 각막을 깎아 내리기 때문에 라식 수술을 꺼려하는 이도 있었다. 최근에는 굳어버린 수정체를 마술로써 이완시켜 시력을 되찾게 하는 마술 치료가 인기를 끌고 있었다. 마치 굳은 근육을 풀어내듯이 치료하는 것이라서 부작용이 전혀 없었던 것이다. 하지만 마술 치료가 개발된 지 얼마 되지 않아 비용이 만만치 않다는 점이 문제였다. 콘택트렌즈의 경우에는 예나 지금이나 그다지 큰 변화가 없지만 항균 처리가 되어 있어 소독을 할 필요가 거의 없다는 장점을 가지고 있었다. 또 외관상 아무런 변화가 없기 때문에 가난하지만 외모를 중시하는 사람들이 이용하는 시력 보조품이었다. 반면 안경은 외모에 마이너스 요인이 될 수 있지만 우주금속을 삽입하여 옛날처럼 얼굴에 안경 자국을 만들지도 않고 안경알 자체도 방수, 항균, 서리 방지가 기본적으로 되어 있어서 아직도 널리 쓰이고 있었다.

"안경이 편해서 쓰고 있는 거야. 그리고 안경을 쓰면 모범생처럼 보이잖아."

임배희는 농담을 하며 다시 컨트롤러 쪽으로 시선을 돌렸다. 유정운은 임배희의 안경 착용 이유가 남성 혐오증 때문이 아닐까 하는 추측을 했지만 말은 하지 않고 잠자코 있었다. 대신 임배희의 안경 벗은 모습을 상상하며 그녀가 책을 찾을 때까지 기다렸다.

"정운아, 중간고사 잘 봤어?"

전자책을 검색하던 임배희가 갑작스럽게 질문을 던졌다. 어차피 할 일도 없던 유정운은 그녀의 질문에 막바로 대답했다.

"아니오, 망했어요."

"그래? 공부 좀 하지 그랬어."

"별로 공부하고 싶지 않았거든요."

유정운은 매우 담담한 표정으로 입을 열었다. 누가 뭐라 하든 마법에만 전념하기로 했기 때문이다. 하지만 임배희의 생각은 조금 달랐다.

"네가 마법에만 관심있다는 거 알아. 하지만 하나에만 파고들다 보면 주변에 있는 게 보이지 않아. 외곬로 빠져서 다른 길을 못 찾을 수도 있거든. 또 하나만 알게 되면 독단적이 될 수도 있고 말이야. 그러니까 다른 것에도 어느 정도 관심을 가져. 그래야 인간관계 같은 걸 편하게 할 수 있거든. 여자 친구라든지……."

마지막 말은 중얼거리다시피 해서 유정운은 제대로 알아듣지 못했다. 하지만 그녀가 말한 의도가 대충 무엇인지는 파악했다.

"에, 다른 공부도 할게요."

“응, 그래…….”

임배희는 빨개지는 얼굴을 감추기 위해 열심히 책을 고르는 척했다. 그러나 그렇게 할 필요가 없었다. 유정운의 시선이 스크린에 박혀 있었기 때문이다.

“…….”

유정운은 스크린에서 불길한 기운을 느꼈다. 그리고 그 불길한 기운은 현실로 나타났다.

지직—

아까까지만 해도 멀쩡했던 스크린이 일그러지며 꿈틀거리기 시작했다. 그것은 지금까지 유정운이 상대해 왔던 정체 불명의 꿈틀이였다.

“꺄악!”

“헉!”

사람들은 저마다 외마디의 비명을 지르며 주춤주춤 뒤로 물러났다. 하지만 그 사람들 중에서 도망치는 사람은 없었다. 아직 정체 불명의 꿈틀이가 자신들에게 무엇인가 타격을 주지 않았기 때문이다.

펑— 퍼펑—

하지만 컴퓨터가 터져 나가고 전등도 터지자 사람들은 그제야 서점을 빠져나가는 데 주력했다. 그것은 서점의 직원들도 마찬가지였다. 다행히도 한 직원이 비상벨을 누르고 나서 도망쳤기 때문에 경찰과 소방관이 출동을 하기는 했지만 그들이 이곳까지 도착하기 위해서는 적어도 5분의 시간이 필요했다.

“저게…… 뭐지?”

의외의 상황에도 불구하고 임배희는 크게 당황하지 않고 입을 열었

다. 이미 수차례 이런 경험을 한 유정운조차도 놀랄 정도의 침착함이
었다.

콰쾅—

정체 불명의 꿈틀이가 세력을 확장함에 따라 서점의 책장이 쓰러지
며 사람들을 패닉 상태로 몰아넣었다. 그리고 그 꿈틀이는 점차 사람
의 모습으로 변형되어 가기 시작했다.

"……!"

꿈틀이가 형체를 갖추기 전에 미리 마법을 쓰려던 유정운은 그 꿈틀
이의 모습에 넋을 잃었다. 사람 모양의 꿈틀이가 만들어낸 모습은 바
로 자신의 형인 유명운이었기 때문이다.

"정운아! 정운아!"

유정운이 멍하니 서 있자 임배희가 그를 흔들었다. 그제야 정신을
차린 유정운은 자신의 팔을 잡고 있는 임배희의 손을 겁도 없이 덥석
잡으면서 입을 열었다.

"마법으로 저 녀석을 잠재울 테니까 물러나 있어요."

"……?"

유정운에게 손을 잡히자 순간적으로 당황한 임배희였지만, 유정운
이 마법을 쓰겠다는 말에 어리둥절하여 그 사실조차 잊어버렸다. 아무
튼 유정운은 임배희에게 그런 예고를 한 뒤에 그녀의 손을 놓고 곁에
있는 판매용 전자책을 집어 들었다. 핸드폰을 망가뜨리는 대신 이번엔
전자책을 마법 도구로 쓸 생각이었던 것이다.

"위대한 마나여, 그대 나의 부름에 답하여 내가 이끄는 대로 따라오
라."

원자가띠에서 안전하게 돌고 있던 마나전자를 전도띠로 들뜨게 하기 위하여 유정운은 주문을 외웠다. 예전 같으면 수차례의 반복으로 주문을 외워야 간신이 마나전자를 들뜨게 할 수 있었겠지만, 지금은 단 두 번 만에 원하는 양의 마나전자를 들뜨게 만들었다. 지금 유정운이 사용하고자 하는 마법은 4밴드의 폭발 마법이었다.

"위대한 마나여, 그대의 강렬하고 뜨거운 분노가 하늘을 두려움에 떨게 하리라."

번쩍―

주문을 모두 외우자 유정운이 앞으로 내밀어 들고 있던 전자책에서 선명한 녹색 빛이 뿜어져 나왔다. 그리고 그와 동시에,

콰쾅―

강렬한 폭발음과 함께 사람 모습의 꿈틀이 위치에서 무시무시한 폭발이 일어났다. 마나 컨트롤을 할 수 있게 되자 4밴드의 위력이 빛을 발한 것이었다.

"꺄악!"

폭발과 동시에 생겨난 충격파에 의해 주변 기기가 산산이 부서져 나갔다. 오직 강한 마법으로 꿈틀이를 잠재우려고 했던 유정운은 충격파를 생각하지 못하여 충격파에 그대로 얻어맞고 말았다. 그나마 충격파가 덮치기 전에 충격파가 올 것을 직감하여 임배희를 끌어안았기 때문에 그녀는 충격파에서 어느 정도 안전할 수 있었다.

"윽!"

등 쪽에 충격파를 맞은 유정운은 임배희와 함께 바닥에 쓰러졌다. 꽤 강한 충격파였지만 교복 재질이 우수해서 그런지 교복만 날아갔을

뿐 유정운의 몸에는 상처 하나 생기지 않았다. 그래도 뒤에서 충격파를 맞아 머리가 띵 했다.

"정운아, 괜찮니?!"

유정운의 교복 뒤쪽이 너덜너덜해진 것을 보고 임배희가 놀라 소리쳤다. 그렇지만 충격을 받아 머리가 멍해 있던 유정운은 대답을 하지 못했고, 임배희는 그것을 심각한 상태로 받아들였다.

"정운아! 정신 좀 차려봐!"

아무리 흔들어대도 유정운의 반응이 없자 임배희는 절망 어린 표정을 지었다. 그리고는 고운 뺨 위로 눈물을 흘리며 반응이 없는 유정운을 천천히, 그러나 강하게 끌어안았다.

삐뽀삐뽀―

경찰차의 디지털 사이렌 소리가 울리며 경찰과 소방관들이 속속 도착했다. 하지만 그들 눈에 비친 것은 완전히 파괴되어 그 형체를 알아볼 수 없는 꿈틀이와 여기저기 조금씩 일어나고 있는 불길뿐이었다.

"음……."

잠시 동안의 침묵을 깨고 유정운이 낮은 신음 소리와 함께 정신을 차렸다. 하지만 임배희는 그것을 깨닫지 못하고 그를 안은 채 계속 흐느꼈다. 그래서 당황한 사람은 오히려 유정운이었다.

'이런…….'

머리 속에서는 어서 일어나야 한다고 생각했지만 몸은 그것을 거부하고 있었다. 임배희의 품이 따뜻했기 때문이다. 가능하다면 그녀의 몸을 끌어안고 영원히 있고 싶을 정도였다.

"저기 사람이 있다!"

국소적인 화재 진압을 하던 소방관 중의 한 명이 바닥에 쓰러져 있는 유정운과 임배희를 발견하고는 동료들을 향해 외쳤다. 그 때문에 더 이상 정신을 잃은 척할 수 없게 된 유정운은 마치 방금 정신을 차린 것처럼 신음 소리를 내며 몸을 일으켰다. 그것을 보고 임배희가 기쁜 듯이 소리쳤다.

"정운아! 정신 차렸구나!"

와락—

유정운이 정신을 차린 것을 확인하자마자 임배희는 유정운을 강하게 끌어안았다. 다시는 놓지 않을 듯이 끌어안은 임배희 때문에 유정운은 몸을 반쯤 일으킨 상태로 가만히 있을 수밖에 없었다. 그러나 그 기분은 절대 나쁘지 않았다.

*　　　*　　　*

부 활동이 끝나자 박호준은 컴퓨터실을 나섰다. 그리고 곧장 교무실로 향했다. 며칠 전에 새로운 교장 선생이 임명되기는 했지만 아직 행정 업무를 파악하지 못한 상황이라 전애리 선생이 옆에서 보조를 해줘야 했다. 그런 전애리 선생을 돕기 위해 박호준이 나서는 것이다.

똑똑—

교무실 문에 노크를 하고 박호준은 교무실 안으로 들어갔다. 이제 막 중간고사가 끝났기 때문에 채점 등등으로 각 학과 선생들은 바쁘게 시간을 보내고 있었다. 박호준은 그런 선생들을 지나치며 이제 막 할 일을 모두 끝낸 전애리 선생에게로 향했다. 박상군 교장이 죽고 교장의 공석 기간 동안 교장 대리 업무를 맡았던 전애리 선생인지라 여러 가지로 행동이 빨라져서 주어진 일을 빨리 끝낼 수 있게 되었다. 물론 그만큼 피곤하기도 했다.

"아, 호준아, 집에 안 갔어?"

테이블을 정리하던 전애리 선생은 박호준을 발견하고 밝은 미소를 띠었다. 그런 전애리 선생의 밝은 미소를 바라보며 박호준은 입을 열었다.

"도와드릴 일 없어요?"

"응? 아, 없어. 다 했는걸. 그보다 좀 늦었지만 4강 진출 기념으로 내가 점심 살게."

"점심이요? 그거 좋죠."

박호준은 앞뒤 생각 않고 무조건 고개를 끄덕였다. 점심을 얻어먹을 수 있다는 기쁨보다는 전애리 선생이 자신에게 그런 제안을 했다는 것 자체가 기뻤기 때문이다.

"어디로 갈래?"

"제가 일식 잘하는 집 알고 있어요. 그리로 가요."

기다렸다는 듯이 갈 곳을 정한 박호준은 전애리 선생의 손을 덥석 잡고 교무실을 빠져나왔다. 교무실을 나온 직후부터는 전애리 선생의 입장을 생각해서 손을 놓고 걸었지만 박호준이 손을 놓기 전까지 전애리 선생은 그의 손을 뿌리치지 않았다.

"어서 오세요—!"

문 옆 계산대에 서 있던 일식집 여종업원이 밝은 목소리로 박호준과 전애리 선생에게 인사를 했다. 몇 년 전에 종업원 대신 사람형의 로봇

을 쓰기도 했었지만 인간미가 없다는 이유로 로봇 종업원을 쓰는 가게
에는 사람들의 발길이 적었다. 그래서 대형 마트일수록 로봇보다는 종
업원을 고용하는 비율이 높았다.

"전 이거 먹을게요. 선생님은요?"

"난 이거."

화상 스크린 테이블에서 메뉴를 선택하여 주문을 끝낸 두 사람은 곧
장 이야기꽃을 피웠다.

"생각보다 시험 잘 봤던 것 같더라."

"저요?"

"그래. 평균이 83점 정도 되던데, 그 정도면 10등 안일 것 같아."

"하하, 정확히 10등이에요. 예비 채점하니까 10등이더라구요."

자신의 등수가 쪽팔리는지 박호준은 어색한 웃음을 흘렸다. 그렇지
만 전애리 선생은 고개를 가로저었다.

"아니, 넌 프로게이머잖니. 프로게이머는 게임 대회에서 좋은 성적
을 거두는 것이 목표야. 호준이는 이미 4강에 올라갔잖아? 그것만으로
도 대단한데 학교 성적까지 잘 받았다는 건 호준이의 능력이 뛰어나다
는 뜻이야."

"하하."

전애리 선생의 칭찬에 박호준은 더욱 어색하게 웃었다. 하지만 그의
마음은 기쁨으로 충전되고 있었다. 좋아하는 사람에게서 칭찬을 듣는
다는 것만큼 기분 좋은 일은 없기 때문이다.

"다음 주면 4강전이네. 열심히 해."

"네, 꼭 결승에 올라가서 우승할 거예요."

박호준은 자신감을 내보였다. 전애리 선생만 옆에 있어준다면 어떤 일이든 다 해낼 수 있다는 자신감이 생겼기 때문이다. 그것은 사랑의 힘이 아닐까 하고 박호준은 나름대로 해석했다.

"하하."

"호호."

이야기를 할 때마다 박호준과 전애리 선생은 웃음꽃을 피웠다. 그러는 와중 박호준은 서서히 본격적인 얘기를 시작했다.

"선생님, 동생 있어요?"

"응, 있어. 남동생 하나."

"몇 살인데요?"

"스물한 살. 지금 대학교 2학년이야."

남동생이 있다는 말에 박호준은 약간 어두운 표정을 지었다. 그 이유는 이러했다.

'장차 처남이 될 사람이 나보다 나이가 많으니…….'

"왜 그러니?"

박호준이 심각한 얼굴로 생각에 잠겨 있자 전애리 선생이 걱정스러운 얼굴로 물었다. 그래서 박호준은 즉시 얼굴 표정을 바꾸었다.

"아니에요. 그보다 선생님 부모님은 모두 건강하시죠?"

"……."

박호준으로서는 그저 상황을 무마하기 위한 말이었을 뿐이지만 전애리 선생의 얼굴에는 어두운 기색이 드리워졌다. 그것은 전애리 선생의 부모가 편찮은 상태이거나 이미 돌아가셨다는 것을 뜻하고 있었다. 평소 같으면 그런 기색을 보면 다른 쪽으로 화제를 돌렸을 박호준이었으나, 전애리 선생에 대해 알고 싶다는 생각이 박호준으로 하여금 그 문제를 파고들게 만들었다.

"부모님 편찮으세요?"

"……."

전애린 선생은 잠시 동안 대답하지 않았다. 아니, 대답을 할까 말까 갈등하는 중이었다. 하지만 박호준의 얼굴을 한 번 쳐다보고는 내면의 갈등을 종료시켰다.

"내가 중학생이었을 때 부모님 모두 돌아가셨어."

"……!"

"교통사고였어. 그때 난 수학여행 중이었고 동생은 소풍을 갔지. 그 날은 부모님의 결혼기념일이라 두 분이서 단둘이 차를 타고 드라이브 중이었어. 그리고 그게 마지막이었고."

"……."

자신의 이야기를 너무나 담담하게 말하는 전애리 선생을 보며 박호 준은 아무 말도 하지 못했다. 그저 그녀가 지금까지 힘겹게 살아왔으 리라는 짐작만을 할 뿐이었다.

"왜? 내가 불쌍하다는 생각이 드니?"

박호준의 표정이 굳어진 것을 보고 전애리 선생이 알 수 없는 표정 을 지으며 질문을 했다. 그러자 박호준은 희미하게 웃으며 대답했다.

"아니요, 대단하다는 생각이 들어서요."

"왜?"

"부모님이 돌아가셨어도 지금처럼 훌륭한 선생님이 되었으니까요."

"……!"

박호준의 대답이 의외였던지 전애리 선생은 약간 눈을 동그랗게 떴다. 그러더니 이내 쿡쿡 웃었다. 그것을 보고 박호준은 고개를 갸웃했다.

"제가 뭔가 잘못 말했나요?"

"아니, 그게 아니야. 호준이가 대단하다는 생각이 들어서."

"……?"

박호준으로서는 전애리 선생의 말뜻을 알 수가 없었다. 그래서 전애리 선생은 그를 위해 부연 설명을 해주었다.

"호준이는 이미 프로게이머로서 공인이잖아. 아직 어린 나이라서 공인이라는 자리가 굉장히 부담스러울 텐데도 잘 견뎌내고 있고. 그런 점이 대단하다는 거야."

"하하, 그런 건 별로 대단한 것도 아니에요."

대답이 삼천포로 빠진 것 같다는 느낌이 들었지만 박호준은 고개를 가로저으며 어색한 웃음을 흘렸다. 자신과 전애리 선생을 비교해 봐도 자신보다는 전애리 선생이 힘겹게 살아왔다는 것은 자명하기 때문이었다. 하지만 웬일인지 전애리 선생은 박호준을 대단하다고 단정 지어 버렸다.

"선생님은 좋아했던 사람 있었어요?"

화제를 돌리기 위해 박호준이 전애리 선생의 옛사랑을 물어봤다. 지금까지 그녀의 보조를 하면서 그녀에게 현재 남자가 없다는 것을 확인했기 때문에 옛사랑을 물어본 것이었다.

"사귀었던 사람은 몇 명 있었지만 좋아했던 사람은 없어."

"……?"

알 수 없는 전애리 선생의 대답에 박호준은 고개를 갸웃했다. 그러자 이번에도 전애리 선생이 추가 설명을 했다.

"부모님이 안 계셔서 많이 힘들었어. 그래서 기댈 사람이 필요했지. 나한테 조금만 잘해주면 별생각없이 사귀었어. 그러다가 내가 대체 뭐 하고 있나 하는 생각이 들더라고. 왜 좋아하지도 않은 사람하고 사귀고 있는 건지 알 수가 없었던 거야. 나한테는 단지 의지할 사람이 필요했을 뿐이고 진짜 좋아하는 마음은 갖지 않은 거지."

"……."

박호준은 조용히 그녀의 말을 들었다. 대충 전애리 선생이 무슨 말을 하고 있는지도 알 수 있었다. 그런데 박호준이 심각한 표정으로 아무 말도 하지 않자 전애리 선생은 황급히 손을 내저으며 말을 이었다.

"하지만 그 남자들하고는 아무런 일도 없었으니까…… 오해하지 마."

말을 하다가 자신이 왜 그런 얘기를 박호준에게 하고 있는지 의아해진 전애리 선생이 말끝을 흐리며 물을 한 모금 마셨다. 어린애 같은 전애리 선생의 모습에 박호준은 미소를 머금으며 질문을 던졌다.

"선생님은 저한테도 기대고 싶으세요?"

"……!"

웃고 있지만 진지한 박호준의 표정을 보며 전애리 선생은 순간적으로 두근거림을 느꼈다. 하지만 이내 평정심을 되찾고는 입을 열었다.

"내가 왜 호준이에게 기대려고 하겠니."

"네."

어떻게 들으면 안 좋게 들릴 수 있는 말이었는데도 불구하고 오히려 박호준은 더 밝은 표정을 지었다. 단순히 힘들어서 기대고 싶은 사람이 아닌, 한 남자로서 그녀의 곁에 설 수 있다는 가능성이 생겼기 때문이다.

치지직―

"……?"

그때 갑자기 테이블 스크린이 이상을 일으켰다. 그래서 분위기가 무르익어 가던 박호준과 전애리 선생은 대화를 중단해야만 했다.

우웅―

처음엔 그저 기계 고장이라고 대수롭지 않게 생각했지만 시간이 흐를수록 스크린이 꿈틀거리며 어떤 형상을 취하자 두 사람은 기겁하여 자리에서 일어섰다. 그 형상이 유명운의 모습이라는 걸 박호준과 전애리 선생이 알 리 없었지만 인간 모습을 한 꿈틀이는 보는 것만으로도 두 사람에게 공포심을 심어주기에 충분했다.

"대체 저게……!"

가능하면 평정을 유지하려던 전애리 선생이었지만 인간 꿈틀이가 서서히 몸을 일으키자 자신도 모르게 박호준의 손을 움켜쥐었다. 박호준 역시 패닉 가까운 상태로 꿈틀이만 쳐다보고 있다가 전애리 선생이 손을 움켜쥐자 그때서야 정신을 차렸다. 그리고 그녀를 지켜주어야겠다는 생각이 들었다.

"이놈!"

퍽―

옆에 있던 의자를 집어 들어 힘차게 인간 꿈틀이의 머리 부분을 내려쳤다. 하지만 둔탁한 소리와 함께 의자만이 산산조각이 되어 날아갔다.

"으악!"

"꺄악!"

가게 안에 있던 사람들이 비명을 지르며 밖으로 빠져나갔다. 일식집 주인은 즉각 경찰에게 연락을 했고, 종업원들도 대피하느라 바빴다. 그러나 박호준만은 도망치려 하지 않았다.

"이게!"

퍽—

또다시 의자로 인간 꿈틀이를 내려쳤지만 인간 꿈틀이는 미동조차 하지 않았다. 그저 묵묵히 테이블을 잠식해 나가면서 세력권을 넓힐 뿐이었다. 그것을 보고 물리적인 힘만으로는 인간 꿈틀이에게 타격을 줄 수 없음을 깨달은 전애리 선생은 박호준의 팔을 잡으며 말했다.

"내가 해볼 테니까 호준이는 피해 있어."

"선생님……."

전애리 선생의 손에 이끌려 박호준은 뒤로 물러났고 전애리 선생은 즉각 마법 공격을 시작했다.

"위대한 마나여, 그대 나의 부름에 답하여 내가 이끄는 대로 따라오라."

일단 마나전자를 들뜨게 한 뒤 곧바로 불꽃계 마법을 사용했다.

"위대한 마나여, 그대의 강렬하고 뜨거운 분노가 하늘을 두려움에 떨게 하리라."

두 번의 외침 끝에 전애리 선생이 유도했던 대로 폭발 마법이 발동되었다. 그녀가 사용한 마법 도구는 부러진 의자였고, 그 의자 파편에서는 주황색의 빛이 뿜어져 나왔다.

　콰앙―

　귀가 멍멍해질 정도의 폭발음은 아니었으나 꽤 큰 소리가 터져 나왔다. 이번 공격은 효과가 있었는지 인간 꿈틀이가 잠시 확장을 멈추었다. 그러나 얼마 안 있어 다시 주변 물건 잠식을 시작했다.

　퍼엉―

　천장에 매달려 있던 샹들리에가 떨어지며 무수한 파편을 주위에 뿌렸다. 그리고 박호준은 그 파편을 왼쪽 팔에 맞고 말았다.

　"윽!"

　"호준아!"

　박호준의 왼쪽 팔에 박힌 유리 조각을 보고 전애리 선생이 놀라 소리쳤다. 한눈에 보기에도 유리 조각이 커서 박호준의 통증이 심하리라는 걸 알 수 있었기 때문이다.

　"크윽!"

　팔에 박힌 유리 조각을 스스로 빼낸 박호준은 상처를 부여잡고 그 자리에 꿇어앉았다. 통증이 심해서 일어설 수 없었기 때문이다. 그러자 전애리 선생은 그의 옆에 앉아 마음을 가다듬고 주문을 외웠다.

　"위대한 마나여, 그대 나의 부름에 답하여 내가 이끄는 대로 따라오라."

　"선생님……."

　박호준은 그녀가 무슨 마법을 쓸지 알 수 없었지만 모든 걸 그녀에게 맡기기로 했다. 사실 엄습해 오는 통증 때문에 전애리 선생이 무엇을 하든 말릴 여유도 없었다.

"위대한 마나여, 그대 따스한 손으로 평온과 안식을 내리라."

전애리 선생의 주문이 끝나자 박호준의 상처 주위로 따뜻한 빛이 감돌기 시작했다. 그것은 치유 마법으로 상처 주위의 신진대사를 활성화시켜 상처를 빨리 아물게 하는 것이었다.

"으으……."

전애리 선생이 치유 마법을 사용하자 극심했던 고통도 서서히 줄어들어 갔다. 그러나 그 와중에도 인간 꿈틀이는 주변 물건을 잠식하며 점점 커져 나갔다. 하지만 전애리 선생은 그런 것에 신경 쓰지 않고 오로지 치유 마법 시전에만 정신을 집중했다.

"됐다."

상처가 아물어 희미해지자 전애리 선생은 마법 시전을 멈추었다. 치유 마법으로 상처를 치료할 정도면 일반적으로 대단한 수준이지만 박호준은 그런 사실을 알지 못했다. 그저 전애리 선생에게 고마움을 느낄 뿐이었다.

"선생님, 일단 여기서 나가요."

박호준은 전애리 선생에게 그렇게 말했다. 자신의 실력으로도, 전애리 선생의 실력으로도 인간 꿈틀이를 당해낼 수 없다는 것을 깨달았기 때문이다. 잘못하면 방금처럼 자신이 상처를 입었듯이 그녀도 부상을 당할 수 있다는 생각이 든 것이다.

"그래, 일단 나가자."

박호준의 제안에 전애리 선생도 고개를 끄덕였다. 그래서 두 사람은 즉시 일어나서 그 자리를 빠져나가려고 했다.

"……?"

그런데 인간 꿈틀이의 확장이 갑자기 멈추어졌다. 그리고는 더 이상의 반응을 보이지 않았다. 마치 급사를 당한 듯한 꿈틀이의 움직임에 박호준과 전애리 선생은 의아함을 금치 못했다.

"어떻게 된 거지?"

"글쎄……."

갑작스런 상황에 두 사람이 어떻게 해야 할지 몰라 망설일 때 경찰이 도착했다. 그들은 유명운의 모습을 한 인간 꿈틀이를 보고 놀랐지만 곧 사상자 파악과 진상 조사를 시작했다. 그래서 박호준과 전애리 선생도 증인 자격으로 경찰서로 가야만 했다. 그러나 두 사람은 경찰서에 가서 귀찮은 진술을 해야 하는 것보다 서로가 무사하다는 사실에 안도감을 나타낼 뿐이었다.

*　　　*　　　*

"수고하셨습니다!"

유명운은 학생들의 인사를 뒤로하며 강의실을 빠져나왔다. 오늘의 강의 스케줄은 이것으로 끝이었다. 하지만 남궁소진은 아직 강의가 끝나지 않아서 유명운으로서는 그녀를 만나고 싶어도 만날 수 없었다. 그래서 그의 발걸음은 곧장 우주금속 실험실로 향했다.

위이잉—

실험실 안은 척 보기에도 복잡해 보이는 실험 장치의 가동 소리로 가득했다. 그 기계를 다루는 사람은 유명운은 휘하의 실험 조교 두 명이었다. 유명운이 지시한 실험은 특별한 목적을 가지고 하는 게 아니라 무작정 실험하고, 그 결과로부터 어떤 결론을 도출하는 것이었기 때문에 실험 조교들은 우주금속을 가지고 별별 실험을 다하고 있었다.

"특별한 결과는 없어?"

유명운은 실험 조교들이 산출한 실험 데이터를 훑어보면서 물어보았다. 어차피 데이터상으로 아무런 연관성이 나오지 않았기 때문에 유명운의 질문은 무의미한 것이었다.

"이런 저런 실험은 다 하고 있는데 모두 알려진 거라서……."

실험 조교 중 한 명이 고개를 가로저으며 대답했다. 유명운은 그런 조교들을 다독이며 말했다.

"아무런 주제 없이 실험한다는 건 어려우니까 당연한 거야. 힘들겠지만 조금만 더 수고해 줘."

"예."

유명운의 격려를 받은 실험 조교들은 웃으면서 다시 실험에 착수했다. 그러나 그들의 웃음은 오래가지 않았다. 실험실에 있던 컴퓨터 화면이 일그러졌기 때문이다.

"어? 왜 이러지?"

갑작스런 일에 실험 조교들은 당황하며 컴퓨터에 이것저것 명령을 입력하기도 하고 모니터를 쳐다보기도 했다. 하지만 상황은 조금도 나아지지 않았다.

우우웅—

기묘한 울림을 동반하며 컴퓨터 모니터가 서서히 꿈틀거리기 시작했다. 그 광경에 실험 조교들은 놀라 뒤로 나자빠졌다. 그러나 유명운은 조금의 동요도 없이 그 꿈틀이를 뚫어져라 쳐다보았다.

우웅—

계속 꿈틀거리던 모니터가 마침내 선명한 형체를 만들었다. 그것은 한 인간의 모습이었다. 더 정확히 설명하자면 바로 유명운이었다.

"……!"

유명운은 꿈틀이가 자신의 모습을 하고 있자 주먹을 불끈 쥐었다. 그리고 실험 장치 속에 들어 있는 우주금속의 핵을 쳐다보았다. 겉으로는 아무런 변화가 없어 보였지만 유명운은 거기서 상당량의 마나전자가 쏟아져 나오고 있음을 알아차렸다. 그 시각은 유정운과 임배희가 영일문고에서 인간형 꿈틀이를 목격한 때와, 그리고 박호준과 전애리 선생이 일식집에서 인간형 꿈틀이를 목격한 때와 일치했다.

"이 자식—!"

화가 난 유명운은 즉시 마나전자를 들뜨게 하여 마법 사용 가능 상태를 만들었다. 그리고 지체없이 옆에 있던 무선 마우스를 들고 얼음계 마법을 사용했다.

"절대영도!"

유명운의 외침과 동시에 무선 마우스에서 짙은 남색의 빛이 쏟아져 나왔다. 그러자 우주금속은 주변 온도가 순식간에 —200 가까이 내려갔고, 가까이 있던 실험 장치가 모두 얼어버렸다. 만약 누군가 실험 장치를 건드린다면 산산조각나면서 깨질 수 있는 상황이었다.

콰쾅—

그때 모니터의 변형체인 인간형 꿈틀이가 주변기기를 잠식하면서 실험 장치를 건드렸고, 결합이 약해져 있던 실험 장치는 그대로 박살이

나버렸다. 그렇지만 우주금속의 핵은 너무나도 멀쩡했다.

펑— 퍼펑—

인간형 꿈틀이의 세력권이 넓어지면서 주변 장치가 고장을 일으켰고, 이윽고 실험실의 모든 기기가 오작동 상태가 되었다. 그러나 그것만이 문제는 아니었다. 실험실 안에는 강력한 인화성 물질이 다수 있었기 때문에 언제 대폭발이 일어날지 알 수 없었던 것이다. 그것은 유명운에게 위기감을 느끼게 했다. 하지만 아까 6밴드의 마법을 사용했기 때문에 마나전자가 다시 모이려면 시간이 필요했다.

"위대한 마나여, 나 그대의 안식처를 제공하리니 나에게 와서 머무르라."

시간을 지체하면 안 되기에 유명운은 마나전자 만드는 주문을 외워 원자가띠에 마나전자를 차곡차곡 채워 넣었다. 그렇게 1분 정도가 지나자 6밴드의 마나전자가 모두 형성되었다.

"들뜸."

유명운은 그 한마디로써 6밴드의 마나전자를 모두 들뜨게 만들었다. 그리고 조금도 지체하지 않고 마법을 사용했다.

"진공 돌풍."

나직한 외침과 함께 또다시 무선 마우스에서 짙은 남색의 빛이 쏟아지며 우주금속의 핵 주위로 강한 돌개바람이 형성되었다. 회오리를 일으키고자 하는 곳에 군데군데 진공 상태를 만들어 공기가 진공이 된 공간으로 빨려들면서 강한 바람을 만들어내는 것이었다. 그것은 공기의 진로 방향 전체를 진공으로 만드는 것보다 훨씬 편하고 마력 쪽에서도 이득이기 때문이었다.

파핏―

강한 돌개바람이 우주금속의 핵을 때리면서 날카로운 소리를 냈다. 원래 유명운은 강력한 폭발 마법을 사용하려 했으나 그것은 대형 폭발 사고를 일으킬 수 있기 때문에 바람계 마법으로 공격 방향을 선회한 것이다.

팍― 파팍―

면도날보다 더 날카로운 바람이 때리고 있는데도 우주금속의 핵은 멀쩡했다. 그러나 계속 증식하던 인간형 꿈틀이가 더 이상 세력 확장을 멈추고 있다는 것이 유명운에게 어느 정도 희망을 주고 있었다.

'이제…… 한계다…….'

6밴드의 마나전자가 에너지를 잃고 사라져 가는 것을 느끼며 유명운은 절망감에 얼굴을 찡그렸다. 이번 공격이 실패할 경우 이 장소에서 사용할 만한 파괴적인 마법이 없어지기 때문이다.

휘이잉…….

강력하게 휘몰아치던 돌개바람이 한순간에 흔적도 없이 사라졌다. 유명운이 진공 상태를 만들어주지 않았기 때문에 바람이 더 이상 지속될 수 없는 것이었다.

"후우― 후우―"

연속해서 6밴드의 마법을 사용한 유명운은 거칠어진 숨을 고르며 정신을 추슬렀다. 그리고 어질어질한 가운데서도 다시 마법을 사용하기 위해 마나전자 형성 주문을 외우려고 했다.

"……?"

그때 유명운은 인간형 꿈틀이가 더 이상 움직이지 않음을 발견했다.

비록 우주금속의 핵은 겉으로 아무런 피해를 입지 않았지만 유명운의
마법 공격에 의해 인간형 꿈틀이를 조종하던 끈이 끊어졌기 때문이다.
물론 그것은 우주금속이 꿈틀이를 조종한다는 유명운의 생각에 기초한
가정이었다.

"역시 원흉은 네놈이었군."

확실한 증거를 잡은 듯 유명운은 회심의 미소를 지으며 우주금속의
핵을 바라보았다. 그러다 보니 옆에서 입만 벌리고 서 있는 두 실험 조
교들을 신경 쓰지 못했다. 유명운의 모습을 한 인간 꿈틀이만으로도
놀라운데, 유명운이 가공할 만한 마법을 연달아 사용하니 그들로서는
충격+충격이었던 것이다.

"이런, 이런. 이걸 정리하려면 돈이 꽤나 들겠군."

유명운은 혀를 차면서 바람게 마법으로 인간 꿈틀이의 머리 부분을
산산조각 내었다. 자신의 모습을 한 꿈틀이가 기분 나빴기 때문이다.
하지만 그는 알지 못했다, 두 실험 조교가 유명운의 능력에 벌벌 떨고
있음을.

*　　　　*　　　　*

스윽—

문을 열고 들어온 유정운은 거실 소파에 털썩 주저앉았다. 그리고
걸치고 있던 옷을 벗어 소파 앞에 있는 테이블에 펼쳐 놓았다. 그것은
임배희가 유정운에게 사준 옷이었다. 영일문고에서 있었던 사건 때문
에 유정운의 교복이 만신창이가 되자 임배희가 백화점에서 옷을 사준

것이다. 경찰에서 이번 사건에 대해 진술서를 작성하느라 피곤할 텐데도 불구하고 그녀는 유정운의 몸과 교복 걱정을 했고, 결국은 돌아오는 길에 옷을 사고 교복도 새로 맞추었다. 교복은 금방 만들어지지 않기 때문에 일단 유정운은 사복을 입고 학교에 가야 하는 처지가 되었다.

탁—

TV를 틀고 여기저기 채널을 돌리다가 뉴스 방송을 보게 되었다. 뉴스에서는 방금 전에 있었던 사건에 대해 보도하고 있었다.

《오늘 낮 1시경에 갑작스런 기계 고장이 일어났습니다. 그 장소는 각각 영일문고, 고려대학교 물리연구실, 서울 종로구에 위치한 일식집입니다. 세 군데 모두 같은 시간대에 사건이 발생했으며, 사건 당시 이상한 물체가 기계로부터 튀어나왔다고 합니다. 경찰은 이를 전문 해커에 의한 컴퓨터 바이러스의 변종으로 보고 사건 원인을 조사하고 있습니다.》

'고려대학교 물리연구실?'

고려대학교라는 말에 유정운은 눈을 번쩍 떴다. 특히 유명운이 있는 물리연구실에서 인간 꿈틀이가 출현했다는 사실에 주목했다. 그것은 유명운의 가설대로 우주금속이 저지른 짓일지도 모른다는 생각을 뒷받침해 주는 듯이 보였다.

'근데 왜 하필 나하고 형이지?'

서울의 한 일식집에 인간 꿈틀이가 출현한 것은 제쳐 두고라도 유정운 형제에게 인간 꿈틀이가 동시에 나타났다는 것은 뭔가 석연치가 않았다.

‘설마 우주금속이 나와 형을 노리고······?

그런 생각이 문득 들었으나 유정운은 곧 그런 생각을 머리 속에서 지워 버렸다. 아직 아무것도 모르는 상황에서 이상한 생각만 하는 것은 그다지 좋지 않은 일이기 때문이다.

“게임이나 하자.”

마음속의 불안을 떨쳐 버리려는 듯이 유정운은 TV를 끄고 자리에서 일어섰다. 그리고 망설이지 않고 자신의 방으로 들어갔다. 박호준의 스파링을 위하여, 마음속의 불안을 떨쳐 내기 위해서 유정운은 게임에 몰두했다.

22^장 사라진 징크스

ⅨⅩⅡ 사라진 징크스

"박호준 파이팅—!"

대대적인 응원이 터져 나왔다. 그것도 그럴 것이 오늘 하늘의 분노 1차 리그의 우승자를 가리는 결승전이 곧 시작되기 때문이다.

"최금호(崔禽好) 무조건 이긴다—!"

반대쪽 응원석에서 박호준과 우승을 다툴 선수의 응원이 시작되었다. 이에 질세라 박호준 응원석에서 열렬한 응원이 이어졌고, 경기장은 뜨겁게 달아오를 준비를 했다.

"사람 진짜 많다—"

게임 센터에서 수용할 수 있는 인원인 1만 명이 꽉 차자 이상규는 입을 쩍 벌렸다. 평소 때에도 관객이 많긴 했지만 이렇게 치열한 응원 전까지 할 줄은 몰랐던 것이다. 그건 같이 온 유정운이나 전애리 선생,

서동민과 김연영도 마찬가지였다. 그리고 이번에 프로게이머 경기에 처음 와보는 임배희 역시 감탄사를 연발했다. 원래 임배희는 게임 쪽에 전혀 관심이 없었지만 유정운이 같이 가자는 말에 엉겹결에 따라오게 되었던 것이다.

'다행히 싫어하는 것 같지는 않군.'

호기심에 찬 얼굴로 은근슬쩍 이리저리 둘러보고 있는 임배희를 보며 유정운은 속으로 안도의 한숨을 내쉬었다. 임배희가 너무 마법에만 몰두하는 것 같아서 기분 전환을 시켜주려고 이곳에 오자고 말했기 때문이다.

'훗.'

그런 생각을 하다가 유정운은 쓴웃음을 지었다. 얼마 전까지만 해도 자신이 다른 모든 것을 등지고 마법에만 매달렸다는 사실을 떠올렸기 때문이다. 그런 자신이 이제는 다른 사람을 위해서 뭔가 하려고 한다는 점이 우스웠던 것이다.

《최금호 선수 입장!》

경기 시간이 되자 캐스터가 힘찬 목소리로 선수들을 호명했다. 야수족을 주 종족으로 하는 최금호와 기계족을 주 종족으로 하는 박호준이 차례로 경기장에 모습을 드러내었다.

"최금호! 최금호!"

"박호준! 박호준!"

선수들이 등장하자 각 응원석에서 선수들의 이름이 터져 나와 게임센터 내부를 가득 메웠다. 유정운 일행 중에서는 유정운과 임배희를 제외한 나머지 사람들이 열심히 박호준을 응원했다. 임배희는 박호준을 모르기 때문에 응원을 안 하는 것이고, 유정운은 원래 응원을 안 하는 스타일이었다.

《현재 1.03 패치에서는 일반적으로 야수족이 기계족보다 종족 상성상 우위에 있긴 하지만 박호준 정도의 실력자에게는 통용되지 않습니다.》

《그렇죠. 역대 전적상으로 보면 오히려 박호준 선수가 12승 8패로 앞서 있어요.》

《멋진 경기가 나올 거라고 생각됩니다.》

캐스터와 두 명의 해설자는 그 말을 시작으로 각 선수, 그리고 경기에 쓰일 맵에 대해 이것저것 분석하며 관객들에게 알려주었다. 그동안 박호준과 최금호는 완벽히 방음 장치가 된 조그마한 부스 안으로 들어가 게임을 하거나 서로 채팅을 주고받으며 긴장을 풀었다.

《1차전 시작됩니다!》

캐스터의 말과 함께 드디어 결승전이 시작되었다. 결승전은 5전 3선승제이고 경기마다 다른 맵에서 게임을 하게 되었다. 1차전은 야수족이 유리하다는 맵이었고, 2·3차전은 기계족이 해볼 만한 맵, 4·5차전은 야수족에게 유리한 맵이 선정되었다. 따라서 박호준이 우승하기 위해서는 내리 3승을 거두어야 하는 상태였다.

《아, 이거 박호준 선수 필살기인데요!》

상대에게 들키지만 않으면 승리를 따낼 수 있는 기습 전략을 박호준이 시도했다. 상당히 도박적인 전략이었지만 중요한 1차전을 가져가기 위해서 기습 전략을 사용한 것이었다. 하지만 상대의 정찰을 막지 못하여 작전이 들통나 버렸다.

《이거 박호준 선수 어렵겠는데요.》

《최금호 선수 대비를 하죠.》

　상황은 박호준에게 불리하게 돌아갔다. 기습 전략이 상대에게 아무런 피해를 주지 못하고 실패하여 급히 일반적인 전략으로 선회했지만, 그때는 이미 최금호의 병력이 앞서 있었다. 맵 중앙 지역에서 최금호의 주력 병력과 맞붙었지만 화려한 컨트롤에도 불구하고 병력 차를 극복하지 못하여 GG를 선언하고 말았다.

《아, 1차전은 최금호 선수의 승리로 돌아갔습니다.》

《병력이 조금만 더 있었으면 상황을 대등하게 끌고 갈 수 있었는데 아쉽군요.》

　캐스터와 해설자들은 박호준의 패배에 대한 원인을 분석하여 설명하였다. 그러는 동안 부스 안의 박호준은 세수하듯 얼굴을 문지르며 마음을 가다듬었다. 1차전의 게임 시간이 30분도 채 걸리지 않았기 때문에 부스 안에서 휴식을 취한 뒤 곧바로 2차전에 돌입했다.

《일단 박호준 선수, 안정적인 전략으로 시작을 합니다.》

《맵이 기계족에게 조금 유리하니까 무리할 필요가 없죠.》

《최금호 선수는 과연 어떤 작전으로 나올 것인지.》

　하지만 최금호는 일반적인 방법을 사용했고, 서로 여러 번 병력 간의 전투가 있었지만 그때마다 박호준이 병력상으로 약간씩 이득을 얻었기 때문에 상황은 박호준 쪽으로 많이 기울게 되었다. 그리고 마지막 전투에서 관객들에게 멋있는 모습을 보여주기 위해서인지 박호준은 다양한 마법 기술을 사용하며 화려한 공격을 퍼부었고, 최금호는 결국 GG를 쳤다.

《역시 박호준 선수의 컨트롤은 환상입니다.》

《최금호 선수가 너무 평범하게 나갔어요.》

2차전에 대한 분석이 시작되고 선수들은 부스 밖으로 나가서 각자의 대기실로 들어갔다. 휴식 시간이 길어지기 때문에 관객들을 위해서 1차전과 2차전의 하이라이트가 스크린을 통해 보여졌다.

"3차전도 호준이가 이기겠지?"

"우리가 응원해 주는데 당연하지!"

김연영의 말에 서동민이 맞장구를 쳤다. 그것은 유정운도 마찬가지였다.

'3차전은 무리만 하지 않으면 이긴다. 중요한 건 4차전이야.'

모두 유정운과 같은 생각이었다. 최금호가 무슨 필살 전략이라도 세워두지 않으면 웬만해서는 박호준의 승리가 유력한 상태였다.

"뭐가 뭔지 잘 모르겠어."

2차전까지 관전한 임배희의 평이었다. 게임에 문외한인 임배희로서는 어떤 유닛이 어떤 역할을 하는지, 그 유닛이 누구의 유닛인지조차 알 수 없었다. 그저 캐스터와 해설자들의 말만 듣고 상황을 유추할 뿐이었다.

《3차전 시작합니다!》

선수들이 전부 자리로 돌아와서 준비를 끝내자 캐스터의 외침과 함께 3차전이 시작되었다. 예상했던 대로 박호준은 안정적인 빌드로 가닥을 잡았다. 그것이 3차전 맵에서 야수족을 상대로 기계족의 승률이 높은 작전이기 때문이었다.

《앗, 이건 뭔가요?!》

최금호의 진영이 보여지는 순간 캐스터의 입에서 놀란 음성이 터져 나왔다. 최금호가 일반적인 작전을 쓰지 않고 전혀 다른 작전을 쓰려고 했기 때문이다.

《이거 박호준 선수가 정찰을 제대로 하지 않으면 위험해요!》

《아, 박호준 선수 정찰 실패!》

박호준의 정찰 유닛이 최금호의 공격 유닛에 의해 파괴되어 박호준은 최금호가 새로운 전략으로 경기를 운영하고 있다는 사실을 깨닫지 못했다. 단지 평소와는 다른 느낌을 받고 약간 서둘러서 1차 공격을 감행했다. 그것은 주력 병력을 모두 보낸 것이 아니라 일부 유닛만 정찰 겸 보낸 것이었다.

《박호준 선수의 공격을 약간은 간신히 막아낸 최금호 선수.》

《안 돼요. 지금 공격에서 최금호 선수를 무너뜨렸어야죠!》

《지금 이 타이밍을 놓치면 박호준 선수 위험합니다.》

모두 박호준의 위기를 말하는 동안 박호준도 방금 전 전투를 통한 정찰에 의해 최금호의 전략을 알아챘다. 그래서 서둘러 유닛을 더 모아서 2차 공격에 들어갔다.

《1차 러쉬 후에 곧바로 들어갔어야죠!》

《박호준 선수가 유닛을 더 모으는 동안 최금호 선수의 방어 라인이 완성됐어요!》

해설자들의 말대로 방어 라인이 갖추어진 최금호는 박호준의 2차 공격을 그다지 큰 피해 없이 막아내었다. 그리고 곧바로 역러쉬에 들어갔다.

《몰아치는 최금호! 하지만 잘 막아내는 박호준!》

일단 최금호의 공격을 어렵사리 막아낸 박호준은 전열을 가다듬고 다음 공격에 대비했지만 최금호는 공격 대신 여기저기에 확장을 했다. 박호준은 그런 최금호의 계획을 간파했으나 알면서도 병력 부족으로 공격에 나서지 못했다.

《박호준 선수 암울합니다.》

병력 차가 나기 시작하고 최금호의 공격이 계속되자 박호준은 더 이상 버티지 못하고 3차전을 포기하고 말았다. 그리하여 최금호는 2승 1패, 한 번만 더 이기면 우승하게 되는 상황이었다.

"이러다 최금호가 우승하겠어!"

김연영은 발을 동동 구르며 어쩔 줄 몰라 했다. 4차전이 야수족에게 유리한 맵이었기 때문에 박호준이 불리했던 것이다.

《이번에 박호준 선수가 진다면 3승 1패로 최금호 선수 우승입니다.》

《과연 어떻게 될 것인지, 4차전 시작합니다.》

박호준에게 마지막이 될 수도 있는 4차전이 시작되었다. 이번에 최금호는 안정적인 빌드로 나갔고, 박호준도 특별한 전략을 세우지 않았다. 아무리 박호준이 뛰어난 컨트롤을 가지고 있다 해도 이대로 평범하게 진행되다가는 박호준은 이길 가능성이 없는 거나 마찬가지였다.

《아, 박호준 선수 1차 러쉬 들어갑니다. 근데 병력이 너무 적은 것 아닌가요?》

《저 정도의 병력이면 최금호 선수 충분히 막겠군요.》

모두 박호준의 공격이 실패할 것이라고 예측한 순간, 박호준은 병력을 둘로 나누어 하나는 최금호의 공격 유닛을, 다른 하나는 최금호의 일꾼 유닛을 공격했다. 특히 공격 유닛을 공격한 부대가 이리 치고 저리 치고 하면서 교란을 잘했기 때문에 다른 부대가 최금호의 일꾼 유닛을 많이 잡을 수 있었다.

《최금호 선수, 병력을 나눴어야죠.》

《일꾼 피해가 너무 큰데요?》

소규모 유닛 러쉬가 잘 먹히게끔 타이밍을 잘 맞춘 것과 정교한 유닛 컨트롤이 4차전을 박호준의 페이스로 끌고 갔다. 그렇게 일정 시간이 흐르고 중앙 교전에서 대승을 거둔 박호준은 별 어려움 없이 최금호에게서 GG를 받아냈다.

"와—!"

박호준이 승리하자 박호준의 응원석에서 탄성이 터져 나왔다. 이제 마지막 5차전을 이긴 사람이 우승하게 되는 상황이 되었다. 모두 자신이 좋아하는 선수의 이름을 목청이 터져라 부르짖었다. 그래서 경기장 분위기는 최고조에 달했다.

"심장 떨려서 미치겠다!"

4차전 경기를 지켜봤던 이상규가 식은땀을 흘리며 소리쳤다. 그 역시 하늘의 분노라는 게임에 대해서 잘 아는 것은 아니었지만 박호준과 최금호의 경기를 보고 있으면 저절로 긴장이 되었기 때문이다. 특히 게임을 중계하는 캐스터나 해설자들의 흥분된 목소리가 이상규에게 게임을 더 흥미진진하게 만들고 있었다. 그것은 게임을 관람하고 있는 다른 사람들도 마찬가지였다.

《최금호 선수, 박호준 선수 모두 땀을 비 오듯 흘리고 있습니다.》

《고수들의 게임은 체력 소모가 엄청나죠.》

《정신력으로 버텨내는 수밖에 없습니다.》

그들의 말대로 박호준과 최금호는 땀으로 범벅이 된 얼굴을 닦아내느라 여념이 없었다. 서로 장기전에 익숙한 프로게이머였지만 두 시간 이상 연속해서 경기를 하는 것은 그 횟수가 그리 많지 않기 때문이었다.

"후우—"

유정운은 작지만 깊은 한숨을 쉬며 손으로 이마를 짚었다. 그가 한 일이라고는 그저 구경한 것밖에 없지만 집중해서 보다 보니 머리가 아팠던 것이다.

"왜 그래? 머리 아파?"

유정운이 머리 아픈 듯이 이마를 짚고 있자 임배희가 걱정스런 얼굴로 물었다. 유정운은 고개를 흔들며 답했다.

"너무 몰입해서 그래요. 그만큼 게임이 재미있으니까요."

"그렇구나."

게임 자체에 문외한인 임배희였으나 경기장의 분위기, 그리고 유정운의 흥분 상태 등을 보고 이 경기가 그들에게 얼마나 강한 자극제가 되고 있는지 능히 짐작할 수 있었다. 특히 웬만한 일에는 반응을 보이지 않는 유정운이 집중해서 보고 있는 것을 보고 임배희는 하늘의 분노라는 게임에 대해서 한번 알아볼까 하는 생각을 했다.

《5차전 경기, 시작합니다!》

와—!

캐스터의 말이 떨어지자 마치 약속이나 한 듯이 모두 함성을 터뜨렸다. 비록 유정운은 거기에 동참하지 않았지만 마음속으로는 누구보다도 5차전의 시작을 바랐다. 그리고 그런 유정운의 바람대로 5차전 경기가 시작되었다.

《둘 다 정석 플레이로 하는군요.》

《5차전 맵인 '암흑의 성전' 은 야수족에게 조금 유리한 맵입니다만, 그렇다고 박호준 선수가 진다는 보장이 없죠.》

《그럼요. 박호준 선수 기록을 보면 이 맵에서 야수족과 세 번 싸웠는데 2승 1패로 승률이 괜찮은 편이거든요?》

《그 야수족 플레이어들이 결코 호락호락한 상대는 아니었지 않습니까?》

《그럼요. 그것도 박호준 선수가 변칙 플레이를 한 게 아니라 정석 플레이로 이긴 거죠.》

캐스터와 해설자들은 그런 얘기를 하면서 5차전 승부의 행방을 점치기 어렵다는 것에 입을 모았다. 그리고 그것은 둘의 경기를 지켜보는 사람들 모두 마찬가지였다. 하늘의 분노라는 게임을 잘 모르는 사람들은 자신이 응원하는 선수가 이기길 바랐으나, 대부분의 사람들은 누가 이기든지 멋진 경기를 보여주기를 바라고 있었다.

《중앙 지역에서 접전!》

《이번 싸움은 누구의 승리도 아닙니다.》

첫 번째 교전은 서로 유닛을 잃으며 무승부로 마감했다. 그 후로도 유닛이 모일 때마다 접전을 펼쳤고, 그런 와중에 둘이 동시에 멀티를 시도했다.

《일단 서로 앞마당을 먹었습니다. 병력 차가 얼마 안 나서 공격할 수 없죠.》

《중요한 건 세 번째 멀티를 누가 먼저 하고, 그걸 잘 활성화시키느냐

입니다.》

해설자의 말대로 본진 앞에 있는 확장 기지는 두 선수 모두 성공을 했지만 그 외의 멀티는 시도하지 못했다. 계속 소규모 접전이 벌어지는 상황에서 유닛을 뽑지 않고 멀티를 한다면 병력에서 밀리는 수가 생기기 때문이다.

《두 선수, 동시에 세 번째 멀티 시도!》

《이번 멀티에 성공하는 사람이 유리합니다!》

세 번째 멀티가 완성되고 막 활성화될 때쯤 박호준과 최금호는 서로의 멀티에 대한 견제를 했다. 그러면서 상대편 본진과 두 번째 멀티에 대한 공격이 겸행 되면서 게임은 여기저기서 교전이 벌어지는 난타전이 되었다.

《여기저기서 교전이 일어나서 정신이 없군요.》

《보는 사람도 이런데, 게임하는 선수들은 오죽하겠습니까.》

《두 선수, 그래도 컨트롤은 정교하군요.》

치열한 접전 상황이 벌어지자 관객들은 숨을 죽이고 경기를 지켜보았다. 경기 자체가 너무나 치열했기 때문에 실수를 하는 쪽이 지게 되는 아슬아슬한 경기였다. 그렇게 한동안 지속되던 접전은 어느 한순간에 무너졌다.

《아, 박호준! 컨트롤 미스!》

《멀티 기지가 무너집니다!》

《이거 결정적인데요!》

안타까워하는 캐스터와 해설자들의 말처럼 컨트롤 실수로 병력을 막지 못해 세 번째 멀티를 잃은 박호준은 점차 밀리기 시작했다. 어떻게든 상황을 뒤집어보려고 정신없는 게릴라 작전을 펼쳤으나 세 번째 멀티 붕괴로 인해 유닛을 생산할 자원이 부족해져서 결국 상황을 역전시키는데 실패했다.

《박호준 선수 GG!》

《하늘의 분노 1차 리그 우승은 최금호!》

와—!

"최금호! 최금호!"

마침내 승자와 패자가 결정되었고 한쪽은 환한 미소를, 다른 한쪽은 씁쓸한 표정을 지었다. 그렇지만 사람들은 이긴 선수뿐만 아니라 진 선수에게도 갈채를 보냈다.

"박호준! 박호준!"

박호준이 상대였기에 최금호도 자신의 최고 실력을 마음껏 발휘할 수 있었다. 그것을 관객들도 잘 알고 있기 때문에 박호준에게 갈채를 보내는 것이다. 한마디로 이번 결승전은 그들에게 있어서 멋진, 구경할 만한 가치가 충분히 있었던 경기였다.

"아쉽다."

친구인 박호준이 이기지 못해서 김연영은 안타까운 듯이 입을 열었다. 그것은 다른 사람들도 마찬가지였지만 마음속으로는 최금호의 우승을 축하해 주고 있었다.

"끝났네."

경기를 보고 나서 흥분해 있는 사람들 속에서 임배희가 차분한 어조로 말했다. 그러나 그 어조에는 게임을 즐기지 못한 아쉬움이 담겨 있었다.

"나도 하늘의 분노나 배워볼까?"

"하늘의 분노요?"

임배희의 뜻밖의 말에 유정운은 조금 놀란 표정을 지었다. 그녀가 게임에 관심을 가질 줄은 예상하지 못했기 때문이다. 하지만 왠지 유정운의 마음은 밝아졌다.

"제가 가르쳐 드릴게요."

"응."

둘이 얘기를 나누는 동안 시상식이 진행되었다. 준우승을 한 박호준은 겉으로나마 미소를 지으며 관중들의 응원에 답례했다. 그렇게 2074년도 하늘의 분노 1차 리그는 성공적으로 막을 내렸다.

*　　　*　　　*

2074년 6월 25일 금요일 5교시.

오늘은 기말고사 마법 실기 시험이 있는 날이다. 유정운의 지난 중간고사 성적은 형편없었지만 이번만큼은 자신 있었다. 그의 마음속에는 어떤 악연이 찾아와도 이겨내겠다는 굳은 의지가 서려 있었던 것이다.

「부담 가지지 말고 마음 편히 해.」

오늘 아침에 만났던 임배희의 말이 유정운의 긴장을 가라앉혔다. 요즘 임배희는 마법뿐만 아니라 하늘의 분노에도 관심을 가져서 이제 초보 수준을 벗어나 있는 상태였다. 그러나 손놀림이 느린 것을 제외하고는 게임을 보는 눈 자체는 중급 수준이었다. 그것은 지난 2개월 동안 유정운과 하늘의 분노 게임 대회를 많이 봤기 때문이다.

"정운아, 시험 잘 봐."

유정운이 책상 위를 정리하고 있을 때 서동민과 김연영이 와서 격려를 했다. 둘의 사이는 전보다 더욱 견고해져서 아직 한 번도 말다툼을한 적이 없을 정도였다.

"어서 가자."

어느새 정리를 마친 박호준이 유정운을 재촉했다. 지난 하늘의 분노 1차 리그에서 준우승을 한 뒤에 다른 게임에도 도전을 했고 결과는상위권 입상이었다. 하지만 주 게임이 하늘의 분노인 만큼 하늘의 분노 2차 리그에 시드 배정을 받아서 현재 16강을 거쳐 8강에 1위로 선착한 상태였다.

"나도 같이 가자!"

유정운 일당이 모두 뒤운동장으로 나가자 제일 늦은 이상규가 허겁지겁 뒤따라갔다. 지난 2개월 동안 이상규는 아무것도 한 것 없이 시간만 보냈다. 그리고 그 자신도 뭔가 하려는 생각을 눈곱만큼도 하지 않았다.

"자, 출석을 부르겠어요."

마법 실기 담당이었던 임사환 선생이 죽어서 새로 들어온 김대신(金代身) 선생이 학생들을 향해 입을 열었다. 바짝 마른 몸에 답답해 보이는 안경을 쓴 김대신 선생은 스물여덟 살의 총각이었다. 그것까지는좋지만 못생긴 얼굴에 여자 같은 행동을 하기 때문에 학생들에게 인기는 전혀 없었다.

"네."

　30번 학생의 대답을 끝으로 출석 체크는 종료되었다. 그리고 그와 거의 동시에 전애리 선생이 뒤운동장으로 천천히 걸어왔다. 바로 마법 실기 시험 감독을 하기 위해서였다. 그것은 김대신 선생이 마법 실기 과목을 가르치게 된 것이 얼마 되지 않아서 그녀가 스스로 보조 감독을 하겠다고 말했기 때문이다.

　"자, 여기 앉으시죠."

　김대신 선생은 징그러운 웃음을 지으며 전애리 선생에게 자신의 옆자리를 권했다. 그로서는 전애리 선생이 보조 감독을 해주겠다는데 거절할 이유가 전혀 없었다. 오히려 이를 기회로 그녀와 가까워져 보려고 했다.

　"그럼 실기 시험을 시작하겠습니다. 저기 책상 위에 있는 양초 아홉 개에 모두 불을 붙이거나 불을 끄면 만점입니다. 하나씩 실패할 때마다 3점씩 마이너스되고 전부 실패하면 기본점수 70점만 받게 됩니다. 기회는 세 번이고 세 번 중에서 가장 성적이 좋은 것을 인정하겠습니다. 다들 알겠죠?"

　"네."

　김대신 선생의 말대로 학생들 앞에는 총 아홉 개의 양초가 정사각형으로 세 줄, 세 줄씩 배열되어 있었다. 그 아홉 개의 양초에 마법으로 불을 붙이거나, 불을 끄면 되는 시험이었다. 이런 류의 시험은 불을 붙이는 것보다 붙어 있는 불을 바람계 마법으로 끄는 쪽이 훨씬 쉬운 법이었다.

　"그럼 1번부터."

　시험이 시작되었고 모든 학생이 불 끄는 쪽을 선택했기 때문에 전애리 선생이 김대신 선생에게 빌린 버튼식 라이터로 양초에 불을 붙였다.
이번 실기 시험은 밴드 수에 상관없이 얼마나 정교하게 마법을 컨트롤
할 수 있느냐가 관건이었다.

"악! 실수!"

실기 시험을 보던 김연영이 소리를 질렀다. 실수로 양초를 넘어뜨려
버렸기 때문이다. 양초를 넘어뜨리게 되면 한 개도 성공하지 못한 것
으로 간주되기 때문에 조심해야만 했다.

"히잉—"

마지막 시도에서 촛불 다섯 개를 끄는 것으로 시험을 마친 김연영은
88점을 얻게 되었다. 그 점수가 마음에 들지 않는지 그녀는 뾰로통한
표정을 지었고, 그런 그녀를 달래주느라 서동민은 진땀을 뺐다.

"7번 박호준."

"예."

박호준 차례가 되자 전애리 선생의 표정이 약간 긴장되었다. 그녀의
마음속에는 박호준이 과연 잘해낼 수 있을지에 대한 걱정이 가득 들어
찼다. 사실 전애리 선생이 시험 보조 감독을 하겠다고 나선 이면에는
박호준의 마법 실력을 직접 확인하고 싶다는 의도가 깔려 있었던 것이
다.

"위대한 마나여, 그대 나의 부름에 답하여 내가 이끄는 대로 따라오
라."

촛불 끄기를 선택한 박호준은 들뜸 유도 주문을 외웠다. 그리고 곧
장 바람계 마법을 사용했다.

"위대한 마나여, 그대 시원한 손길이 더운 기운을 물러나게 하리라."

주문이 끝나자 미리 지급된 마법 지팡이에서 붉은 빛이 흘러나오며 단순히 바람을 불게 하는 마법이 발현되었다. 하지만 박호준의 첫 번째 성적은 두 개였다. 다시 마법을 사용한 2차 결과는 네 개였고, 마지막 시도에서는 양초를 넘어뜨려 결국 네 개로 마무리 지었다.

끍적―

보고 있던 전애리 선생에게 미안한지 박호준은 그녀를 보고 머쓱한 표정을 지었다. 하지만 전애리 선생은 괜찮다는 뜻으로 미소를 지어 보였다. 그것을 보고 박호준의 마음은 눈 녹듯 풀려 버렸다.

"9번 서동민."

차례가 되자 서동민도 시험을 봤지만 그 결과는 촛불 네 개였다. 그리고 그런 부진한 성적은 16번까지 계속되었다. 최고가 여섯 개이고 그 외에는 네다섯 개의 성적을 기록했던 것이다. 그것은 중간고사와는 달리 기말시험의 난이도가 상당히 높다는 것을 의미했다.

"17번 유정운."

"예."

모두의 기대를 받으며 반장인 17번 유정운이 양초가 놓인 책상 앞에 섰다. 그리고 그 역시 바람계 마법을 사용했다.

번쩍―

"와―!"

주황색 빛이 쏟아짐과 동시에 촛불 일곱 개가 한꺼번에 꺼졌다. 기대주다운 기록이었기에 모두 감탄을 했다. 이어진 2·3차 시도에서는 각각 여섯 개, 일곱 개를 기록했기 때문에 결국은 촛불 일곱 개로 시험을 마감하였다.

"18번 유정운."

"예."

마침내 유정운의 차례가 돌아왔다. 예전 같았으면 악운의 징크스가 두려워 좋은 성적을 포기했겠지만 지금은 달랐다. 할 수 있다는 자신감이 온몸에 충만되어 있었기 때문이다.

"너도 촛불 끄는 걸로 할 거지?"

김대신 선생의 질문을 받은 유정운은 고개를 가로저었다.

"아니오, 불 켜기로 할게요."

"……!"

유정운의 말에 모두 놀란 표정을 지었다. 지난 시험에서 1밴드의 마법도 구사하지 못했던 유정운이 아직 아무도 시도하지 않은 촛불 켜기에 도전하려고 하기 때문이다. 그래서 모두 유정운이 쓸데없는 객기를 부린다고 생각했다.

"그래? 그럼 시작해 봐."

유정운의 실력을 전혀 알지 못하는 김대신 선생은 약간 의외라는 표정을 지었을 뿐 담담히 시험을 진행했다. 유정운도 기대 반 의심 반으로 쳐다보는 학생들을 뒤로한 채 시험에 임했다.

"위대한 마나여, 내 부름에 답하여 이끄는 대로 따라오라."

'약식?!'

유정운의 마나전자 들뜸 유도 주문을 듣고 전애리 선생이 경악했다. 주문을 짧게 줄여서 외워도 마법을 쓸 수 있다면 그야말로 대단한 실력가이기 때문이었다. 마법에 익숙한 전애리 선생조차도 약식 주문은 아직 꿈도 꾸지 못했던 것이다.

"위대한 마나여, 그대 뜨거운 입김으로 모든 것을 불태우리라."

유정운은 불꽃 마법의 주문을 읊었다. 그러자 마법 지팡이에서 찬란한 황금색 빛이 쏟아지며 일시에 아홉 개의 양초에 불이 화악 하고 붙었다. 그것은 보는 이로 하여금 감탄을 자아내게 만들었다.

"마…… 만점."

한 번의 시도로 성공을 한 유정운을 보고 김대신 선생은 더듬더듬 점수를 불렀다. 놀란 것은 전애리 선생도 마찬가지였다. 일단 유정운이 3밴드에 해당하는 마법을 사용했다는 것과 그 컨트롤이 정교하다는 것, 그리고 그런 마법을 썼는데도 힘든 기색이 전혀 없다는 것이 그녀를 놀라게 했다. 그녀가 이 학교로 부임한 것은 2년 전이었지만 지금까지 1학년 마법 실기 기말시험을 단 한 번에 성공한 사람은 채소은밖에 없었다고 선생들에게 알려져 있었기 때문이다.

"와…… 진짜 대단하다."

성적이 좋지 않았던 박호준이 부러움의 눈길로 유정운을 쳐다보았다. 몇 달 전까지만 해도 마법 실기 성적이 자신과 비슷했던 유정운이 어느새 몰라보게 발전했기 때문이다. 하지만 유정운은 담담한 표정으로 입을 열었다.

"이제 좀 마법 컨트롤이 되는 것뿐이야."

"오……."

박호준으로서는 유정운이 잘난 척하고 있는지 안 하고 있는지 헷갈려서 뭐라고 말을 하지 못했다. 아무튼 그렇게 시험은 종료되었고, 최고 득점은 아홉 개를 성공한 유정운이었고 최저 득점은 한 개도 성공시키지 못한 이상규가 차지했다.

*   *   *

위잉―

병실 문이 자동으로 열리면서 유정운은 병실 안으로 들어갔다. 마법 실기 시험을 성공적으로 마쳤기 때문에 그 사실을 채소은에게 알려주기 위해서였다.

"잘 지냈어요?"

"……."

유정운의 질문에 채소은이 대답할 리 없었다. 그녀는 여전히 창백한 표정으로 죽음과 싸우고 있었다. 아직 유명운이 치료제를 개발하지 못했기 때문에 채소은의 생명은 언제 사라질지 알 수 없는 상황이었다.

슥―

유정운은 손을 내밀어 채소은의 손을 잡았다. 그녀의 손은 따뜻했지만 아무런 움직임도 없었다. 그것이 유정운의 가슴을 아프게 했다.

"나 오늘 마법 실기 시험 봤어요. 만점이에요."

"……."

"소은 선배 이후로 1학기 기말 실기 시험을 만점받은 사람은 나밖에 없대요."

"……."

채소은은 여전히 말이 없었다. 산소 호흡기를 통해 들리는 작은 숨

소리만이 채소은이 아직 살아 있음을 알려주고 있을 뿐이었다. 피부에도, 머리카락에도 윤기가 점차 사라져 가고 있는 채소은의 모습을 보는 것은 괴로웠다.

"큭……!"

지금까지 참아왔던 눈물이 터져 나오려고 해서 유정운은 입술을 꽉 깨물었다. 생기가 없는 채소은의 모습을 볼 때마다 마음이 아파서 병원에 오는 것이 두려웠다. 그리고 아무리 연인 사이였다고는 해도 채소은에게는 가족이 있기 때문에 그들에게 자신의 모습을 알리는 것도 원하지 않았다. 저번에 유명운과 같이 채소은의 부모와 만난 적이 있지만 그들은 유정운에 대해서 별로 신경 쓰지 않았다. 유정운과 채소은의 관계를 모른다는 점도 있으나 자신의 딸이 식물인간 상태가 되어 버렸는데 다른 것에 신경 쓸 여유가 없다는 것이 가장 큰 이유였다. 그런 그들에게 의기소침해져 있는 자신의 모습을 보여줄 수는 없는 것이었다.

"나, 열심히 할 거예요. 그러니까 소은 선배도 포기하지 말아요."

"……."

유정운은 채소은의 손을 붙잡고 마음속으로 기도를 올렸다. 그 기도는 특정 신에게 하는 것이 아닌, 그저 채소은의 생명을 쥐고 있는 미지의 존재에게 하는 것이었다. 자신의 힘으로는 채소은에게 아무런 도움도 줄 수 없기에 지금 그가 할 수 있는 일이라고는 기도하는 것밖에 없었던 것이다.

"그럼 가볼게요. 잘 있어요."

"……."

아무 말 없는 채소은을 뒤로한 채 유정운은 병실을 나섰다. 그리고 차마 떨어지지 않는 발걸음을 재촉하며 병원 밖으로 나갔다. 병원을 나가기 직전에 병원 로비에서 에메랄드 색 단발머리 소녀의 뒷모습을 보았는데, 그녀의 뒷모습이 채소은과 너무나 닮아 있어 순간 걸음을 멈추었다. 그리고 그와 동시에 소녀가 유정운 쪽으로 고개를 돌렸다.

"……!"

소녀의 얼굴을 보자마자 유정운은 경악을 금할 수가 없었다. 확실히 소녀는 채소은이 아니었다. 하지만 소녀의 얼굴은 채소은의 얼굴과 너무나 닮아 있었다. 얼굴 형태에서부터 눈, 코, 입까지 마치 채소은의 중학교 때 같은 느낌이 들었던 것이다.

"……?"

유정운이 자신을 빤히 쳐다보자 소녀는 약간 당황한 표정을 지었다. 난생처음 보는 남자가 자신을 뚫어져라 쳐다보고 있으니 당황하지 않을 수가 없었다. 그래서 서둘러 그의 곁을 지나쳐 병원 안으로 들어갔다. 자신의 모습이 사라질 때까지 유정운의 시선이 자신에게 계속 머물러 있음을 느끼면서.

위잉—

소녀가 들어간 병실은 채소은이 있는 곳이었다. 소녀는 병실 안으로 들어오자 긴 한숨을 토해냈다. 유정운의 시선이 계속 자신에게 머물러 있었기 때문에 심리적으로 굉장한 압박감을 느꼈던 것이다.

"안녕, 언니. 나 왔어."

"……."

소녀는 병실 침대에 누워 있는 채소은의 곁으로 가서 인사를 건넸다. 물론 채소은은 아무런 대답을 할 수 없었지만 소녀는 그것에 신경 쓰지 않는 눈치였다.

"방금 전에 어떤 사람이 날 계속 쳐다봤어. 고등학생 같긴 했는데 그렇게 쳐다보니까 조금 민망해서……."

아까 전의 일을 떠올린 듯이 소녀는 어색한 표정을 지었다. 사실 소녀의 미모에 혹해서 소녀에게 접근해 오는 남자들이 부지기수라서 소녀로서는 그런 시선에 익숙하다면 익숙할 수 있었다. 하지만 유정운에게서 느꼈던 시선은 그런 것들이 아니었다.

"이상해…… 그 사람이 날 쳐다볼 때의 시선이…… 너무 슬퍼 보였어……."

소녀는 그렇게 중얼거렸다. 지금까지 자신을 바라보던 여느 시선과는 다른 유정운의 시선은 자신도 모르는 사이에 소녀의 뇌리에 각인되고 있었다.

*　　　*　　　*

2074년 9월 19일 수요일.

시간은 유정운에게 있어 번개같이 지나갔다. 그동안 마법과 게임에 심취하다가 시간이 가는 줄도 모르고 지냈던 것이다. 여름 방학 때 박호준과 그 외의 일당과 함께 가끔씩 여기저기 놀러 다니기도 했으나, 그보다는 학교의 마법 연구부실에서 임배희와 보내는 시간이 많았다. 유정운은 학교 도서실을 이용하거나 자율 학습을 한 것은 아니었지만 방학 때도 꾸준히 부 활동을 했다. 다른 부원이 오지 않을 때가 많아서 임배희와 단둘이 마법 연구부실에 있었던 적도 많았다. 그래서인지 두 사람의 관계는 급속도로 가까워졌다. 그리고 그에 따라 채소은에게로의 병문안 횟수가 급격하게 줄어들었다. 그것은 일부러 병문안 횟수를 줄인 까닭도 있지만, 시간이 흐르면서 점차 채소은에 대한 감정이 안정을 찾아가고 있었기 때문이다.

"형, 나 간다."

"어, 재미있게 놀다 와라."

유명운의 배웅을 받으며 유정운은 집을 나섰다. 오늘은 천인 고등학교 1학년 학생들의 수학여행이 있는 날이었다. 3박 4일 일정의 수학여행은 대한민국이 아닌 일본에서 보내는 것이었다. 일본의 전통있는 명문 마법 고등학교인 아카모리(赤林) 고등학교를 방문하여 외국에서는 어떤 마법 교육을 받고 있는지 견학하는 것이 그 목적이었다.

'일본이라…….'

해외에 나가본 적이 없는 유정운으로서는 이번 수학여행이 상당히 기대되었다. 일본어는 조금도 할 줄 모르지만 일본에 대한 적대감이 없기 때문에 일본에 가서 일본어나 약간 배워볼까 하는 생각을 했다. 21세기 초만 하더라도 대부분의 국민이 반일 감정을 가지고 있었으나 세대가 교체되면서 그런 감정은 약화되고 대신 경쟁 상대로서 일본을 인식하고 있었다. 라이벌 의식이 두 나라를 발전시키는 일종의 원동력이 된다고 여겨지기 때문이었다.

「1학년 수학여행의 꽃이 뭔지 아니?」

　　버스를 기다리던 유정운의 뇌리로 임배희의 질문이 스쳐 지나갔다. 그리고 그것을 시작으로 어제 임배희와 나누었던 대화가 떠올랐다.

「수학여행의 꽃이요? 잘 모르겠는데요.」

「응, 그건 아카모리 고등학교 학생들과의 메이지 배틀(Mage Battle)이야.」

「메이지 배틀이요?」

「응, 줄여서 MB라고 하는데, 말 그대로 마법사 전투야. 다섯 명씩 나와서 1대1 대결을 펼치는데 이긴 사람은 계속 도전을 받고, 그렇게 해서 마지막에 남은 사람이 이기는 거거든. 대결 방식은 쌍방 합의로 이루어지고.」

「그럼 대결 방식이 다 다르겠네요?」

「그래. 어떤 사람은 서로 공격 마법을 쓰자고 할 수 있을 테고, 어떤 사람은 항복할 때까지 마법 쓰자라고 할 수 있고 아무튼 마음대로야.」

「그럼 배희 선배도 메이지 배틀 해봤어요?」

「응. 1학년 때 해봤어. 소은이하고 같이 뽑혀서 출전했는데 난 한 번도 못 이기고 그냥 졌어. 그때 대결 방식이 바람계 마법으로 수박 자르기였는데 못 했거든.」

「그럼 소은 선배는요?」

「소은이는 제일 마지막에 출전해서 세 명을 연속으로 이겨서 우리 쪽 승리로 만들었어. 정말 대단했다구.」

「지금 2학년 선배들도 작년에 메이지 배틀 했겠네요?」

「응. 근데 두 명에게 패해서 졌대.」

「선수 뽑는 기준이 뭐예요?」

「중간고사하고 기말고사의 마법이론·실기 합산 점수로 뽑아.」

「그럼 전 이번에 안 뽑히겠네요.」

「왜?」

「중간고사 성적이 나빠서 평균이 낮거든요.」

「아쉽네. 정운이가 나가면 이길 텐데.」

「전 못해요. 그냥 남들 하는 거 구경하면 되죠.」

부웅—

유정운이 잡생각을 하는 동안 30번 버스가 왔고, 유정운은 지체없이 버스에 올라탔다. 버스에 올라타자 유정운의 옷에 있는 버스카드를 카드 판독기가 자동으로 읽었고 버스 요금이 지불되었다. 예전처럼 버스카드 금액이 떨어져서 돈으로 내야 하는 불상사는 일어나지 않고 있었다.

'그 사건 이후로 내 악운은 약해진 것 같다……'

그것은 유정운만의 생각이었지만 실제로도 그랬다. 채소은을 생각하면 아직도 가슴 한구석이 찌릿하지만 그때의 결심 이후로 유정운의 일은 순조롭게 풀리고 있었다. 그것은 어쩌면 채소은 덕일지도 몰랐다.

…….

버스를 몇 번 갈아타고 해서 유정운은 인천 국제공항에 도착했다. 공항에는 1학년 학생들이 빼곡하게 들어차 있었다. 총 인원 1,080명 중에서 수학여행을 신청한 학생은 800여 명이었다. 나머지 200여 명은 학교에서 자습을 하도록 되어 있었다.

"자, 전부 왔나요?"

“네—!”

1학년 28반 학생들의 출석을 체크하는 전애리 선생은 열일곱 명 전원 왔음을 확인하고 안도의 한숨을 내쉬었다. 그리고 안타까운 표정으로 박호준을 쳐다보았다. 이번 수학여행을 감으로써 그는 수학여행 기간 동안 벌어지는 게임 경기에 참가할 수 없게 되었기 때문이다. 그중에 하늘의 분노는 없었지만, 박호준이 하고 있는 게임에서 좋은 성적을 거두고 있는 것도 포함되어 있어서 그로서는 좋은 기회를 놓치는 셈이었다. 그럼에도 불구하고 박호준이 수학여행을 고집한 것은 고등학교 생활을 알차게 보내자는 뜻도 있었고, 무엇보다도 전애리 선생이 같이 가기 때문이었다. 그만큼 전애리 선생의 존재는 박호준에게 있어서 큰 공간을 차지하고 있었다.

“아싸! 아싸!”

비행기에 올라타자 이상규는 소리를 지르며 환호했다. 그런 이상규를 무시하고 서동민은 김연영과 앉았고, 박호준은 전애리 선생과 유정운은 이상규와 같이 앉았다. 이상규와 앉게 된 유정운은 조용한 어조로 이상규에게 질문을 날렸다.

“너, 비행기 멀미 있냐?”

그러자 이상규 왈,

“있을걸?”

이어지는 유정운의 물음.

“봉지 가져왔냐?”

그러자 이상규 왈,

“아니.”

그래서 유정운이 내뱉은 싸늘한 한마디.

"내려."

"……."

여객기에 전원이 탑승하자 이륙하겠다는 기장의 말과 함께 여객기가 수직으로 날아올랐다. 예전에는 긴 활주로를 따라 이동하면서 그때 붙은 가속도를 이용하여 기체를 띄웠지만 우주금속의 도움으로 이제는 활주로가 없이도 수직 이·착륙을 할 수 있었다.

"선생님은 일본어 할 줄 아세요?"

여객기가 안정된 고도에서 비행을 하기 시작하자 박호준이 전애리 선생에게 물었다. 학생들 중에서 일본어를 아는 사람이 없다고 해도 과언이 아니었기 때문이다.

"약간 할 줄 알아. 2년 동안 일본에 유학 갔었으니까."

다행히 전애리 선생은 일본어를 할 줄 안다고 대답했다. 그것은 전애리 선생만 옆에 있으면 일본 학생들과 대화할 때 큰 문제는 없다는 것을 뜻했다.

…….

음속보다 빠른 초속 500m, 바꾸어 말해 시속 1,800㎞로 비행하여 약 40분 만에 일본의 수도인 도쿄[東京]에 도착했다. 아카모리 고등학교는 마법 명문고답게 도쿄 중심에 위치해 있어서 그쪽에서 제공한 관광버스를 이용해 금방 목적지에 갈 수 있었다.

"어? 아카모리인가 뭐시기 고등학교로 안 가네?"

버스가 멈춰 선 곳을 둘러본 이상규가 고개를 갸웃했다. 하지만 버스 안에서 졸았던 이상규 빼고 아까 전에 전애리 선생의 설명을 다른 학생들은 모두 들었기 때문에, 그의 의문에 대답해 줄 사람은 재수없게 옆에 앉은 유정운뿐이었다.

"숙소다."

"아…… 숙소! 그럼 들어가서 자는 거야?"

"……그래. 들어가서 영원히 자라."

"…….""

유정운과 이상규가 정다운 대화를 나누는 동안 다른 학생들은 차례차례 버스에서 내렸다. 그래서 유정운과 이상규도 맨 마지막에 내려 학생들이 모여 있는 곳으로 갔다. 800여 명에 달하는 학생들의 인원 체크 보고를 받은 교장 선생은 학생들을 둘러보며 입을 열었다.

"숙소는 저기 보이는 월드호텔이고, 2인당 방 하나를 쓰게 될 것입니다. 방 번호는 각 담임 선생님에게 확인하고 11시까지 호텔에 있다가 점심을 먹고 오후에는 아카모리 고등학교에 갈 것입니다. 그러니 담임선생님들 지시에 잘 따라주기 바랍니다."

교장 선생의 말이 끝나자 전애리 선생은 반 아이들에게 각자의 방 번호를 알려주었다. 유정운은 이상규와 같은 1908호를 배정받았다. 그로서는 19층이라는 방 번호보다는 이상규와 같은 방이라는 것이 떨떠름했다.

"호텔은 여자하고 같이 가야 되는데."

이상규는 그것이 매우 아쉽다는 듯 입맛을 다셨다. 그리고 방으로 가는 동안에도 계속 여자 얘기를 하면서 구시렁댔다. 유정운은 그런 이상규의 헛소리를 듣자마자 한쪽 귀로 흘리면서 방문을 열고 안으로 들어갔다. 해외 관광객들을 유치하는 호텔답게 호텔 내부는 상당히 깔끔했고 방 자체도 고급스러웠다. 하지만 그런 것에는 관심없는 유정운이었기에 짐을 넣은 책가방을 침대 위에 던져 놓고 방 밖으로 나왔다. 일본에 온 김에 호텔 주변을 빙 돌면서 시내 구경을 할 생각이었던 것이다. 그렇지만 그의 그런 의도는 예상치 못한 장벽에 부딪치고 말았다.

"시내 구경하겠다구? 안 돼. 그러다가 길 잃으면 어떡하니?"

막 호텔을 나서려던 유정운을 가로막은 것은 전애리 선생이었다. 그녀는 '수학여행=단체 활동' 이라는 공식을 늘어놓으며 유정운의 단독 행동을 제지했다. 사실 유정운 스스로도 자신의 행동이 너무 독단적이라는 것을 알고 있었기 때문에 아무런 반박도 하지 않고 전애리 선생의 말에 수긍하였다. 그리고 두말없이 자기 방으로 돌아가려고 했다. 그런데 그런 그에게 전애리 선생이 뜻밖의 제안을 했다.

"정운아, 배정받은 방에 문패처럼 애들 이름을 붙여야 되는데, 이 근처에 있는 PC방에 가서 문패를 프린트해야 돼. 같이 갈래?"

"아…… 예."

어차피 할 일도 없고 꼴값 떠는 이상규의 모습은 보기 싫은데다가 전애리 선생을 따라가면 바깥 구경도 하는 것이었기 때문에 유정운은 곧바로 고개를 끄덕였다. 그렇게 해서 유정운과 전애리 선생은 '파스룸[パスルーム]' 이라고 불리는 일본식 PC방으로 향했다. 'Personal Computer Room' 이라는 어색한 영어를 일본식의 약자로 부르고 있는 것이 바로 파스룸이었다. 본래 일본에서는 전통적으로 PC게임보다는 콘솔 게임이 압도적인 강세를 보이고 있었는데, 2010년대부터 온라인 게임을 필두로 PC게임과 콘솔 게임의 비중이 5대 5로 바뀌었다. 그

것은 우리 나라에서처럼 온라인 게임을 중심으로 한 PC방의 등장이
큰 역할을 했기 때문이다.

"これをプリントしてください。"

전애리 선생은 PC에서 편집한 내용의 프린트를 PC방 종업원에게
부탁했고, PC방 종업원은 두말없이 프린트를 해주었다. 유정운으로서
는 일본이라는 곳에 처음 온 것이라 뭐가 뭔지 몰라 그냥 잠자코 있었
다. 대신 시선을 이리저리 돌리면서 이곳이 어떻게 생겨먹은 곳인가를
파악하는 데에 주력했다.

"……!"

대형 마트를 연상케 하는 PC방의 크기에 감탄을 하던 유정운이 문
득 어느 한곳에 시선을 고정시켰다. 타오를 듯한 붉은색의 긴 머리를
찰랑이며 한 소녀가 PC방 안으로 들어왔기 때문이다. 소녀의 미모는
채소은보다 예쁜 여자는 없다라고 단정 짓고 있던 유정운의 생각을 돌
아보게 할 만큼 뛰어났다.

"こんにちは。"

"こんにちは。"

붉은 머리의 소녀는 종업원에게 인사를 건넸고, 종업원들은 깍듯한
태도로 소녀를 맞이했다. 아까 전애리 선생과 유정운이 들어왔을 때보
다 심하게 오버하는 것으로 보아 소녀가 이곳의 단골손님이든가 신분
이 높은 쪽인 듯했다. 하지만 전애리 선생의 작업이 끝났기 때문에 유
정운은 그 소녀에게서 시선을 돌렸다. 그러나 공교롭게도 그때,

탕! 타앙!

갑작스런 총성과 함께 다섯 명의 사내가 PC방을 점령했다. 한눈에

봐도 살벌하게 생긴 인상의 사내들은 구식 총을 든 상태에서 사람들을 움직이지 못하게 만들었다. 그런 사람들 중에는 유정운과 전애리 선생도 포함되어 있었다.

'뭐지? 난 또 테러 사건에 휘말린 건가? 일본까지 와서?'

사내들이 겨누고 있는 총구를 쳐다보면서 유정운은 속으로 한숨을 내쉬었다. 이미 한 번의 뼈저린 경험을 한 바 있는 유정운으로서는 그저 쥐 죽은 듯이 잠자코 있으리라고 결심했다. 솔직히 지금의 유정운이라면 그들을 한순간에 제압하는 것이 가능했다. 하지만 쓸데없이 나섰다가 누군가 피해를 볼지 몰랐기 때문에 그냥 참기로 한 것이다.

"お～い, お嬢ちゃん. 久しぶりだなあ."

다섯 중에 두목인 듯한 선글라스의 중년 사내가 살벌한 미소를 띠면서 붉은 머리의 소녀를 쳐다보았다. 다른 사람들은 모두 총에 맞지 않기 위해 몸을 낮추거나 숨기고 있었지만, 소녀만큼은 당당히 그들을 노려보며 서 있었다. 하지만 190㎝를 넘는 사내와 비교할 때 170 정도밖에 되지 않는 소녀는 너무나 연약해 보였다.

"あなたたち, まだいたの?"

붉은 머리의 소녀는 다섯 사내를 보고도 눈 하나 꿈쩍하지 않으며 그들을 질타하듯이 입을 열었고, 우두머리 사내는 조소를 흘리며 맞받아쳤다.

"その時の恩義が大すぎてなあ."

일본어를 전혀 모르는 유정운은 그들이 무슨 얘기를 하는지 알아들을 수 없었다. 단지 돌아가는 상황이나 그들의 어조를 통해 미루어보건대, 다섯 사내는 붉은 머리 소녀에게 볼일이 있어서 PC방을 점령했

고, 사내들과 소녀와의 사이가 매우 좋지 않다는 것을 알아내었을 뿐이
었다.

“お嬢ちゃん，大人しく俺たちに付き合うのがいいぜ.”

우두머리 사내는 들고 있는 권총을 까닥거리며 소녀에게 무슨 말을
했고, 소녀는 그럴 수 없다는 듯이 고개를 저으며 입을 열었다.

“ここで何かしたら承知しないわよ.”

“하하하—”

그들의 대화 중에 유정운이 유일하게 알아들을 수 있는 말인 ‘하하
하’가 튀어나왔다. 그건 물론 사내들이 웃는 소리였고, 그 웃음에는 비
웃음이 내포되어 있었다. 짧은 시간 동안 가볍게 비웃던 사내들은 웃
음을 멈추고 소녀에게 총을 들이대며 소녀에게로 걸어갔다. 얼핏 보기
에도 그들이 소녀를 인질로 삼고 이곳을 빠져나갈 생각인 것 같았다.
아니, 애초에 그들의 목적이 붉은 머리의 소녀라는 것은 전후 사정을
모르는 유정운이라도 알 수 있는 사실이었다.

‘PC방을 털고 갈 생각이었다면 상대하기 귀찮아서 그냥 보내줬겠지
만…… 납치를 하는 건 상황이 좀 다르지.’

저 악마의 마수로부터 저 아리따운 소녀를 구하기 위해 유정운은 그
런 결심을 마음속에 성립시켰다. 그리고는 전애리 선생에게 작은 목소
리로 자신의 생각을 전달했다.

“선생님, 제가 저 사람들의 총을 뺏고 묶어놓을 테니까 성공하면 바
로 경찰을 불러주세요.”

“뭐?”

갑작스런 유정운의 속삭임에 전애리 선생은 놀란 표정을 지었다. 그

말은 유정운이 총을 가지고 있는 사내들과 한바탕 하겠다는 것을 뜻했기 때문이다. 그래서 그녀는 유정운을 말리기 위해 그의 팔을 잡으려고 했다. 그러나 애초에 움직일 생각이 없었던 유정운은 전애리 선생에게 팔을 잡힌 상태로 마법 시전을 시작했다.

"위대한 마나여, 내 부름에 답하여 이끄는 대로 따라오라."

약식으로 마나전자 들뜸을 유도한 유정운이 곧바로 마법을 사용하려는 순간, 붉은 머리 소녀의 입에서 낭랑한 말소리가 흘러나왔다.

"偉大なるマナよ. そなた, 私の言葉に答えて私の導きに付いてきなさい."

"この……!"

소녀가 마치 마법 주문을 외우듯이 입을 열자 우두머리 사내가 흠칫하여 소녀를 향해 방아쇠를 당기려 했다. 아무리 소녀가 마법을 재빠르게 시전한다고 하더라도 소녀의 마법 시전 속도보다 소녀의 몸을 관통하는 총알의 속도가 훨씬 빠를 것은 자명한 일이었다. 소녀도 그것을 알고 있기 때문에 얼굴에 긴장의 빛을 떠올렸다. 그럼에도 소녀는 마법 사용 의지를 버리지 않았다.

"偉大なる……!"

"위대한 마나여, 차가운 얼음의 꽃을 피우라."

소녀가 마법 주문을 외우기도 전에 유정운은 소녀보다 먼저 마법 주문을 완성했다. 그가 사용하려는 주문은 얼음 마법이었고, 들고 있던 무선 마우스에서 주황색의 빛이 쏟아져 나옴과 동시에 우두머리 사내가 소녀에게 총을 쏘려는 그 순간에 마법이 발동되었다.

"……!"

유정운의 얼음 마법에 의해 다섯 사내의 손은 일순간에 꽁꽁 얼어붙었다. 물론 겉으로는 아무런 변화가 없었지만 그들의 손은 급격히 체온을 잃어서 더 이상 움직일 수가 없었다. 그렇기 때문에 우두머리 사내는 소녀가 주문을 모두 외울 때까지 방아쇠를 당기지 못했다.

"……マナよ. そなたの見えぬ重い氣運がこの地の全てを強壓せよ."

다섯 사내의 움직임이 이상하다는 것을 아는지 모르는지 소녀는 재빠르게 주문을 외웠고, 그 효과는 다섯 사내를 땅바닥에 찰싹 붙게 만들었다. 머리 위로 무엇인가가 짓누르는 듯한 포즈. 그것은 바로 중력 마법의 구현 결과였다. 그리고 소녀의 목에 걸려 있는 펜던트에서 노란색의 빛이 쏟아져 나왔다는 사실은 소녀가 3밴드에 해당하는 중력 마법을 사용했다는 얘기였다. 문제는 아무리 밴드 수가 높은 마법사라 할지라도 중력 마법 유지 시간이 한 시간을 넘지 않는다는 것이었다. 그래서 유정운은 깔끔한 뒤처리를 위해 다시 마법을 사용했다.

"위대한 마나여, 그대 부드러운 목소리로 달콤한 꿈을 안겨주리라."

유정운의 말이 끝나자 무선 마우스에서 노란 빛이 터져 나오며 땅바닥에서 허우적대고 있는 다섯 사내의 행동을 멈추게 만들었다. 그가 외운 마법은 수면 마법으로 지정한 상대를 잠재우는 주문이었다. 일단 사내들을 잠재우고 나서 나머지는 경찰의 할 일로 미루려는 생각이었던 것이다. 3밴드의 수면 마법 효과의 지속 시간이 한 시간이니 그 정도면 경찰이 충분히 도착할 것이란 계산에서였다.

"ありがとうございます."

할 일을 마친 유정운이 어서 가자고 전애리 선생을 재촉하려고 할 때 붉은 머리의 소녀가 마법을 중지시키고 유정운을 향해 고개를 숙였다. 일본어를 모르는 유정운도 '아리가또 고자이마스'가 '고맙습니다' 라는 것쯤은 알고 있었기 때문에 당황하지는 않았다.

"선생님, 그만 가요."

그래도 유정운은 소녀의 감사 인사를 무시하며 전애리 선생에게 빨리 갈 것을 강요했다. 영어권이었다면 괜찮다는 뜻의 'You're Welcome' 이라도 날렸겠지만 일본어로 괜찮다라는 뜻을 모르니 그냥 무시하기로 한 것이었다. 그렇지만 불행하게도 소녀에게는 유정운이 생각지도 못한 능력이 숨겨져 있었다.

"한국인이세요?"

"……!"

약간은 어색하지만 일본인치고는 상당히 양호한 한국어 발음이라서 유정운은 고개를 다시 소녀 쪽으로 돌렸다. 들리는 말이라고는 전부 일본어뿐인 이곳에서 한국말을 듣게 되자 관심이 가지 않을 수가 없었던 것이다.

"한국말 할 줄 알아?"

"네, 조금 해요."

첫 만남부터 대뜸 반말을 하는 유정운이었으나 소녀는 그런 것에 신경 쓰지 않고 뭐가 좋은지 방글방글 웃었다. 크고 맑은 눈망울, 갸름한 턱 선으로 인한 덧니는 소녀의 귀여운 용모를 더욱 돋보이게 했다.

"저기, 아까 마법을 쓰시던데 일본에는 무슨 일로 오셨나요?"

한국어의 존댓말까지 능수능란하게 구사하는 소녀의 한국어 실력은 보통이 아니었다. 아무튼 소녀가 자신에게 관심을 보이는 이유가 마법

때문이라는 것을 직감적으로 알아차린 유정운은 담담하게 입을 열었
다.

“수학여행 온 건데. 한국에 있는 천인 고등학교 학생이고.”

“천인…… 아! 천인!”

뭔가 기억났다는 듯이 탄성을 내지른 소녀는 연이은 질문을 던졌다.

“오늘 천인 고교에서 견학 온다고 하던데, 이제 도착했어요?”

“……!”

소녀의 말을 들은 유정운과 전애리 선생은 놀랄 수밖에 없었다. 소
녀가 천인 고등학교에 대해 알고 있고, 천인 고등학교의 일정까지 알고
있는 듯 보였기 때문이다. 그것을 확인하기 위해 전애리 선생이 붉은
머리 소녀에게 일본말로 질문을 던졌다.

“あなた，赤森高校の學生なの？”

“はい．一年生です．”

그것을 시작으로 그들의 대화는 계속되었다. 물론 일본어를 모르는
유정운은 그들의 대화에서 소외될 수밖에 없었다.

“名前は？”

“赤森七美です．”

“赤森？じゃ，赤森高校は…….”

“はい．私の父が赤森高校の校長先生です．”

“そっか．あっ，私は전애리．こっちは유정운．”

대화 중에 느닷없이 전애리 선생과 자신의 이름이 나오자 유정운은
순간적으로 긴장했다. 하지만 그게 자기소개라는 것을 알아차리고 긴
장감을 누그러뜨렸다. 그렇게 대화를 끝마친 전애리 선생은 일본어를

모르는 유정운을 위해 소녀를 소개시켜 주었다.

"정운아, 이쪽은 아카모리 고등학교 1학년인 아카모리 나나미야."

"아카모리 나나미예요. 잘 부탁드려요."

"어……."

고개를 숙여 인사하는 나나미를 따라 유정운도 살짝 고개를 숙여 맞대응을 했다. 경찰이 빨리 와야 이곳에서 빠져나갈 수 있는데, 아직도 경찰이 오지를 않으니 유정운으로서는 전애리 선생이 먼저 나가자고 하기 전까지는 이곳을 빠져나갈 방법이 없었다. PC방의 수많은 시선들이 이쪽으로 몰려 있으니 계속 있기가 불편했던 것이다.

삐뽀삐뽀—

마침내 유정운이 그토록 고대하던 경찰차가 도착했다. PC방에 도착한 경찰들은 무장 상태로 들어왔다가 다섯 사내가 코를 골며 자고 있는 모습을 보고 황당하다는 표정을 지었다. 아무튼 자고 있는 사내들을 들쳐 업고 경찰차에 아무렇게나 구겨 넣는 경찰관 중에서 콧수염을 기른 경찰관이 사람들을 불러놓고 사건 진상을 조사하기 시작했다.

'말아먹을…… 내가 잘못 생각했다!'

경찰이 오면 이곳을 빠져나갈 수 있을 것이라고 생각했던 유정운은 자신의 생각이 크게 잘못되었음을 즉각 깨달았다. 범인들을 잠재운 인간이 유정운 자신이니 경찰에게 붙들려 가서 진술서를 써야 한다는 것을 생각해 낸 것이다.

"ちょっと失礼……."

유정운의 예상대로 경찰이 다가와서 유정운 일행에게 사건 진상에 대해서 이것저것 묻기 시작했다. 일본어를 모르는 유정운은 완전히 배

제된 채 전애리 선생과 아카모리 나나미를 중심으로 사건 진술을 하였
고, 그 진술이 끝날 때까지 유정운은 할 일 없이 빈둥빈둥거려야만 했
다.

23 장
메이지 배틀(Mage Battle)

ⅡⅩⅢ 메이지 배틀(Mage Battle)

부우웅—

진동이 거의 없는 버스 안에서 유정운은 말없이 창밖을 쳐다보았다. 그의 머리 속에는 온통 30분 전에 만났던 붉은 머리의 소녀 아카모리 나나미 생각뿐이었다. 그녀가 예쁘다는 것도 한몫 하고 있었지만, 그보다는 그녀와 그 다섯 사내와의 관계가 특이해서였다. 사건 진술을 한 전애리 선생을 통해서 알게 된 사실은 다섯 사내의 정체가 이 근방에서 활약하고 있는 야쿠자였고, 나나미가 그 야쿠자들의 두목을 마법으로 간단히 제압하여 경찰에 넘겼었다고 한다. 자신들의 오야붕을 구출하기 위해 다섯 사내는 나나미를 인질로 삼고 두목의 석방을 요구할 생각을 했고, 나나미의 집 근처에서 잠복하다가 그녀가 나오는 것을 보고 뒤를 미행, 그녀의 목적지인 PC방에서 범행을 계획한 것이었다. 당시 나나미는 PC방을 자주 애용하고 있었는데, 집에 있는 PC가 먹통이 되어서 자신의 어머니가 운영하고 있는 PC방을 오고 가고 했던 모양이었다.

'아카모리 고등학교…….'

창밖을 보는 유정운의 눈이 날카로워졌다. 사실 방금 전까지 유정운은 아카모리 고등학교 학생들의 실력이 천인 고등학교 학생들의 실력과 비슷비슷할 것이라 생각하고 있었다. 그런데 아카모리 고등학교의 학생인 아카모리 나나미의 실력을 직접 눈으로 확인하자 자신의 생각이 잘못되었음을 인정했다. 아직 1학년인 나나미가 3밴드의 마법을 능숙하게 사용한다는 것은 그 위 학년생들의 실력이 결코 장난이 아님을 말해 주는 대목이기 때문이었다.

「지금 2학년 선배들도 작년에 메이지 배틀 했겠네요?」
「응. 근데 두 명에게 패해서 졌대.」

수학여행을 오기 전에 나누었던 임배희와의 대화가 떠올랐다. 그 당시에는 그것을 크게 염두에 두지 않았지만 지금은 달랐다. 만약 아카모리 나나미가 메이지 배틀에 나오게 된다면 지금의 천인 고등학교 1학년들은 수천 명이 릴레이해서 덤벼도 그녀를 이기지 못하기 때문이다.

'이번 메이지 배틀은 잘하면 스트레이트로 깨지겠군.'

유정운은 속으로 쓴웃음을 지으며 버스 안으로 시선을 돌렸다. 아무리 눈 씻고 찾아봐도 나나미와 대등하게 싸울 만한 사람이 없었다. 현재 28반 중에서 마법 성적이 톱을 달리고 있는 17번 유정운조차 나나미의 상대가 될 수 없으니 다른 사람들은 볼 필요도 없었던 것이다.

'만약 내가 나나미와 싸우게 된다면……'

다시 창밖으로 시선을 돌린 유정운은 그런 가설을 세워보았다. 어차피 마법 성적이 저조해서 메이지 배틀에 나갈 가능성은 없었지만, 그래도 마법 대결이란 점이 흥미로웠기 때문에 나나미와의 대결을 시뮬레이션해 본 것이다. 결과는 유정운의 압승.

'나나미도 잘하지만 아직 밴드 수에서 차이가 나고, 기교 면에서도 나한테 밀린다. 특히 마법 시전 속도에서 급격한 차이가 나기 때문에 나나미는 마법을 채 사용하기도 전에 나한테 제압당할 가능성이 짙다. 근데 나나미는 자존심이 꽤 세 보이던데…… 힘도 못 쓰고 지게 되면 날 저주할지도…….'

끼이―

유정운이 그런 생각을 할 동안 버스는 달리고 달려서 마침내 목적지인 아카모리 고등학교에 도착했다. 학생들은 두근거리는 마음으로 버스에서 내렸고, 유정운도 기대감을 가지고 아카모리 고등학교를 바라보았다.

"우와―!"

버스에서 내린 학생들의 입에서 탄성이 터져 나왔다. 버스가 정차한 곳은 아카모리 고등학교의 운동장이었는데, 그 운동장 크기가 웬만한 대학 캠퍼스 저리 가라 할 정도였다. 천인 고등학교처럼 본관 하나만 달랑 있는 것이 아니라 대학 캠퍼스처럼 여기저기에 여러 개의 건물이 들어서 있었고, 정원도 가꾸어져 있었으며, 넓은 주차장도 있었고, 심지어는 학교 교내 버스가 다니는 아스팔트 길도 있었던 것이다.

'이건 뭐 완전히 대학교군.'

그것이 아카모리 고등학교를 본 유정운의 감상이었다. 물론 다른 학생들도 마찬가지 생각을 하고 있었다. 지금까지는 천인 고등학교가 꽤 큰 학교인 줄 알았는데, 아카모리 고등학교를 보니 그게 아니라는 생각을 하지 않을래야 안 할 수가 없었으니까.

"아카모리 고등학교는 2035년에 설립됐고, 처음에는 아마쿠사[天草]라는 이름이었지만 2040년에 아카모리 회사가 인수하면서 지금의 이름으로 바뀌게 되었어요. 그리고 마법 고등학교로 이름을 날리게 됐죠. 현재 아카모리 고등학교는 세계에서 제일 큰 마법 고등학교예요."

학생들의 인원수 파악을 끝마친 전애리 선생이 아카모리 고등학교에 대한 간략한 소개를 학생들에게 해주었다. 세계에서 제일 큰 마법 고등학교라는 말에 학생들은 너 나 할 것 없이 탄성을 내질렀고, 새삼스럽게 아카모리 고등학교를 둘러보았다. 그런데 이상한 것은 아카모리 고등학교 내에 사람 그림자가 전혀 없다는 점이었다.

"선생님~! 왜 사람이 아무도 없어요?"

"혹시 어딘가에 숨어 있다가 우리를 놀래키려는 거 아니에요?"

학생들의 궁금증 서린 질문이 날아들자 전애리 선생은 그들을 진정시키며 대답했다.

"오늘은 아카모리 고등학교의 개교기념일이라 학생들이 없어요. 사실 그것 때문에 수학여행을 항상 이 날에 잡는 거예요. 그래야 견학할 때 이곳 학생들을 방해하지 않으니까요."

"에이~"

아카모리 고등학교 개교기념일이라는 말에 학생들은 아쉽다는 듯이 고개를 흔들었다. 일본 학생들을 직접 보고 대화를 하면서 견학할 것이라는 생각을 했었기 때문이다. 그러한 아이들 중에서 가장 아쉬워하는 인간은 단연 이상규였다.

"쳇, 일본 여고생 몰카를 찍으려고 했더니……."

"……."

캠코더 기능이 있는 핸드폰을 만지작거리며 중얼거리는 이상규를 무시하며 유정운은 전애리 선생의 지도를 따라 아카모리 고등학교의 견학을 시작했다. 학교에 남아 있는 사람은 견학 안내를 맡은 몇몇의 일본 선생들이었는데, 대부분이 남자였고 여자라도 아줌마들이었기 때문에 싱싱하고 파릇파릇한 여고생을 기대했던 남학생들에게는 어마어마한 실망감만 잔뜩 안겨주었다. 물론 여학생들 역시 눈요기할 만한 일본 남자가 없어서 풀이 죽어버렸다. 그렇게 어수선한 상태에서 아카모리 고등학교의 견학은 끝을 맺었다.

＊　　　＊　　　＊

수학여행 이틀째.

오전에는 일본의 관광 명소를 둘러보았다. 그렇지만 기본적으로 도쿄를 벗어나지 않았기 때문에 그다지 신기한 것은 없었다. 어차피 도쿄나 서울이나 대도시인 건 마찬가지라 겉으로 보기에는 똑같았기 때문이다. 아무튼 그렇게 오전을 보내고 오후에는 다시 아카모리 고등학교를 방문했다. 오늘의 목적은 견학이 아닌 메이지 배틀이었다. 그래서 어제와는 달리 천인 고등학교의 학생들은 유난히 긴장하고 있었다.

"자, 어서 안으로 들어가요."

"차례차례 줄 서서!"

각 반의 담임 선생들은 자신의 학생들을 인솔하며 아카모리 고등학교 내에 있는 대강당으로 들어갔다. 대강당의 크기는 웬만한 야구장만 했기 때문에 천인 고등학교 학생 800여 명과 아카모리 고등학교 학생 6,000여 명을 모두 수용하고도 남았다.

"우와~ 웬 인간들이 이렇게 바글바글 하냐?"

아카모리 고등학교 학생 전원이 모인 것을 보고 이상규는 질렸다는 표정으로 혀를 내둘렀다. 거기다가 그 학생들을 통솔하는 선생들 수까지 합하면 전체 인원이 족히 7,000여 명은 되었다. 천인 고등학교와 비교하자면 두 배 이상의 인원수를 보유하고 있는 것이다.

"앉자! 앉자!"

대강당에 준비된 의자에 앉은 이상규는 이리저리 주변을 둘러보며 예쁜 일본 여학생이 있나 없나 살펴보았다. 그에 비해 유정운은 8,000여 개의 의자를 이곳으로 가지고 와서 정렬시켜 놓은 인물에 대해 경외감을 표시하며 경건한 마음으로 의자에 털썩 주저앉았다. 박호준을 위시한 서동민, 김연영 커플도 유정운 주변에 앉아 이것저것 얘기하기 시작했다.

"정운아."

"……?"

유정운이 박호준 일당의 대화를 엿듣고 있는 와중, 학생들을 통솔하던 전애리 선생이 느닷없이 유정운을 불렀다. 유정운은 어리둥절한 표정으로 전애리 선생에게로 갔고, 전애리 선생은 뜻밖의 말을 꺼냈다.

"정운아, 오늘 메이지 배틀에 나가게 될 거야. 순서는 제일 마지막이고. 그러니까 저기 가서 대기하고 있어."

"……!"

예상치 못한 말을 들었기 때문에 유정운은 잠시 얼떨떨한 자세를 취했다. 하지만 이내 정신을 가다듬고 전애리 선생에게 되물었다.

"제가 메이지 배틀에 나간다구요?"

"응. 왜, 나가기 싫어?"

"그런 건 아닌데…… 원래 메이지 배틀은 마법 과목 성적순으로 뽑는 거 아닌가요?"

"맞아."

"제 성적은 뽑힐 성적이 아닐 텐데요."

"그렇긴 하지."

"근데 왜?"

"아, 그건……."

전애리 선생은 잠시 뜸을 들였다. 그리고는 장난기 서린 표정으로 입을 열었다.

"내 직권으로!"

"……."

전애리 선생의 말을 듣고 유정운은 잠시 그녀를 뚫어져라 쳐다보았다. 사실 전애리 선생이 왜 성적도 안 되는 자신을 뽑았는지 그 이유는 알고 있었다. 마지막 마법 실기 기말시험에서 유일하게 100점을 받은 사람이 바로 자신이고, 어제 있었던 납치 미수 사건에서 엄청난 활약을 한 사람이기도 했기 때문이다. 그건 그만큼 전애리 선생이 성적지상주의보다는 실용주의라는 뜻도 있지만 이번 메이지 배틀을 결코 가벼운 마음으로 치르지는 않겠다는 뜻이 강했다. 그걸 확인하기 위해 유정운은 전애리 선생에게 질문을 던졌다.

"선생님, 이번 메이지 배틀 이겨 드릴까요?"

"어머, 자신만만한데?"

"그럼 대충 해요?"

"아니, 이겨야지."

"예."

전애리 선생의 대답을 들은 유정운은 그녀가 가리킨 곳으로 천천히 걸어갔다. 박호준과 그 일당은 유정운이 왜 다른 곳으로 가는지 몰라 고개만 갸우뚱했다. 그런 그들을 뒤로하고 유정운은 17번 유정운 외에 마법 성적 우수자 세 명이 모여 있는 대강당 옆의 대기실에 도착했다. 이미 유정운의 이름은 마법 과목 우등생들에게 어느 정도 알려져 있었기 때문에 17번 유정운 외에 18번 유정운이 대기실에 들어와도 마법 성적 우수자들은 그것을 이상하게 여기지 않았다.

"아! 안녕하세요, 정운 상."

그때 느닷없이 유정운을 부르는 소리가 대기실 내에 울려 퍼졌다. 그것도 너무나 부드럽고 달콤한 목소리가.

"나나미……."

"에헷."

붉은 머리의 소녀는 유정운이 쳐다보자 귀여운 표정을 지었다. 예쁜 애가 귀여운 표정을 지으니 주위에 있던 다른 남자들은 나나미에게서 눈을 떼지 못했다. 특히 나나미의 바로 옆에 붙어 있던 금발의 미소년이 매우 불쾌하다는 표정을 지었다. 그렇지만 유정운은 그 금발의 미소년이 더 불쾌했기 때문에 그에게는 시선조차 주지 않고 나나미에게만 눈길을 주었다.

“나나미, 너도 메이지 배틀에 출전하는 거야?”

“네. 제 순서는…… 전략 노출이니까 말할 수 없어요. 헤헷.”

나나미의 귀여운 표정을 보면서 유정운은 나나미가 자신의 마법 실력에 관심이 있는 건지 다른 쪽에 관심이 있는 건지 알 수가 없었다. 그때 학생 통솔이 끝난 전애리 선생이 대기실에 들어와서 유정운과 나나미의 밀애(?)는 더 이상 진행되지 않았다.

“어머, 나나미 상, 정운이하고 뭐 해?”

“안녕하세요. 그냥 얘기하고 있었어요.”

“혹시 심리전 펴고 있는 거 아니야? 정운이는 우리 에이스라고.”

“알고 있어요. 하지만 저도 지지 않아요.”

메이지 배틀의 승패를 놓고 전애리 선생과 나나미는 일종의 신경전을 펼쳤다. 마법을 사랑하는 두 여자에게 있어서 메이지 배틀은 그야말로 자존심 대결인 듯 보였다. 하지만 유정운은 그런 자존심을 가지고 있지 않기 때문에 이기든 말든 별로 상관이 없었다. 단지 전애리 선생이 이기라고 했으므로 최소한 지지는 않을 생각이었다.

“七美さん. その方々は?”

그때 나나미 옆에 붙어 있던 금발의 미소년이 나나미에게 질문을 던졌다. 일본어를 모르는 유정운이라도 금발 미소년의 어조가 정중하다는 것을 느끼고 있었기 때문에 마음에 들지는 않지만 그에게로 시선을 돌렸다. 상황을 보아 금발 미소년이 나나미에게 유정운과 전애리 선생의 정체에 대해서 묻는 것 같았다.

"あっ，昨日あの連中から私を助けてくれたの."

"そうか．ありがとうございます."

"……?"

느닷없이 자신과 전애리 선생에게 인사를 하는 금발 미소년을 보며 유정운은 의문을 가질 수밖에 없었다. 도대체 나나미가 그에게 뭐라고 말했기에 금발 미소년이 자신들에게 고맙다고 하는 것일까? 그것이 유정운의 의문 사항이었다. 그런 유정운의 의문을 풀어주려는 듯이 전애리 선생이 그들과 대화를 시도했다.

"私はあまりした事ないわ．こいつが全部やったのよ."

툭툭—

무슨 말을 하는지는 몰라도 전애리 선생은 유정운의 등을 토닥였다. 그러자 나나미도 무슨 말인가로 맞장구를 쳤다.

"そうそう．정운さんは本当に魔法が得意なんだから．私，びっくりしました．정운さんみたいに魔法を使う人がいるとはぜんぜん思いませんでしたから."

'흐으…… 대체 뭐라고 하는 건지…….'

지금 나나미가 누구를 대상으로 말을 하고 있는 건지 유정운으로서는 알 길이 없었다. 자신의 이름이 간간히 언급되는 걸로 봐서는 금발의 미소년에게 자신을 설명해 주는 것 같기는 한데, 문제는 나나미의 시선이 계속 자신에게 꽂혀 있다는 것이었다. 마치 전애리 선생에게 자신을 소개하고 있는 것 같아서 뭐가 어떻게 돌아가고 있는지 헷갈릴 수밖에 없었다.

"……."

나나미의 재잘거림이 길어질수록 금발 미소년의 표정은 점점 어두워졌다. 그리고 유정운을 쳐다보는 그의 시선에는 적대감이 잔뜩 깔려 있었다. 상황을 보아하니 금발 미소년은 나나미가 유정운에게 이성으로서 관심이 있다라고 착각하는 것 같았다.

'왠지 귀찮게 될 것 같은…….'

"皆さん, 大會始まります."

그때 대기실 문이 열리며 한 일본 선생이 모여 있는 학생들을 향해 입을 열었다. 그 말을 듣자 아카모리 고등학교의 학생 대표들은 대기실을 빠져나갔고, 전애리 선생이 천인 고등학교 학생 대표들에게 지시를 했다.

"모두 대강당으로 가자."

"네."

학생들은 대답하면서 전애리 선생을 따라 대기실을 빠져나와 대강당 단상 옆에 있는 자리에 앉았다. 그들의 앞에는 8,000여 명이나 되는 사람들이 앉아 있었다. 그렇게 많은 수의 사람들 앞에 있어본 적이 없는 천인 고등학교의 학생 대표들은 눈에 띄게 긴장하며 좀처럼 안정을 취하지 못했다. 그에 비해 아카모리 학생 대표들은 전혀 긴장하는 빛을 내보이지 않았다. 아무래도 평소 전교생이 모인 자리에서 몇 번 서 본 경험이 있는 것 같았다.

'어라?'

나름대로 긴장하고 있던 유정운의 눈에 꾸벅꾸벅 졸고 있는 다수의 학생들이 발견되었다. 그중에는 특히 천인 고등학교 학생들이 많았고, 약간 불량하게 보이는 일본 학생들도 있었다. 아무래도 자신들이 대기실에 있는 동안 지겨운 연설이 있었던 모양이다. 그런 모습을 보니 왠지 긴장감이 사라지는 듯한 느낌이 들었다.

"では, これからメージバトルを行います. 先ず選手たちを紹介します."

[그럼, 이제부터 메이지 배틀을 실시하겠습니다. 먼저 선수들을 소개하겠습니다.]

대강당 단상에 올라가 있던 중년의 일본 남자 선생이 마이크에 대고 말을 하자 얼마 후에 한국어 번역판이 흘러나왔다. 마이크에 언어 통역기가 내장되어 있어서 말이 끝나면 곧바로 번역이 흘러나오게 프로그램되어 있는 모델이었고, 말한 사람의 억양을 분석해서 그 억양에 맞게 언어 전환이 이루어지는 최신식이었다. 게다가 동시 통역기가 아니라 문장 전체를 입력받고 나서 나중에 번역해 주는 형태였기 때문에 번역의 완성도가 꽤 높았다.

"赤森高校の選手, 藤井公太郎, 高峰ひかる, 青島壯介, 鈴木良子, 赤森七美."

[아카모리 고등학교 선수, 후지이 코타로, 타카미네 히카루, 아오시마 소스케, 스즈키 료코, 아카모리 나나미.]

사회자는 아카모리 고등학교의 학생 대표들을 순서대로 차례차례 호명했다. 그러고 나서 천인 고등학교의 학생 대표들을 순서대로 불렀다.

"천인高校の選手, 유정운, 김정수, 윤미령, 송정아, 유정운."

'어라? 나도 마지막이고 나나미도 마지막이군.'

아까 전애리 선생에게서 마지막 순서라고 들었기 때문에 같은 이름이 두 번 나왔음에도 유정운은 당황하지 않았다. 대신 아카모리 나나미가 아카모리 측의 마지막 주자라는 것에 주목했다. 보통 이런 대결에서는 초반에 기선을 제압하고 마지막에 마무리를 하기 위해 첫 번째와 마지막에 에이스를 내보내기 때문이었다. 그것은 나나미의 실력 자체가 아카모리 쪽에서도 우수하다는 뜻이었다.

"애들아, 긴장하지 말고 마음 편하게 먹고 해. 그래야 제 실력을 낼 수 있으니까."

전애리 선생은 바짝 얼어붙어 있는 아이들을 다독이며 이번 경기 규칙에 대해 간략하게 설명했다.

"일단 아카모리 학생 쪽에서 대결 방식을 제시할 거야. 그러면 너희는 그에 응하던지 다른 걸로 바꾸거나 할 수 있어. 그런데 대결 방식을 정할 때 아카모리 학생들은 그쪽 선생님들하고 의논하니까 아마 너희에게 크게 불리할 건 없을 거야."

"네⋯⋯."

"아무튼 부담 갖지 말고 해."

"네."

전애리 선생과 출전 학생들이 옹기종기 모여서 결의를 다질 때 유정운은 슬그머니 빠져서 아카모리 쪽을 쳐다보았다. 그들도 역시 담당 선생과 함께 파이팅을 외치고 있었다. 그러다가 우연히 나나미와 눈이 마주치게 되었는데, 나나미는 절대 지지 않겠다는 의지를 보여주기 위함인지 각오가 서린 표정을 지었다. 하지만 유정운의 눈에는 그저 귀엽게만 보일 뿐이었다.

“一番の選手たち，どうぞ.”

[첫 번째 선수들, 준비하십시오.]

사회자의 지시에 따라 첫 번째 선수인 17번 유정운과 후지이 코타로가 단상 위로 올라갔다. 후지이 코타로는 나나미의 옆에 붙어 있던 금발의 미소년이었다. 그는 단상 위에 올라가자마자 나나미 쪽을 쳐다보더니 손가락으로 V 자를 만들었다. 그것을 보고 아카모리 학생들이 탄성을 터뜨렸다. 후지이 코타로와 아카모리 나나미의 집안이 일본 사업계에서 유명한 그룹이었기 때문에 암묵적으로 양가 사이에는 사돈 관계가 성립되어 있었다. 그것을 알고 있는 아카모리 학생들은 후지이 코타로의 행동이 무엇을 뜻하는지 파악하고 있었던 것이다.

“…….”

그런데 아카모리 나나미는 후지이 코타로를 보지 않고 유정운을 쳐다보고 있었다. 그녀의 표정에는 지금 단상에 올라간 17번 유정운과 자신이 알고 있는 유정운의 이름이 같아서 이상하다라는 의문이 떠올라 있었다. 서로의 진영 간에 거리가 있어서 말로 대화할 수 없는 유정운은 그저 쓴웃음만을 지을 뿐이었다.

“藤井さん，對決のルールを決めてくたさい.”

[후지이 씨, 대결 방식을 정해수십시오.]

사회자는 후지이 코타로에게 대결 방식의 결정을 권했고, 코타로는 미리 준비해 왔던 것을 말했다.

“九つの蠟燭に十字架の形で火を点けるんです.”

[아홉 개의 양초에 십자가 모양으로 불을 붙이는 것입니다.]

코타로의 말은 사회자의 마이크를 통해 한국어로 번역되어 흘러나왔다. 코타로가 말하는 바가 무엇인지 잘 전달되었다고 생각한 사회자는 17번 유정운에게 의사를 물었다.

"유さん, 同意しますか."

[유씨, 동의합니까?]

사회자의 얼굴을 쳐다보며 17번 유정운은 일본어로 대답해야 할지 한국어로 대답해야 할지 잠시 망설였다. 그러나 아무리 똑똑한 그일지라도 일본어를 배우지 않은 상태에서 기껏 알고 있는 정도의 일본어 실력만으로 말을 한다는 것은 힘들다고 판단하여 그냥 평범하게 한국어로 대답했다.

"예, 동의합니다."

[はい, 同意します.]

17번 유정운의 말은 번역되어서 모두에게 똑똑히 잘 들렸다. 처음에는 저 마이크 통역기가 일본어를 한국어로만 전환시키는 것이 아닌가 하는 걱정을 하는 사람이 있었는데, 방금 전의 사실로써 그런 걱정은 완전히 사라져 버렸다. 그 마이크는 한일 양 국가어를 자유자재로 전환시키는 비싸디비싼 통역기인 것이다.

타타탁—

17번 유정운이 동의를 하자 단상에서는 곧바로 메이지 배틀의 준비가 이루어졌다. 학생회의 학생들로 보이는 몇몇 고등학생들이 팔에 완장을 찬 채 아홉 개의 양초와 둥그런 나무 탁자를 단상에 배열시켰다. 그렇게 준비가 끝나자 사회자가 두 명의 도전자를 향해 입을 열었다.

"どの方から始めるか決めてください."

[어느 분부터 시작할지 결정해 주십시오.]

사회자의 말에 코타로와 17번 유정운은 서로의 얼굴을 쳐다보았다. 이미 코타로 스스로 나중에 자신의 실력을 보이기로 결정했기 때문에 그는 17번 유정운에게 먼저 시작하라는 표정을 지어 보였다. 그래서 17번 유정운이 사회자를 향해 말을 꺼냈다.

"제가 먼저 하겠습니다."

[私から始めます。]

"分かりました。 では, 始めてください。"

[알겠습니다. 그럼 시작해 주십시오.]

사회자는 뒤로 물러나며 17번 유정운에게 마법 전용 지팡이를 하나 주었다. 17번 유정운은 약간 긴장된 표정으로 지팡이를 받고 아홉 개의 양초 앞으로 다가갔다. 그리고 그 앞에 서서 잠시 동안 호흡을 가다듬었다. 이렇게 많은 사람들 앞에서 마법을 사용하는 것이 처음이라 긴장이 되지 않을 수가 없었던 것이다.

"위대한 마나여, 그대 나의 부름에 답하여 내가 이끄는 대로 따라오라."

일단 차분하게 마나전자를 들뜨게 만들었다. 그리고 잠깐 동안 생각에 잠겼다. 과연 어느 정도의 마법을 사용해야 양초에 십자가 모양으로 불을 붙일 수 있을 것인지를.

"위대한 마나여, 그대 뜨거운 입김으로 모든 것을 불태우리라."

생각을 정리한 17번 유정운은 곧바로 불꽃게 마법을 사용했다. 세 번에 걸친 마법 주문 영창을 통해 정신을 집중시켰고, 양초에 불을 붙이는 시도를 했다. 17번 유정운이 들고 있던 마법 지팡이에서 주황색의 빛이 쏟아져 나오며 양초에 불꽃이 일어났다. 그러자 모두의 시선이 양초에 집중되었다.

"……!"

자신은 생각한 대로 잘 되었다고 생각했으나 결과를 보니 아쉽게도 'ㅗ'자 모양으로 불이 붙어서 실패하고 말았다. 천인 고등학교 학생들은 안타까워서 탄성을 내질렀고, 아카모리 고등학교 학생들은 안도의 한숨을 내쉬었다. 코타로의 실력을 알고 있는 그들로서는 이 경기에서의 승자가 누구인지 이미 확정 짓고 있었다.

훅—

17번 유정운이 잠시 망연자실해 있는 사이, 학생회 학생 한 명이 나와서 양초에 붙은 불을 껐다. 그리고 그가 뒤로 물러남과 동시에 후지이 코타로가 앞으로 나와 17번 유정운 옆에 섰다. 그것이 무엇을 뜻하는지 알고 있는 17번 유정운은 말없이 코타로에게 마법 지팡이를 건네주었다.

"始めます."

[시작하겠습니다.]

마법 지팡이를 손에 든 채로 코타로는 정신을 집중시켰다. 그리고 마나전자 들뜸 유도 주문을 외웠다.

"偉大なるマナよ. そなた, 私の言葉に答えて私の導きに付いてきなさい."

[위대한 마나여, 그대 나의 말에 답하여 나의 인도에 따라오거라.]

통역기를 통해서 들리는 주문은 한국에서 사용하는 것과 상당히 유사했다. 사실 그것은 당연했다. 마법이 유럽 쪽에서 개발되고 미국 쪽에서 체계 정립이 됨에 따라 마법 언어 자체가 영어로 만들어져 있었다. 그것을 적용시키기 위해 한국과 일본의 마법사들이 머리를 맞대고 자신들의 언어에 맞게 재정립을 시켰다. 언어의 어순과 단어 사용 자체가 상당히 유사한 면을 띠고 있는 두 나라이기 때문에 마법어의 체계 정리는 그다지 문제 될 것이 없었던 것이다.

"偉大なるマナよ. そなたの熱い息遣いで全てを燃やせよ."

[위대한 마나여, 그대의 뜨거운 숨결로 모든 것을 불태워라.]

역시나 한국의 마법과 비슷한 주문 소리가 들려오며 코타로는 세 번에 걸쳐 마법 주문을 외웠다. 그러자 마법 지팡이에서 노란색의 빛이 쏟아져 나왔고, 곧이어 양초 심지 쪽에 불꽃이 일어나며 불이 붙었다. 코타로가 불을 붙인 양초의 개수는 모두 네 개였고, 그 모양은 분명한 열십 자였다.

"公太郎選手, 勝利!"

[코타로 선수, 승리!]

와—!

사회자가 승패를 판가름 짓자 아카모리 학생들에게서 환호성이 터져 나왔다. 그와는 반대로 천인 고등학교 학생들은 걱정의 빛을 얼굴에 띠웠다. 대부분의 학생들이 알고 있듯이 17번 유정운이 현재 마법 성적이 가장 좋기 때문에 그가 졌으니 나머지 학생들은 볼 것도 없이 저 후지이 코타로라는 녀석에게 질 것이 분명했던 것이다.

"천인の김정수さん, こちらへどうぞ."

[천인의 김정수 씨, 이쪽으로 오십시오.]

사회자는 곧바로 천인 고등학교의 두 번째 주자를 불렀고, 두 번째 주자인 1학년 10반의 김정수가 단상으로 걸어갔다. 첫인상이 약간 건방져 보이는 김정수는 코타로에게서 빼앗듯이 마법 지팡이를 받고는 곧바로 캐스팅에 들어갔다. 그건 사회자의 진행을 무시하는 처사였지만 누구도 뭐라고 하는 사람이 없었다. 어차피 나중에 나온 김정수가 코타로보다 먼저 마법을 사용해야 하기 때문에 순서를 정할 필요는 없었던 것이다.

"위대한 마나여, 그대 뜨거운 입김으로 모든 것을 불태우리라."

화악—

역시나 주황색의 빛이 발해지면서 양초 주변에 강한 불꽃이 일어났다. 그렇지만 그 결과는 그다지 좋지 않았다. 아홉 개의 양초 중에서 다섯 개의 양초에 불이 붙었기 때문이다.

"크윽—!"

컨트롤에 실패하여 결국 코타로에게 지게 된 김정수는 잠시 동안 입술을 깨물었다. 그러다가 문득 무슨 생각이 들어서인지 코타로를 쳐다보며 거칠게 입을 열었다.

"야! 너! 이번에도 마법 써봐! 아까는 우연으로 됐을 수도 있으니까!"

[ほら，お前！今度も魔法を使ってみろ！先は偶然で出來たかも知れないから!]

"……."

처음 만났는데 반말을 쓰는 김정수 때문인지 코타로는 잠깐 불쾌한 표정을 지었다. 하지만 이내 그런 표정을 지우고 자신만만한 어투로 맞받아쳤다.

"分かりました. 僕とあなたの實力の差がどれほど大きいのか確實に教えてあげます."

[알겠습니다. 나와 당신의 실력 차가 얼마나 큰 것인지 확실하게 가르쳐 주겠습니다.]

탁―

김정수에게서 마법 지팡이를 가로챈 코타로는 천천히 주문을 외웠다. 일단 김정수의 기를 팍 꺾으려는 게 목적이기 때문에 이번에는 서로 다른 두 개의 마법을 차례대로 사용할 생각이었다.

"偉大なるマナよ. そなたの涼しい手が熱い氣運を下がらせろ."

[위대한 마나여, 그대의 시원한 손이 뜨거운 기운을 물러나게 하라.]

주황색의 빛과 함께 바람계 마법을 사용한 코타로는 별로 어렵지 않게 다섯 개의 촛불을 모두 껐다. 그리고 나서 곧바로 불꽃계 마법을 사용했다.

"いだいなるマナよ. そなたの熱い息遣いで全てを燃やせよ."

[위대한 마나여, 그대의 뜨거운 숨결로 모든 것을 불태워라.]

화악―

비록 아까 전과는 달리 2밴드에 해당하는 수황색 빛이 흘러나왔지만 네 개의 양초에 불을 붙이는 것에는 아무런 어려움이 없었다. 너무나 쉽게 Mission Complete를 해버린 코타로의 모습에 김정수는 뭐라고 대꾸하지 못했다. 이미 실력 차가 너무 난다는 것을 뼈저리게 느꼈기 때문이다.

“この試合も藤井さんの勝利です.”

[이번 시합도 후지이 씨의 승리입니다.]

와아―!

두 번째에서도 가볍게 후지이 코타로가 승리하자 아카모리 학생들은 이제 완전히 이긴 것이나 다름없다고 생각했다. 설령 코타로가 진다 해도 맨 마지막에는 동급 최강의 아카모리 나나미가 버티고 있으니 질 리가 없었던 것이다.

“천인의 윤미령さん, こちらへどうぞ.”

[천인의 송정아さん, こちらへどうぞ.]

사회자는 차례로 천인 고등학교의 출전 선수를 불렀고, 두 명의 여학생은 최선을 다해 마법을 사용했다. 하지만 둘 중 그 누구도 코타로의 벽을 뛰어넘지 못했다. 마법 대결 방식은 여전히 양초에 불 붙이기였지만 정확하게 십자가 모양으로 불을 붙이지는 못했던 것이다. 사실 천인 고등학교에서는 아홉 개의 양초에 모두 불을 붙이거나 불을 끄는 방식으로 기말고사 시험을 보지만, 아카모리 고등학교에서는 아홉 개의 양초 중 선생이 임의대로 지정하는 모양대로 불을 붙이거나 꺼야만 좋은 시험 점수를 얻을 수 있었다. 그런 시험에서 만점을 받은 후지이 코타로이니만큼 이런 류의 대결에는 자신이 있었던 것이다.

“에이, 뭐야. 저 코타로인가 하는 녀석한테 모두 지는 거야?”

메이지 배틀을 구경하고 있던 이상규가 재미없다는 듯이 입을 놀렸다. 사실 메이지 배틀이라고 하기에 이상규는 상대 선수들이 공격적인 마법을 갈기면서 서로 치고 받고 싸우는 줄 알았다. 그런데 매우 시시

한 방법으로 대결을 펼치고 있자 재미가 없어진 것이다.

"괜찮아. 마지막에는 정운이가 버티고 있으니까."

빈둥빈둥거리는 이상규와는 달리 박호준은 유정운에게 모든 것을 걸었다. 1학년 1학기 기말고사 마법 실기 시험에서 유일하게 만점을 받은 유정운이기에 기대를 걸어보는 것이었다. 하지만 유정운을 잘 알지 못하는 대부분의 천인 고등학교 학생들은 코타로 1인에게 모조리 패배하는 대표 학생들을 보며 더 이상의 기대를 하지 않았다.

"もう，最後の選手です．유정운さん，どうぞ．"

[이제 마지막 선수입니다. 유정운 씨, 오십시오.]

사회자의 안내에 따라 천인 고등학교의 마지막 선수인 18번 유정운은 천천히 단상에 올라갔다. 그리고 마법 지팡이를 받기 위해 후지이 코타로에게로 향했다. 코타로는 유정운에게 마법 지팡이를 넘겨주면서 작은 목소리로 중얼거렸다.

"あなたが七美さんとどう言う關係か知らないですが，絶對負けませんよ."

"……."

일본말로 중얼거리는 코타로를 보면서 유정운은 속으로 어이없어했다. 특히 일본말을 전혀 모르는 유정운으로서는 코타로가 나나미를 언급한 것조차 제대로 듣지 못했다. 그래서 그가 무슨 뜻으로 입을 놀린건지 전혀 알 수 없었다. 단지 그의 표정이 호전적이라는 것에 비추어 볼 때 결코 좋은 뜻으로 한 얘기 같지는 않았다.

'뭐, 일단 빨리 끝내기나 하자.'

코타로의 말을 한 귀로 흘려 버린 유정운은 마법 지팡이를 든 채 주문을 외우기 시작했다. 그의 주문은 그야말로 물 흐르듯 이어졌다.

"위대한 마나여, 내 부름에 답하여 이끄는 대로 따라오라."

"위대한 마나여, 뜨거운 입김으로 불태우리라."

워낙 작은 목소리로 주문을 외웠기 때문에 유정운의 말은 통역기에서 번역이 되지 않았다. 그리고 그 누구도 유정운이 마나전자 들뜸 유도 주문과 불꽃계 마법 주문을 약식으로 외웠다는 것을 알지 못했다. 그래도 모든 이들이 알 수 있었던 것은 유정운의 마법 시전 속도가 매우 빠르다는 것이었다.

화악—

마법 지팡이에서 붉은 빛이 쏟아져 나오며 아홉 개의 양초 중에서 열십 자 모양의 양초 네 개에 불이 붙었다. 워낙 찰나간에 일어난 일인지라 모두 눈이 휘둥그레져 있었다. 너무나 당연한 듯이 마법을 성공시켰기 때문에 천인 고등학교 학생들은 환호성조차 지르지 않았다. 아니, 지를 타이밍을 놓쳤다는 것이 더 정확했다.

'윽……!'

마법을 성공시키고 아무 생각 없이 시선을 돌리던 유정운의 눈에 나나미의 모습이 들어왔다. 그녀는 유정운을 초롱초롱한 눈망울로 쳐다보고 있었다. 그런 그녀의 얼굴에는 '역시 내 라이벌!' 이라는 의미의 표정이 떠올랐다. 하지만 나나미를 라이벌로 생각하지 않고 있는 유정운은 그녀에게서 시선을 돌리며 코타로를 쳐다보았다.

"흠…… 일단 이걸로는 승부를 낼 수 없으니까 다른 걸로 하죠."

[一応これでは勝負になれないから, ほかのでしましょう.]

유정운이 약간 목소리를 크게 해서 말했기 때문에 그의 말은 즉각 통역기에서 번역이 되었다. 코타로는 잠시 경직된 얼굴로 불이 붙은 양초를 바라보다가 이내 표정을 풀고 대꾸했다.

"そうですね. じゃ, 次はあなたが決めてください."

[그렇군요. 그럼 다음은 당신이 정해주십시오.]

결정권을 유정운에게 넘긴 코타로는 겉으로는 담담하게, 그러나 속으로는 긴장하며 그의 말을 기다렸다. 사실 대결 방식에 대해서 생각해 본 적이 없었던 유정운으로서는 뭔가 색다른 것을 말할 능력이 없었다. 그래서 지금 준비되어 있는 재료를 가지고 할 수 있는 대결 방식을 생각했다.

"그럼 저기 불이 붙어 있는 네 개의 양초를 허공에 잠시 동안 들어 올렸다가 다시 제자리로 내려놓는 것으로 하죠."

[では, あの火が点いている四つの蠟燭を空中にしばらく上げてから, また元通りにするのでしましょう.]

완벽한 번역은 아니었지만 강당 안에 있는 일본 사람들에게 대강의 뜻은 전달되었다. 그렇지만 마법을 잘 아는 사람들은 유정운의 제안을 쉽게 받아들이지 못했다. 말만 들어보면 별것 아닌 듯하지만 실상은 상당한 수준의 마법 실력을 갖추어야만 할 수 있는 것이었기 때문이다.

"······?"

유성운은 사회사를 비롯해서 고나도소자 반응을 보이시 않자 자신의 말이 잘못 이해되어서 그런 것이라고 생각했다. 그래서 이번에는 좀 더 명확하게 말을 하고자 시도했다. 그러나 그전에 코타로가 불신의 표정을 가득 품고서 유정운에게 질문을 던졌다.

"あなたにはそれが出來ますか?"

[당신은 그것을 할 수 있습니까?]

‘아, 그런 것이었군.’

모두의 표정이 이상하게 변한 것이 자신이 제안한 대결 방식 때문이라는 것을 파악한 유정운은 여유만만한 얼굴로 대답했다.

“물론 가능하죠.”

[もちろん可能です.]

“…….”

자신감을 보이는 유정운과는 달리 코타로의 얼굴에는 자신감이라고는 찾아볼 수가 없었다. 솔직히 유정운이 제시한 대결 방식을 이행하기 위해서 어떤 마법을 써야 하는지조차 감을 잡지 못하고 있었으니 당연한 것이었다. 그래서 코타로는 유정운이 어떤 마법을 쓰는지 파악한 뒤에 뒤따라 하겠다는 생각을 품었다.

“それじゃ, お先にどうぞ.”

[그렇다면 먼저 하십시오.]

끄덕―

코타로의 말에 살짝 고개를 끄덕여 보인 유정운은 마법 지팡이를 고쳐 잡고 불이 붙어 있는 네 개의 양초를 쳐다보았다. 그리고 이번에는 정신을 더욱 집중하기 위해 눈을 감았다.

“위대한 마나여, 나의 부름에 답하여 이끄는 대로 따라오라.”

일단 마나전자를 원하는 밴드 수만큼 들뜨게 만든 후, 곧바로 주문을 외웠다.

“위대한 마나여, 그대의 보이지 않는 가벼운 기운이 이 땅의 모든 것을 들어 올리며 그대 여유있는 손길로 빠름을 잠재우리라.”

이번에도 작은 목소리로 주문을 외웠기 때문에 통역기에서의 번역은 이루어지지 않았다. 하지만 어렴풋이 들리는 말과 유정운의 입 모양, 그리고 주문의 길이를 통해 그가 어떤 마법을 사용할 것인지 파악한 전애리 선생은 기겁을 하고 말았다.

'연결 마법?!'

연결 마법이란 서로 다른 두 개의 마법을 동시에 사용하는 것으로, 고3 때에서야 비로소 배우게 되는 고급 수준이었다. 그런데 그것을 1학년밖에 되지 않은 유정운이 사용하려고 폼을 잡고 있으니 놀라지 않을 수 없었던 것이다.

번쩍―

마법 지팡이에서 아름다운 황금색 빛이 뿜어져 나오며 강당 안을 가득 메웠다. 그리고 그와 동시에 아홉 개의 양초 중에서 불이 붙은 네 개의 양초가 천천히 허공 위로 올라가기 시작했다. 그것은 유정운이 반중력 마법과 저속 마법을 동시에 사용한 결과였다. 아직 연결 마법을 자유자재로 구사하지 못하는 유정운이었기 때문에 3밴드라는 막대한 마나전자를 사용하고 있었으나, 익숙해지면 적은 밴드 수로도 사용할 수 있었다.

우와―!

사람들 사이에서 삼난사가 터져 나왔다. 유정운이 반중력 마법과 저속 마법을 잘 컨트롤해서 무사히 네 개의 양초를 들어 올렸다가 다시 내려놓았기 때문이다. 만약 아홉 개의 양초 모두를 들어 올리는 것이었다면 그다지 컨트롤 같은 것은 필요없었지만, 그중의 몇 개만 반중력을 걸어 들어 올리는 것은 굉장한 집중력과 컨트롤이 필요한 것이었다.

"ぼ… 僕の敗けです……."

아직 연결 마법을 쓸 수준이 되지 않은 코타로는 힘없는 목소리로 중얼거렸다. 그것은 자신의 패배를 인정한다는 뜻이었지만 유정운은 그 말을 알아듣지 못했다. 대신 사회자가 유정운의 승리를 알려주었다는 것으로 그의 말을 대충 이해하게 되었다.

오—!

코타로가 순순히 자신의 패배를 시인하자 아카모리 학생들이 놀람의 탄성을 내질렀다. 자존심이 굉장히 세다고 알려진 코타로이기 때문이었다. 그리고 코타로가 패배를 하자 아카모리 고등학교의 나머지 출전 학생들도 기권을 하였다. 그렇게 하여 유정운은 단 한 번의 대결로 네 명을 제치고 마지막 주자인 아카모리 나나미와 맞붙게 되었다.

"역시나 굉장하군요."

나나미는 유정운 앞에서 멈춰 서며 입을 열었다. 그녀의 목소리가 작아 통역은 되지 않고 있었지만 쓰고 있는 말이 한국말이기 때문에 유정운은 그녀의 말을 알아들을 수 있었다. 지금까지 계속 일본말만 듣다가 한국말을 들으니 유정운으로서는 괜스레 나나미가 사랑스러워졌다.

"나나미, 기권 안 해?"

나나미가 연결 마법을 쓸 수 있는지 잘 모르기 때문에 유정운은 그녀에게 기권을 권했다. 하지만 나나미는 매우 자신있어 하는 표정으로 말했다.

"전 기권 안 해요. 꼭 이기고 말 거니까."

“…….”

확고한 나나미의 얼굴을 보며 유정운은 입을 닫고 생각에 잠겼다. 그녀의 실력이라면 충분히 이번 미션을 클리어할 테고, 그렇게 되면 자신이 또 마법 대결의 방식을 정해야 하기 때문이었다. 나나미의 성격상, 나나미 자신에게 유리한 마법 대결을 하자고 하지는 않을 것이고, 결국 나나미가 자신에게 마법 대결 방식을 정하라고 할 것이 틀림없었던 것이다.

“偉大なるマナよ. そなた, 私の言葉に答えて私の導きに付いてきなさい.”

유정운이 그런 생각을 하고 있을 때 나나미가 마나전자 들뜸 유도 주문을 외웠다. 그러고 나서 방금보다 훨씬 큰 소리로 다음 주문을 외웠다.

“偉大なるマナよ. そなたの見えなく輕い氣運がこの地の全てを上げながら, そなたの余裕な手で早さを眠らせろ.”

[위대한 마나여, 그대의 보이지 않고 가벼운 기운이 이 땅의 모든 것을 올리면서 그대의 여유로운 손으로 빠름을 잠들게 하라.]

그녀가 사용하고자 하는 마법은 확실히 연결 마법이었다. 그리고 총 두 번의 주문 영창을 통해 나나미는 네 개의 촛불을 살짝 들어 올렸다가 내려놓는 미션을 깨끗이 완수하였다. 사실 연결 마법에 대해서 알고 있는 사람이 별로 없기 때문에 그것을 해낸 나나미가 얼마나 대단한지 통감하는 사람은 많지 않았지만, 마법에 대해서만큼은 강하다고 자타가 공인하던 후지이 코타로도 못했던 것을 나나미가 해냈다는 것에 아카모리 학생들은 열광했다.

"나나미! 나나미!"

일본어를 모르는 천인 고등학교 학생들도 알아들을 수 있을 정도로 아카모리 학생들은 나나미의 이름을 불러댔다. 아군의 열광적인 지지에 나나미도 으쓱해졌는지 유정운 쪽을 돌아보며 득의양양한 표정을 지었다. 그리고는 마치 자신이 챔피언이고 유정운이 도전자인 듯한 말투로 입을 열었다.

"자, 다음 대결은 어떻게 할지 정하세요."

[さあ, 次の代決はどうするか決めてください.]

일본인인 나나미가 한국어로 말하고 그걸 통역기가 일본어로 번역하는 아이러니한 일이 일어나고 있었지만 유정운은 그런 것에 신경 쓰지 않았다. 대신 미리 생각해 두었던 대결 방식을 나나미에게 확실히 인식시키는 것에 주력했다.

"이번 대결은 3밴드의 토네이도를 사용하면서 마나전자는 붉은색으로 내는 거야."

[今度の代決は三バンドのトネードを使いながらマナ電子は赤色に出すのだ.]

"……!"

나나미는 순간적으로 자신이 유정운의 한국말을 잘못 알아들은 줄 알았다. 그래서 재차 확인하듯이 물음을 던졌다.

"3밴드의 마법을 쓰면서 1밴드의 마나전자를 내라구요?"

[三バンドの魔法を使いながら一バンドのマナ電子を出すのですか?]

끄덕―

나나미가 자신의 말을 확실히 알아들은 것을 확인한 유정운은 가볍게 고개를 끄덕여 보였다. 하지만 나나미는 자신의 귀가 잘못되지 않았음을 확인하자 자기도 모르게 모국어를 내뱉었다.

"そんな……!"

[그런……!]

나나미의 얼굴에는 경악의 표정이 떠올랐다. 그것도 그럴 것이 지금 유정운이 하고자 하는 것은 대학교에 가서야 맛만 보는 마법의 최고급 활용이었다. 마법 사용 시에 마나전자의 파장을 낮춘다는 것은 그만큼 마나전자의 파장으로 방출되는 손실 에너지를 최소화시키는 것이고, 따라서 사용하려는 마법의 에너지가 극대화된다는 뜻이었다. 하지만 그러한 마나전자 손실률을 낮추는 행위는 현존하는 마법사들 가운데서도 일류여야지만 가능했다. 게다가 거기에 들어가는 정신력 자체도 무시할 수 없는 수준이기 때문에 웬만한 정신력이 아니고서는 성공시키기 매우 힘들었다.

"그럼 내가 먼저 시작하지."

[では, 私が先ず始めよう.]

유정운은 겉으로 담담한 표정을 지으며 입을 열었다. 그리고 나서 의심왕창 기대제로 상태인 나나미를 힐끗 본 뒤 곧바로 마나전자를 들뜨게 만들었다. 사실 여기까지는 보통 때와 똑같지만 이제부터는 엄청난 집중력을 가지고 마법을 사용해야만 했다.

"위대한 마나여, 그대 사나운 손길로 이 세상의 모든 것을 갈가리 찢어버리리라."

돌풍 마법인 토네이도를 아홉 개의 양초가 있는 쪽에 사용했다. 그러나 그것이 문제가 아니라 토네이도를 사용할 때 다른 곳에 정신을 팔지 않고 모든 정신을 마나전자에 집중시키는 것이 중요했다. 마나전자 손실률의 최소화는 특별한 주문 같은 것도 없고, 특별한 행동 같은 것도 없었다. 그저 자신의 정신력으로 마나전자를 제어한다는 것뿐이었다. 그렇기 때문에 정말 어려운 일이었다.

휘잉―

돌풍 마법 토네이도는 아무 이상 없이 아홉 개의 양초와 그것을 받치고 있던 테이블을 허공에 날려 버렸다. 그것은 3밴드 이상의 힘을 가지고 있는 강력한 마법이었고, 유정운 스스로가 말했던 대로 3밴드 이상의 마법이 사용되었다는 것을 의미했다. 하지만 모두의 시선은 토네이도의 시전보다 유정운이 들고 있는 마법 지팡이에 꽂혀 있었다.

번쩍―

"……!"

마법 지팡이에서 쏟아져 나오는 찬란한 붉은 빛. 물론 간간히 주황색의 빛이 섞여 있긴 했지만 그 수는 미미해서 대부분 붉은색으로 보였다. 그리고 절대 할 수 없을 것만 같았던 마법을 유정운이 사용하자 나나미는 넋이 나간 얼굴로 강당 안을 수놓는 붉은 빛을 바라보았다. 그녀의 기본적인 지식으로는 그 나이에 이런 마법을 사용한다는 것 자체가 믿을 수 없었다.

"후우……."

약간 불안하긴 했지만 어찌 되었든 마나전자 손실률 최소화에 성공한 유정운은 깊은 한숨을 내쉬었다. 자신의 형인 유명운은 이런 것을 아무렇지도 않게 하면서 유정운을 놀려먹었으나 유정운에게는 아직 힘든 수준이었다. 아무리 유명운과 밴드 수 차이가 별로 나지 않는다고 하더라도 마법의 운용과 효율 면에서 유정운은 유명운을 따라잡을 수 없었다. 그것은 인정하기 싫더라도 인정할 수밖에 없는 사실이었다.

"자, 난 성공했고 이번엔 나나미 네 차례야."

[じゃ, 私は成功したし今度は七美, 君の番だ.]

유정운은 담담한 표정으로 입을 열면서 나나미를 위해 자리를 비켜주었다. 하지만 나나미는 제자리에서 움직일 줄을 몰랐다. 그녀는 마치 서 있는 채로 얼어붙은 듯이 눈을 동그랗게 뜬 채 가만히 있었다. 그래서 유정운이 직접 그녀에게로 가서 그녀의 어깨를 살짝 잡고 흔들었다.

"나나미, 정신 차려."

"아……!"

유정운이 흔들고 나서야 나나미는 비로소 패닉 상태에서 빠져나왔다. 그만큼 유정운의 마나전자 손실률 최소화의 성공은 그녀에게 있어 엄청난 충격이었다. 자신과 같은 학년임에도 불구하고 유정운에게서 자신이 넘지 못할 거대한 장벽을 느꼈기 때문이다.

"마법 써야지. 시합 안 해?"

나나미가 정신을 차리자 유정운은 그녀에게 마법 사용을 권했다. 비록 성공할지 어떨지는 몰라도 나나미라면 분명 마법을 쓸 것이라고 생각한 것이다. 그렇지만 그것은 유정운만의 착각이었다.

"아니요……. 제가 졌어요……."

나나미는 힘없는 목소리로 그렇게 말했다. 그리고는 사회자에게 자신의 패배를 알리고 조용히 자신의 자리로 돌아갔다. 나나미가 기권해 버리자 당황한 쪽은 오히려 유정운이었다. 유정운으로서는 그녀가 이렇게 쉽게 포기할 줄은 상상도 하지 못했기 때문이다.

"유정운さんの勝ちでこの對決は천인高校の勝利で決まりました."

[유정운 씨의 승리로 이 대결은 천인 고등학교의 승리로 결정되었습니다.]

사회자는 천인 고등학교의 승리를 강당 안에 있는 사람들에게 알렸고, 그에 따라 천인 고등학교 학생들 쪽에서 환호성이 터져 나왔다. 후지이 코타로 한 명에게 모두 질 줄 알았던 메이지 배틀에서, 결국은 유정운 혼자서 아카모리 고등학교의 다섯 명을 모조리 격파하게 된 셈이기 때문이다. 그 이유 하나만으로도 그들이 열광하기에 충분했다.

"유정운! 유정운! 유정운!"

지금까지 유정운에 대해서는 하나도 모르던 학생들이 그의 이름을 부르며 승리를 자축했다. 그러한 학생들의 환호에 유정운은 약간 당황했지만 이내 원래의 담담한 표정으로 되돌아왔다. 그리고 단상에서 내려와 천인 고등학교 학생 대표들이 있는 쪽으로 향했다. 유정운이 내려오자 전애리 선생이 엄지손가락을 치켜세우며 입을 열었다.

"최고였어."

"고맙습니다."

칭찬에도 별로 기뻐하지 않는 유정운을 보면서 전애리 선생은 겉으로 웃고 있었지만 속으로는 경악을 금치 못하고 있었다.

'저 애는 괴물이야…….'

어린 나이에 3밴드를 달성했다는 것도 놀라운데—현재 전애리 선생은 유정운이 5밴드라는 사실을 모른다—그 어렵다는 마나전자 손실률 최소화까지 해냈다는 것은 엄청난 일이었다. 이미 유정운은 전애리 선생의 상상을 훨씬 뛰어넘어 도저히 측정 불가능한 상태까지 도달했다고 할 수 있었다.

*　　　　*　　　　*

"いらっしゃいませ."

가정부로 보이는 중년 여성의 인사를 받으며 유정운과 전애리 선생, 박호준은 아카모리 나나미의 집 안으로 들어갔다. 어제 메이지 배틀을 통해 유정운에게 흥미가 생긴 나나미가 오후 6시에 그들을 초대한 것이다. 원래는 유정운만을 초대할 생각이었지만 담임인 전애리 선생이 따라붙었고 부반장인 박호준도 첨가되었다. 그래서 졸지에 초대 손님이 세 명으로 된 것이다.

"와—! 굉장한데!"

대문을 들어서면서 넓은 정원이 있는 것을 보고, 나나미의 집이 굉장한 부자라는 것을 알고 있었지만 막상 저택 안으로 들어오니 그들의 상상이 보잘것없었음을 뼈저리게 느꼈다. 한눈에도 값비싸 보이는 골동품들이 집 안 곳곳에 산재해 있었고, 가전제품이나 가구들도 오로지 명품밖에 없었기 때문이다.

"어서 오세요."

2층으로 이어진 계단에서 청량한 목소리와 함께 나나미가 모습을 드러내었다. 흰색의 원피스를 입은 나나미의 모습은 붉은 머리카락과 흰 피부가 묘한 조화를 이루어 성숙함이 느껴지게 만들었다. 그래서 가벼운 마음으로 나나미를 만나러 왔던 유정운은 약간 긴장하게 되었다.

"이리 와서 앉으세요."

나나미의 인도에 따라 세 사람은 거실 소파에 둘러앉았다. 그러자 가정부가 그들 앞에 일본 차를 하나씩 놓고 부엌 쪽으로 조용히 사라졌다. 가정부가 시야에서 사라지자 나나미가 유정운 일행에게 차를 권했다.

"드세요. 맛있어요."

그렇게 말하며 나나미는 먼저 차를 마셨고 유정운 등도 그녀를 따라서 같이 마셨다. 모두 일본 차가 의외로 맛있다고 느끼며 찻잔을 내려놓았을 때 나나미가 유정운을 바라보며 말문을 열었다.

"정운 상은 언제부터 마법을 배웠어요?"

"뭐……."

자신의 이름 뒤에 붙은 '상' 이라는 말이 한국말로 대략 '~씨' 라고 표현된다는 것쯤은 일본어 지식 전무한 유정운도 알고 있는 사실이었기 때문에 별로 신경 쓰지 않았다. 사실 같은 나이 또래의 여자 애가 자신을 '정운 씨' 라고 부르는 건 한국인의 입장에서는 어색하다고 할 수 있었다.

"정확히 언제부터 마법을 배웠는지는 모르겠고…… 어렸을 때부터 배운 거야."

"그런가요? 누구한테서 배웠는데요?"

"형한테서."

“형?”

유정운에게 형이 있다는 말에 나나미가 의외라는 표정을 지었다.

“형은 마법을 잘하시나요?”

“나보다 잘해.”

“정말이요? 대체 누구기에……!”

유정운은 그저 사실을 얘기했을 뿐이지만 듣는 나나미는 그렇게 생각하지 않았다. 지금 자신의 눈앞에 앉아 있는 유정운이라는 인간도 고급에 속하는 마법사인데, 그보다 더 강한 마법사가 존재한다는 것을 쉽게 믿을 수가 없었던 것이다. 하지만 유정운은 차 한 모금을 마시고 담담히 입을 열었다.

“이름은 유명운이고 대학교 물리학 교수야.”

“유명운……?”

어디서 들어본 이름인 듯 나나미는 살짝 아미를 찌푸렸다. 진지하게 뭔가를 생각하는 나나미의 모습이 귀여웠기 때문에 유정운은 유유히 차를 마시면서 그녀가 먼저 말하기를 기다렸다. 하지만 나나미의 생각하는 시간은 그다지 길지 않았다.

“あっ, 유博士だったんだ!”

너무 기쁜 나머지 자신도 모르게 일본어로 외쳤던 나나미는 자신의 실수를 깨닫고 살포시 웃었다.

“유명운 박사님 알아요. 코바야시 박사님하고 친하거든요. 또 우리 아버지가 코바야시 박사님하고 친해서 예전에 몇 번 본 적이 있어요. 참 젊고 잘생긴 박사님이라고 생각했었는데.”

“아…….”

유명운이 연구 때문에 가끔씩 해외로 싸돌아다녔기 때문에 유정운은 그냥 그런가 보다라고 생각했다. 하지만 의외로 아카모리 회사와 유명운은 긴밀한 관계였다. 유명운의 생막 기술을 받아들여 일본 전역에 배포한 회사가 바로 아카모리 회사였고, 아카모리 회사는 그것을 계기로 일본 제일의 회사로 발돋움할 수 있었다. 그러니 유명운이 아카모리 쪽 사람들과 만나는 것은 전혀 이상할 게 없었다.

"나나미 상, 그런데 왜 정운이를 초대한 거야?"

그때까지 대화에서 소외되고 있던 전애리 선생이 불쑥 끼어들어 질문을 던졌다. 일단 담임의 입장이기 때문에 나나미의 의도를 알아야겠다고 생각한 것이다. 그것을 느낀 나나미가 조용히 입을 열었다.

"정운 상에 대해서 더 알고 싶었거든요."

"……!"

나나미의 말은 다른 사람들의 오해를 충분히 사고도 남음이 있었다. 하지만 정작 나나미는 그것을 느끼지 못하는 듯했다.

"정운 상은 나하고 비슷한 나이인데도 강력한 마법을 사용하지요. 그리고 일류마법사들도 하기 힘든 마나전자 직접 제어까지 할 수 있구요. 그래서 관심이 있는 거예요. 정운 상에 대해서 알게 되면 나도 좀 더 강해지지 않을까 하는."

"……."

그렇게 말하는 나나미의 눈에서 마법에 대한 정열이 느껴졌다. 그저 마법이 좋아서 마법을 배우는 소녀의 모습은 유정운에게 예전 자신의 모습을 떠올리게 만들었다. 맨 처음 유명운을 통해 마법을 접했을 때의 감동이 문득 떠오른 것이다.

'그러고 보니 지금의 나는 그때의 기분을 잊고 그냥 무의식적으로 마법을 공부하고 있군⋯⋯. 소은 선배를 위해서라는 명목 아래⋯⋯ 즐거움도 잊고 그저 강해지기 위해⋯⋯.'

유정운이 딴생각을 한다는 걸 모르는 나나미가 유정운을 바라보며 질문을 던졌다.

"그런데 유명운 박사님이 정말 마법을 잘해요? 난 유명운 박사님이 마법 쓰는 거 한 번도 못 봤는데?"

"응? 아⋯⋯ 그거야 뭐⋯⋯."

뒤늦게 나나미의 말을 알아들은 유정운은 어떻게 대답을 할까 망설이며 말끝을 흐렸다. 뭔가 간단명료한 말로 유명운의 마법 실력을 표현하고 싶었다. 괜히 길게 말하기 싫었기 때문이다.

"아마도⋯⋯ 형은 지금쯤 7밴드를 만들지 않았을까⋯⋯."

"⋯⋯!"

7밴드라는 말에 나나미는 물론이고 전애리 선생까지 경악했다.

"7, 7밴드라니!"

"말도 안 돼!"

두 소녀&숙녀는 유정운이 거짓말을 하고 있다고 생각했다. 그도 그럴 것이 현존하는 마법사 중에서 7밴드의 마나전자를 가진 사람은 존재하지 않기 때문이다. 만약 7밴드의 마법사가 탄생했다면 마법사 협회 쪽에서 대대적인 선전을 했을 게 틀림없었다. 특별히 뛰어난 마법사가 없어서 마법사에 대한 이미지가 많이 약화되었다는 것을 마법사 협회 측에서도 알고 있으니 그 이미지를 바꾸기 위해 7밴드의 마법사라는 사실을 이용할 것이었기 때문이다.

"유명운 박사님은 물리학자잖아요? 물리학 연구하기에도 바쁠 텐데 어떻게 마법까지 배울 수가 있는 거죠? 그것도 7밴드라니……!"

나나미는 유명운의 직업을 들먹이며 유정운의 말을 반박했다. 하지만 유정운은 단 한 마디의 말로 나나미의 반론을 일축했다.

"형은 천재니까."

"……"

그 말에 모두 입을 다물었다. 박호준이야 원래 유명운을 모르니 가만히 있었던 것이고, 전애리 선생은 매스컴을 통해서 유명운이 물리학계의 젊은 천재라 불린다는 사실을 들었는데다, 나나미는 유명운을 직접 만나봤기 때문에 그가 얼마나 머리 좋은 사람인지 잘 알고 있었다. 그래서 유정운의 말을 반박하지 못했다.

"그럼…… 정운 상은 몇 밴드나 형성한 거죠? 적어도 3밴드 이상은 되어 보이는 거 같던데요?"

유명운에 대한 진실 여부를 알 수 없었기 때문에 나나미는 그 타깃을 유정운에게로 돌렸다. 유정운이라면 그가 거짓말을 하더라도 지금 당장 그 거짓말을 판명할 수 있었기 때문이다. 그것을 알고 있는 유정운은 잠시 갈등을 했다. 나나미에게 사실을 말할 것인가 대충 얼버무릴 것인가.

"……"

나나미의 눈을 들여다보며 유정운은 그녀가 단지 있는 그대로의 사실을 알고 싶어한다는 것을 깨달았다. 그래서 차마 거짓말을 할 수 없었다.

"지금 5밴드. 6밴드 되려면 아직 멀었고."

“……!”

5밴드라는 말에 나나미와 전애리 선생, 그리고 박호준까지도 입을 다물지 못했다. 그렇지만 유명운 때와는 달리 그들은 유정운에게 반박을 가하지 않았다. 왠지 모르게 유정운의 말이 사실로 받아들여졌기 때문이다.

“그건 그렇고, 나나미는 왜 마법을 배우는 거야?”

“네? 아…….”

지금까지 질문만 받아오던 유정운이 갑자기 질문을 해서 나나미는 잠깐 당황했지만 이내 자신의 생각을 정리해서 말했다.

“재미있으니까요. 그리고 뭔가 신비하다고 할까요? 아직 완전히 밝혀지지 않은 마법을 다룬다는 거…… 흥미롭잖아요?”

“음…….”

“그럼 정운 상은 무엇 때문에 마법을 배웠어요?”

이번에는 나나미가 질문을 던졌다. 유정운은 이미 나나미에게 질문을 할 때부터 나나미의 역질문을 예상했기 때문에 망설임없이 바로 대답을 했다.

“형이 움직이기 귀찮다고 마법으로 먹을 걸 옮긴 적이 있었어. 그걸 보고 마법이란 게 참 편리한 거구나라고 생각해서 마법을 시작했지. 근데 하다 보니까 그때 형이 보여줬던 마법의 수준이 상당히 어려운 거였다는 걸 깨닫게 되더라고. 그 이후로는 형을 뛰어넘기 위해 미친 듯이 매달렸지. 뭐, 그러다 게임 쪽에 빠져서 한동안 손을 놓긴 했지만.”

“그럼 정운 상은 마법을 지금도 좋아하나요?”

"……."

나나미의 연이은 질문에 유정운은 마지막으로 차를 한 모금 마셨다. 그러고 나서 당연하다는 듯이 대답했다.

"마법을 좋아하지 않았다면 지금 이 상태까지 올 수 없었어."

"그렇군요."

유정운의 대답을 듣고서야 나나미는 약간 안도의 표정을 지었다. 마법을 사랑하는 그녀로서는 자신의 라이벌도 마법을 사랑해야 한다는 생각을 가지고 있었기 때문이다. 유정운 본인은 생각지 못하고 있었지만 나나미는 이미 유정운을 자신의 라이벌로 생각하고 있었다.

"근데 정운 상은 마법 말고 잘하는 게 또 있어요? 난 음악 공부를 하거든요."

"게임."

"게임이요? 어떤?"

"하늘의 분노."

"……?"

간략간략한 유정운의 대답에 나나미는 계속 질문을 던지다가 이내 고개를 갸우뚱했다. 게임 쪽에 문외한인 나나미가 한국 게임을 알 리가 없었기 때문이다. 유정운도 그것을 깨닫고 그녀에게 대강의 설명을 해주었다.

"하늘의 분노라고 우리 나라에서 만든 PC 패키지 게임이 있어. 일본에서는 주로 콘솔 게임 위주로 프로게이머가 형성되었지만, 우리 나라는 PC게임 위주로 형성됐거든. 왠지 요즘 따라 프로게이머가 하고 싶어져서 한번 해볼까 생각 중이야. 하늘의 분노에다가 투자한 시간이 좀 아까워서 만회해 보려고."

"네……."

워낙 엘레강스하게 자란 나나미였기에 게임이라든지 프로게이머 같은 문화와 접촉할 기회는 아예 없었다. 그래서 솔직히 지금 유정운이 무슨 말을 하고 있는지 전혀 알아듣지 못했다. 대신 의외로 유정운의 결심이 확고하다는 것만 그의 표정을 통해서 파악할 수 있을 뿐이었다.

"정운아, 그럼 프로게이머를 하는 거야?"

옆에서 계속 말없이 듣고만 있던 박호준이 유정운의 말을 듣자마자 바로 질문을 날렸다. 그로서는 유정운이 그런 생각을 하게 될 줄 몰랐기 때문이다. 아무리 게임 대회에 나가보라고 닦달을 해도 언제나 나가기 싫다고 발뺌하는 유정운이었으니까.

"뭐, 내 실력으로 될지 안 될지는 모르겠지만 일단 해보려고."

"그래? 그럼 이제 경쟁 상대가 한 명 더 늘었구만."

말은 그렇게 했지만 박호준의 표정은 밝았다. 사실 아무리 유정운의 실력이 우수하다 할지라도 프로인 자신과 대결하면 언제나 박호준이 이겼기 때문에, 유정운도 프로급 실력을 갖추기 위해서는 프로게이머가 되어야만 했다. 비록 같은 대회에서 싸우게 될지라도 절친한 프로게이머가 있다는 것은 프로게임계에서 큰 이득이었다.

"お嬢様、食事の用意ができました."

그때 부엌에서 모습을 감추었던 가정부가 나나미에게 보고를 했고, 그 보고를 받은 나나미는 유정운 일행을 이끌고 부엌으로 향했다. 부엌 식탁에 화려한 음식이 놓여 있는 것을 보고 유정운은 그 가정부가 밥 먹으라고 말한 것임을 깨닫게 되었다.

“드세요.”

나나미의 젓가락질을 시작으로 유정운 등도 식사를 시작했다. 전애리 선생을 제외하고 일본의 가정식을 먹어본 적이 없는 유정운과 박호준은 이것저것 먹어보면서 나름대로 음식 맛을 평가했다. 그러던 와중 유정운이 느닷없이 나나미에게 질문을 던졌다.

“나나미, 여기서도 알 수 없는 기계 고장 같은 게 있어?”

“기계 고장이요? 에…… 또…… 가끔씩 일어나긴 해요.”

“대형 사고였어, 아니면 단순한 기계 고장이야?”

“웅…… 별일은 없었는데 경찰에서 원인을 모른다고 매번 공표해서…… 말하자면 수수께끼의 사건이에요.”

나나미의 대답을 들으면서 유정운은 그녀가 그런 사건에 별 관심이 없다는 것을 알아차렸다. 그래서 그녀에게 우주금속에 대해 물어보려던 생각을 접어두었다. 아직 사실로 확인되지 않은 것을 다른 사람에게 말해 봤자 득 될 것이 없다는 생각에서였다.

“아, 정운 상. 나 내년 여름 방학 때 한국에 놀러 갈 건데 그때 정운 상 집에서 머무르면 안 될까요?”

“……!”

갑작스런 나나미의 말에 유정운은 멀뚱히 그녀를 쳐다만 보았다. 그런 유정운을 대신하려는 듯이 전애리 선생과 박호준이 즉각적인 반응을 보였다.

“그게 무슨 말이니? 정운이네 집에서 자겠다고?”

“설마, 너 정운이를……!”

그들의 부정적인 반응을 본 나나미는 의외로 차분한 표정으로 고개를 설레설레 지으며 말했다.

"아니에요. 한국인 중에 아는 사람이 유명운 박사님밖에 없어서 그래요. 정운 상이 유명운 박사님의 동생이니까 부탁하는 거죠."

"음……."

나나미의 표정에서 뭔가 음흉한 계략이 표출되지 않았기 때문에 두 사람 모두 반박을 가할 수가 없었다. 그래서 그에 대한 결정권은 결국 유정운에게로 돌아갔다.

"뭐…… 나는 상관없고, 형도 크게 반대는 안 할 거니까 와도 될 거야. 일단 돌아가서 형한테 말할게. 근데 우리 집이 별로 안 커서 답답할 텐데?"

"괜찮아요. 놀러 가면 내가 정운 상 여자 친구 해줄게요."

"……!"

"……!"

나나미의 의외의 발언에 전애리 선생과 박호준이 기겁했다. 하지만 유정운은 그런 말을 듣고도 담담했다.

"나나미, 너 코타로하고 결혼할 예정 아니었어?"

"……!"

정곡을 찔렀는지 나나미의 표정에 변화가 일어났다. 그것을 보고 유성운은 자신의 어림짐작이 맞았음을 확인하며 다시 질문을 던졌다.

"결혼까지 할 여자가 그런 말을 해도 되나? 코타로가 들으면 참 좋아하겠다."

"……."

나나미는 잠시 동안 입을 다물었다. 그러자 박호준이 유정운의 옆구리를 쿡쿡 찌르며 작은 목소리로 속삭였다.

"야, 너 어떻게 나나미가 결혼할 거라고 알았어? 언제 누가 그런 말 했었어?"

"아니. 근데 뻔하잖아. 대기업 자식 두 명이 같은 학교에 다니고 있는데, 그런 얘기 오고 가는 게 당연한 거 아니겠어? 드라마 같은 데서 자주 나오잖아. 이런 뻔한 설정."

유정운은 별것 아니라는 듯이 말하면서 다시 식사를 시작했다. 그렇지만 침묵을 지키던 나나미가 유정운을 향해 역공을 펼침으로써 그의 식사 시도는 좌절되었다.

"그건 어른들끼리 정한 거라구요. 난 그런 식의 결혼은 하고 싶지 않아요."

"그래? 어른들의 결정에 대한 무조건적인 반항이 아니고?"

"반항이 아니에요. 정운 상은 코타로를 보고 평생 같이 지내도 괜찮을 거라고 생각해요?"

"……."

그 말에 유정운은 대답할 수가 없었다. 솔직히 유정운은 후지이 코타로가 마음에 들지 않았기 때문이다. 그렇지만 그것은 장래 자신의 배우자가 될 사람한테 라이벌이 나타나서 질투를 하는 코타로의 모습만을 보고 느낀 것이기 때문에 실제 그가 좋은 사람인지 나쁜 사람인지 파악하는 것은 불가능했다. 그래서 유정운은 자신의 생각을 보류했다.

"나도 별 볼일 없는 놈이라 남을 이러쿵저러쿵 평가할 수 없어. 그리고 난 코타로를 본 지 얼마 되지도 않았으니 더 더욱."

“…….”

유정운의 대답에 나나미는 잠시 동안 입을 다물었다. 그래서 유정운은 이때다 싶어 음식 위로 젓가락을 가져갔다. 하지만 그런 그의 시도는 나나미의 공세로 또다시 좌절되었다.

“난 결정되어 버린 길로 가고 싶지 않아요. 아카모리 회사의 자식으로서가 아니라 마법사 아카모리 나나미라는 존재로 사람들 앞에 서고 싶다구요. 그게 잘못된 건가요?”

나나미는 마치 우는 듯한 표정이었다. 그런 나나미를 보고 있자니 왠지 그녀가 가엾게 느껴졌다. 아카모리라는 이름의 새장 속에 갇혀 어떻게든 빠져나오기 위해 발버둥치는 어린 새 같았던 것이다. 그래서 유정운은 그녀의 눈을 똑바로 쳐다보면서 입을 열었다.

“다른 사람들은 어떻게 생각하는지 몰라도, 지금 내 눈앞에 있는 사람은 아카모리 나나미라는 여자 마법사일 뿐이야.”

“……!”

나나미는 눈을 커다랗게 뜬 채 아무 말도 하지 않았다. 비록 긴 앞머리에 가려서 유정운의 눈은 잘 보이지 않았지만 그의 눈이 거짓을 말하고 있지 않음을 본능적으로 느꼈다. 그래서인지 그녀의 양 눈가에는 자그마한 물방울이 맺혔다.

“고마워요…….”

24장
각자의 각오

ⅡⅩⅣ 각자의 각오

타닥타닥—

유정운은 노트북의 키보드를 열심히 두드리며 유닛 컨트롤을 해주었다. 상대는 현재 최고의 기량을 선보이고 있는 프로게이머 박호준. 아무리 매일 박호준의 연습 상대를 해준다고 해도 일개 아마추어에 불과한 유정운이 박호준을 이기기에는 무리가 있었다. 하지만,

"헉!"

여러 차례에 걸친 교전에서 계속 패배만 누적시킨 박호준은 헛바람을 들이 삼켰다. 자원 상황은 비슷한데 미묘하게 전투만 했다 하면 패하고 있어서 남아 있는 병력 차이가 점점 커져 가고 있었기 때문이다. 특히 유닛 컨트롤에는 자신있던 박호준이라서 컨트롤에서 유정운에게 밀리고 있다는 사실이 매우 불쾌했다.

‘에잇! 승부다!’

컨트롤에서 밀리고 있다는 것을 인정하지 못한 박호준은 모든 병력을 이끌고 유정운의 멀티 기지를 치러 갔다. 어차피 대량 학살이 가능한 고급 마법 유닛을 몇 기 보유했기 때문에 유정운의 병력이 자신보다 많아도 컨트롤만 잘하면 이길 수 있다는 확신이 있었다. 그러나,

“컥!”

박호준은 또다시 헛바람을 들이켰다. 마치 박호준이 그렇게 나올 줄 알았다는 듯이 유정운의 병력이 박호준의 병력을 포위 공격했고, 박호준이 대량 학살 유닛을 사용하기 전에 그 유닛 먼저 싸그리 제거해 버렸기 때문에 병력 상에서 밀린 박호준은 더 이상 게임을 진행할 수가 없었다.

“에잇! 졌다!”

어차피 이길 수 없는 상황이 되어버린 탓에 박호준은 경기를 포기하고 말았다. 수학여행을 갔다 오기 전에는 거의 대부분 박호준이 이겼는데 수학여행 이후로는 유정운과 박호준의 승률이 점차 5할로 좁혀지고 있는 상태였다. 그 이유 중에는 유정운의 유닛 컨트롤의 비약적인 상승이 포함되어 있었다.

“이 자식! 나나미네 집에서 프로게이머 하겠다고 공언하고 나서부터 갑자기 실력이 늘었어! 너 나나미한테 잘 보이려고 죽어라고 하는 거지?”

박호준은 유정운의 목에 팔을 걸고 목 조르기를 하면서 유정운에게 자백을 강요했다. 그렇지만 유정운은 여전히 담담한 표정으로 입을 열었다.

"하겠다고 한 이상 최선을 다할 뿐이야."

"그러니까 그게 나나미 때문이잖아."

"아니라니까."

"뭐가 아니야, 이 바람둥이 녀석!"

박호준에게 필살 목 조르기를 당하면서 유정운은 아카모리 나나미의 얼굴을 떠올렸다. 그녀가 자신의 말을 듣고 눈물을 흘렸을 때는 솔직히 무지막지하게 당황했었다. 별생각없이 말했다가 괜히 여자 애를 울린 것이 아닌가 하는 생각이 들었기 때문이다. 하지만 배웅하는 나나미의 얼굴 표정이 밝아진 것을 보고 자신이 실수한 것이 아니라는 걸 깨달았다.

'그때는 내가 왜 그런 쓸데없는 말을 했는지…….'

이미 지나간 일을 후회하면서 유정운은 머리 속에 자꾸 아른거리는 나나미의 영상을 지웠다. 수학여행 때 처음 만난 여자 애를, 그것도 일본 여자 애를 계속 생각하는 것은 채소은과 임배희에게 미안했기 때문이다.

'어라? 소은 선배는 그렇다 쳐도 배희 선배한테 왜 미안하지?'

자신의 생각을 자신이 알 수 없는 상태가 되어버린 유정운은 고개만 갸웃했다. 그러는 와중 반 아이들이 하나둘씩 도착했고 유정운과 박호준의 아침 연습은 그대로 종결되었다.

* * *

"뭐? 게임 대회에 나간다고?"

느닷없는 유정운의 선언에 임배희가 크게 놀랐다. 사실 지금까지 유정운과 함께 하늘의 분노 게임 리그를 구경 다니기는 했지만, 그가 직접 경기에 참가한다는 얘기는 단 한 번도 듣지 못했다. 그리고 솔직히 말해서 유정운의 실력이 어느 정도인지도 정확히 알지 못했다. 단지 프로게이머인 박호준의 연습 상대를 해주고 있다는 사실에서 유정운의 실력을 대강 준프로급으로 생각할 뿐이었다. 그런 유정운이 갑자기 게임 대회에 나가겠다니 임배희로서는 당황할 수밖에 없었던 것이다.

"왜 갑자기 그런 생각을 한 거야?"

"뭐…… 특별한 생각에서 그런 건 아니구요, 그냥 마법 이외에도 뭔가 도전을 해보고 싶어서요."

유정운은 표정의 변화 없이 무덤덤하게 대답했다. 하지만 임배희의 표정은 약간 어두워졌다.

"그럼 이제 마법 연구부에는 안 나올 거야?"

"아뇨, 나올 거예요. 근데 예전처럼 오래는 못 있을 거예요. 게임 연습을 해야 하니까요."

"그래……."

나온다는 말에 잠깐 기쁜 빛을 띠었으나 그 뒤에 이어진 말을 듣고 임배희는 또다시 침울한 표정을 지었다. 수학여행 때 유정운이 메이지 배틀에서 아카모리 고교 학생들을 혼자서 격파하는 것을 보고 마법 연구부 지망생들이 갑자기 늘었고, 그 결과 현재 마법 연구부 인원은 모두 열두 명이었다. 하지만 그중에서 마법 연구를 꾸준히 할 사람은 솔직히 말해서 아무도 없었다. 그들은 그저 유정운이 어떻게 생겨먹고, 어떻게 마법 공부를 하는지 보려고 들어왔던 것뿐이므로.

"……오늘도 다른 부원들은 일찍 돌아갔네요."

"응……."

썰렁한 마법 연구부실을 보며 유정운은 고개를 설레설레 저었다. 그리고 속으로 부원을 뽑을 때 면접을 봤어야 했다고 생각했다. 그냥 오는 대로 무조건 입부시켰더니 부원들의 활동이 매우 미미했던 것이다.

"배희 선배가 졸업하면 마법 연구부도 망하겠네요."

"……."

유정운은 웃자고 한 말이었으나 임배희는 웃지 않았다. 대학 입시가 2개월 정도밖에 남지 않았으니 졸업까지 약 5개월 정도 남은 상태였다. 하지만 입시 준비하랴, 지망 대학 알아보랴 바쁘게 지내다 보면 순식간에 12월이 지날 것이고, 그렇게 겨울 방학이 되면 학교에 나올 일이 없으니 이제 이렇게 마법 연구부실에서 지내는 것도 힘들어진다. 그런 생각을 하니 임배희는 왠지 슬픈 감정이 드는 것을 어찌할 수 없었다.

"이제 그만 가죠."

"응……."

유정운은 침울해하는 임배희를 데리고 마법 연구부실을 빠져나왔다. 그리고 언제나처럼 임배희에게 인사를 하고 자신의 갈 길을 가려고 했다. 그런데 오늘은 그런 유정운의 패턴에 임배희가 제동을 걸었다.

"정운아, 오늘 소은이 문병 안 갈래?"

"……."

임배희의 말을 들은 유정운은 걸음을 멈추고 그녀를 쳐다보았다. 그리고는 담담한 표정으로 대답했다.

“아뇨. 안 갈래요.”

너무나 담담한 태도에 놀란 것은 임배희였다.

“왜? 이제 소은이 잊기로 한 거야?”

“……그럴지도 모르죠.”

“…….”

임배희의 표정은 별로 좋지 않았다. 그것을 알고 있는 유정운은 임배희를 향해 질문을 던졌다.

“배희 선배는 소은 선배를 볼 때마다 괴롭지 않아요? 아무리 이름을 불러도 대답해 주지 않는데 마음 아프지 않나요?”

“…….”

임배희는 대답을 망설였다. 그것은 유정운의 말을 부정하지 못한다는 뜻이었다. 그렇지만 그녀는 약간의 망설임 뒤에 대답을 했다.

“하지만 나마저 소은이를 잊으면 소은이가 모두에게 잊혀질 것 같아서…… 그래서…….”

“…….”

그 말에 유정운은 아무런 반박도 하지 못했다. 확실히 채소은의 혼수상태 이후로 채소은에 대해서 떠올리거나 입에 담는 사람은 아무도 없었다. 주위를 둘러봐도 채소은의 생사와는 무관하게 세상은 돌아가고 있고, 그녀의 존재 유무에도 아무런 관심을 두지 않았다. 언론에서는 이미 오래전에 그녀에 대한 관심을 끊었고 이제 채소은을 생각하는 사람은 채소은의 가족밖에 없다고도 할 수 있었다. 그것을 잘 알고 있는 유정운이었기에 가만히 있는 것이다.

“그럼 전 가볼게요.”

유정운은 그렇게 화제를 바꾸며 발길을 돌렸다. 사실 유정운 스스로도 채소은을 떠올리면 가슴 한구석이 아련할 뿐 죽고 싶은 충동이나 죽을 것 같은 심적 고통은 느끼지 않고 있었다. 그야말로 시간이 약이기 때문에 유정운은 그렇게 채소은의 존재를 점차 잊어가고 있는 것이었다. 마법에 매진하고 게임 대회에 참가하며.

*　　　*　　　*

두근두근―

유명운은 정신없이 고동치는 심장 소리를 들으며 침을 꿀꺽 삼켰다. 지금 그가 있는 곳은 채소은이 입원해 있는 병원이었고, 그의 앞에는 혼수상태가 된 채소은이 있었다. 그리고 그의 옆에는 채소은의 가족들이 와 있었고, 의사와 간호사 몇 명도 자리를 하고 있었다. 하지만 그보다 가장 중요한 것은 유명운의 손에 들린 작은 주사기였다.

“선생님, 정말 우리 소은이가 살아나는 건가요?”

채소은의 어머니가 긴장에 찬 눈빛으로 유명운에게 질문을 던졌다. 그들이 이곳에 온 것은 치료제를 개발했다는 유명운 때문이었다. 그런 가족들의 기대 어린 눈빛을 받으며 유명운은 손에 든 주사기를 보여주고 나서 입을 열었다.

“예. 적혈구 파괴 물질인 EDC를 제거할 수 있는 약을 개발했고, 지금 이 주사기에 들어 있습니다. 동물 실험을 통해서 효과는 확실히 입증된 상태이고 실제 임상 실험에서도 문제 될 것이 없다고 판단됩니다.

그런데……."

"무슨 문제라도 있습니까?"

유명운이 말끝을 흐리자 채소은의 아버지가 걱정스러운 표정으로 물었다. 잠깐 숨을 고르는 듯 심호흡을 하고 유명운은 채소은의 가족들을 향해 중요한 사실을 말해 주었다.

"이 약으로 소은이의 몸에 주입된 안 좋은 물질들은 모두 제거됩니다. 하지만 그렇다고 해서 소은이가 깨어날 것이라고는 장담할 수 없습니다. 오랫동안 혼수상태에 있었기 때문에 앞으로도 이 상태일 가능성이 있다는 말이죠. 저도 소은이가 깨어나면 좋겠지만…… 아닐 수도 있기 때문에 마음의 준비를 하시라는 겁니다."

"설마 소은이에게 안 좋은 일이라도 일어나는 건가요?"

"아니오. 이 약을 투여해서 소은이의 건강에 악영향이 미칠 염려는 단언컨대 없습니다. 그 점에 대해서는 안심하셔도 됩니다. 단지 아까 말씀드린 대로 소은이가 깨어날 것인지에 대한 확신이 없다는 점이죠. 혼수상태로 있었던 시간이 길었으니까요."

"……"

유명운의 말에 가족들은 침통한 표정을 지었다. 그렇지만 꼭 채소은이 깨어나지 않으리라는 보장도 없기 때문에 그들은 채소은이 깨어나리라는 믿음을 가졌다. 보는 것은 유명운이 채소은의 몸에 해독제를 투여하고 나서 결정되는 것이다.

"그럼 투여합니다."

유명운은 가족들에게 그렇게 알리고 손에 든 주사기를 채소은의 팔에 꽂았다. 정확히 혈관을 찾아내어 혈관을 통해 해독제를 투여했다.

해독제의 효과가 몇 초 만에 나타나지는 않기 때문에 유명운은 가족들을 둘러보며 말했다.

"이제 제가 할 일은 끝났습니다. 남은 것은 소은이 스스로의 의지와 가족들의 사랑뿐입니다. 뭔가 변화가 일어나면 절 불러주십시오."

"예, 선생님."

채소은의 가족들과 작별 인사를 하고 유명운은 병원을 나섰다. 세계 최초로 EDC 제거 물질을 개발했음에도 불구하고 유명운의 마음은 편치 않았다. 일단 최식 화학총을 맞게 되어 몸 안에 EDC가 들어오게 되면 적혈구 파괴는 피할 수가 없고, 그것은 어떤 형태로든지 간에 피해자의 몸에 이상을 초래하게 된다. 아무리 빨리 해독제를 투여해도 화학총을 맞기 전의 상태로 되돌아갈 수는 없는 것이다. 비록 생막으로 어느 정도 EDC의 활동을 억제하기는 했지만 채소은의 몸 상태가 어떻게 될지는 예측할 수 없었다. 유명운으로서는 그저 운이 좋기를 바랄 수밖에 없는 상태였다.

그렇게 해독제를 투여하고 한 달이 지났으나 채소은은 깨어나지 않았다. 그렇다고 숨이 멎은 것은 아니었다. 그저 혼수상태인 그대로 있을 뿐이었다. 검사를 해보면 확실히 EDC가 제거되었음을 알 수 있었지만 왜 그녀가 깨어나지 않는지에 대해 알 수 있는 방법이 없었다. 어차피 비밀리에 진행된 해독제 투여였기 때문에 매스컴 보도도 없었고 아무것도 없었지만, 유명운은 채소은의 가족들에게 사죄를 했다. 그들에게 기대를 품게 했다가 실망을 주었다는 생각에서였다. 물론 가족들은 그를 탓하지 않았다. 사실 탓할 수도 없었다. 유명운이 자신의 딸을 위해 많은 노력을 기울였다는 사실을 알기 때문이다. 그렇게 아무 일도 없었던 듯이 해독제 투여에 관련된 일은 조용히 묻혔다.

*　　　　*　　　　*

거리 위를 언제나 뒤덮고 있던 단풍잎이 사라지고 차가운 바람이 사람들의 옷깃을 여미게 할 즈음, 서울 게임 센터는 뜨거운 열기로 후끈 달아올라 있었다. 2074년 하늘의 분노 3차 리그가 벌어지고 있었기 때문이기도 하지만, 그보다는 이번 리그에서 혜성처럼 등장한 한 명의 프로게이머의 영향이 컸다. 아직 프로게이머 자격을 얻지 못한 준프로이지만 1차 시즌 우승자인 최금호와 2차 시즌 준우승자인 임상조(林上助)가 속해 있는 죽음의 조에서 3승으로 당당히 조 1위를 확정 지은 신예. 특히 유닛 컨트롤이 매우 돋보여서 '신인류(新人類)' 혹은 '최종인간병기'라는 닉네임을 얻은 인간족 게이머. 바로 유정운이었다.

《8강 마지막 주차 경기입니다. A조에서는 이미 박호준 선수와 최금호 선수가 각각 2승 1패로 4강에 진출한 상황. B조에서는 현재 2승을 거두고 있는 유정운 선수와 역시 2승을 거두고 있는 김원배(金遠北) 선수가 이미 4강 진출을 확정 지었습니다. 오늘은 B조의 1위 자리를 놓고 유정운 선수와 김원배 선수가 경기를 치르겠습니다.》

"유정운! 유정운!"

《이번 3차 리그에 처음 참가한 유정운 선수입니다만, 벌써 많은 인기를 얻고 있군요.》

《첫 참가인데도 현재 5연승 중입니다. 상대 선수들을 살펴봐도 최금

호라든지 임상조 같은 쟁쟁한 선수들인데 말이죠. 이게 바로 신인의 패기인가요? 정말 무섭습니다.》

해설자들은 돌풍을 일으키고 있는 유정운에 대해 상세히 소개했다. 그도 그럴 것이 첫 참가만에 4강행을 확정 지었으니 상세한 소개를 하지 않을래야 않을 수가 없었다. 불리하다 싶은 상황에서도 사기 같은 유닛 컨트롤로 역전해 버리는 유정운의 경기 내용은 사람들의 입에 여러 번 오르내리고 있었던 것이다.

"와~ 정운이 인기 많네?"

임배희는 유정운의 이름을 외치는 관중들을 보며 놀라움을 금치 못했다. 물론 지금까지 유정운의 경기가 있을 때마다 언제나 응원해 왔던 임배희였지만, 유정운이 16강에서 1차 리그 우승자와 2차 리그 준우승자를 꺾고 나서도 이 정도로 열광적인 호응을 얻은 걸 본 적이 없었다. 비록 16강보다는 네임 밸류가 약간 떨어지는 선수들을 이기고 4강 진출을 확정 지었으나 그 경기 내용이 압도적이었고, 8강 경기 때에는 카메라를 의식해서 눈을 가리는 헤어 스타일에서 눈이 드러나는 헤어 스타일로 바꿨는데 그게 반응이 매우—특히 여성 팬들에게—좋았다. 그래서 경기 내적으로 남성 팬들이 많아졌고 경기 외적으로 여성 팬들이 늘어나게 되었던 것이다.

"이러다가 호준이 네 인기를 능가하는 거 아니야?"

팬들의 플래카드 중 '사랑해요, 유정운' 이라고 써져 있는 것을 보고 서동민이 박호준을 향해 의미심장한 말을 했다. 사실 프로게임계의 '꽃미남' 이라 불리는 박호준인데, 1차 리그에서 준우승을 하고 2차 리그에서는 3위를 하는 바람에 인기가 약간 주춤한 상태라서 그로서도 상당한 위기감을 느끼고 있었다. 물론 일반 프로게이머의 입장에서는 그 정도의 성적도 상당히 좋은 축에 속하는 것이지만, 언제나 우승 후보로 거론되는 박호준이 2차 리그에서 결승에도 오르지 못했고, 16강과 8강도 그다지 순탄치 않게 올라온 편이라 전성기의 포스가 느껴지지 않는다는 평가를 받고 있는 상태였다. 그런데 자신보다 늦게 데뷔했고 자신과 같은 학교 같은 반에 있는 유정운이 날아다니고 있으니, 아무리 친한 친구라고 하더라도 박호준으로서는 배가 아프지 않을 수가 없었다.

'정운이 녀석…… 정말 무서울 정도로 성장이 빠르다니까. 남들과 같은 시간을 연습하더라도 더 많이 생각하고 더 많이 집중하니까 그런 거겠지. 내가 봐도 대단해.'

박호준은 진심으로 감탄했다. 옆에서 유정운이 연습하는 걸 지켜봐 왔기 때문이다. 그래서 첫 출전이지만 유정운이 이번 대회에서 좋은 성적을 거두리라 예상했었다. 물론 4강까지 올라갈 줄은 상상도 하지 못했지만.

《경기 시작됐습니다. 3시 유정운, 9시 김원배. 먼 대각선 거리입니다.》

《이 맵에서의 인간족과 유령족의 상대 전적은 8승 9패로 유령족이 한 경기 앞선 상태입니다. 전적상으로 보면 거의 비슷하다고 할 수 있죠.》

《이번에 누가 이기든 상관없이 4강이 확정되어 있습니다. 재미있는 것은 4강 진출자가 유정운 선수 빼고는 전부 1차·2차 리그 우승·준우승자들이죠. 1차 리그 우승자 최금호, 1차 리그 준우승자 박호준, 2차

리그 우승자 김원배…… 어마어마한 선수들뿐이네요.》

《거기에 유정운이라는 신예가 한 명 포함되어 있죠. 뭐, 저번에 말씀
드리기는 했지만 원래 이 선수가 온라인상에서 많이 날리던 선수였습
니다. 게임 경력만으로 놓고 보면 올드 게이머에 속하죠. 방송 경기는
이번 리그가 처음입니다만.》

해설자들은 여전히 유정운을 중심으로 해설을 했다. 지난 리그 우
승자인 김원배가 있는데도 그들은 유정운에게 포커스를 맞추고 있었
다. 과연 유정운이 1차 리그 우승자인 최금호에 이어 2차 리그 우승자
인 김원배마저 꺾을 수 있을지 모두의 관심이 집중되고 있었기 때문이
다.

《양 선수 무난한 출발을 합니다.》

《극초반의 도박적인 승부는 보지 않는군요. 정석 싸움을 하자는 건
가요?》

《맵 자체가 두 종족에게 할 만하니까 일반적인 패턴으로 경기를 진
행하는 것 같네요.》

초반은 무난하게 지나갔다. 그리고 초반이 지나 먼저 공격을 한 쪽
은 유정운이었다.

《역시 먼저 찌르기에 들어가는 유정운 선수.》

《유정운 선수의 컨트롤이 워낙 좋기 때문에 신중한 컨트롤이 필요합
니다, 김원배 선수.》

《유닛 컨트롤 대충대충 했다가는 그냥 망하죠.》

해설자들의 말대로 유정운은 정교한 컨트롤로 김원배의 본진을 두
들겼다. 이리 치고 저리 치고 하면서 일꾼 숫자와 병력을 조금씩 조금

씩 줄여 나가는 컨트롤은 보는 사람들로 하여금 감탄을 자아내게 만들었다.

《아, 유정운 선수! 비행장을 건설합니다. 공중 유닛을 뽑을 생각인가요?》

《이건 거의 승부수네요. 지금 지상 병력은 김원배 선수가 많긴 하지만 지대공이 가능한 유닛은 없거든요? 공중 유닛 뜨면 막을 방법이 없어요.》

《김원배 선수, 지금 유정운 선수의 소수 병력에 끌려 다니지 말고 바로 유정운 선수의 본진을 쳐야 됩니다. 시간이 흐르면 흐를수록 유정운 선수에게 유리해져요!》

해설자들이 이구동성으로 김원배의 위기를 지적하는 동안, 유정운은 정말 소수 유닛으로 김원배의 본진을 유린했다. 분명 지상 유닛은 김원배가 두 배 정도 많은데도 불구하고 본진에 난입한 유정운의 소수 병력을 잡아내지 못하고 있었다. 간혹 가다가 하나둘씩 추가되는 유정운의 병력이 의외로 오래 살아남아서 김원배를 괴롭히고 있었기 때문에 김원배는 공격 가야 할 타이밍임에도 공격을 가지 못했다. 그렇게 시간이 흐르고,

《유정운 선수, 공중 유닛 떴습니다!》

《김원배 선수, 공중 유닛을 공격할 유닛이 없어요!》

《공중에서 두드리는 유정운 선수! 김원배 선수, 결국 마지막 러시를 감행합니다!》

이미 유정운의 공중 유닛을 잡아낼 수 없다고 판단한 김원배는 아직까지 자기 본진에서 싸돌아다니고 있는 유정운의 소수 유닛을 내버려

놓고 모든 병력을 이끌고 유정운의 본진을 치러 갔다. 유정운의 공중 유닛 수가 많지 않기 때문에 자신의 건물을 파괴하는 데 시간이 많이 걸릴 테고, 그 사이에 자신은 많은 수의 지상 병력으로 유정운의 건물을 싸그리 날려 버리겠다는 생각이었다.

《김원배 선수의 마지막 러시를 확인하고 방어하러 병력 빼는 유정운 선수!》

《유정운 선수는 이 러시만 막아내면 이겨요!》

《근데 병력 차이가 두 배 이상이라 조금 힘들어 보이는군요.》

마침내 유정운의 본진에서 대접전이 벌어졌다. 일하고 있던 모든 일꾼까지 대동해서 방어를 하는 유정운과 자신의 모든 병력을 투입한 김원배의 전투.

《아! 유정운 선수, 일꾼들도 일일이 컨트롤해 주는 것 같습니다! 상대 유닛당 두 마리씩 붙이네요!》

《상대 유닛의 타게팅을 바꾸는 저 엄청난 컨트롤을 보세요! 많이 맞은 유닛 빼서 다른 유닛끼리 싸우고 있을 때 붙이는 컨트롤이 예술입니다!》

《이거 뭐…… 완전히 유닛 상성을 무시하는 말도 안 되는 컨트롤이군요. 정말 인간족의 진화 종족인가요? 일반 인간족의 능력을 넘어서는 신인류네요. 역시 최종인간병기에요, 인간병기.》

모든 유닛을 컨트롤하고 있는 유정운에 의해 김원배의 병력은 빠른 속도로 소멸해 갔다. 김원배 역시 컨트롤을 해주고 있기는 했지만, 유정운이 더 정교한 컨트롤을 선보이고 있어서 그의 컨트롤은 어른 앞의 아이 수준이었다. 지난 리그 우승자의 컨트롤이 형편없어 보이게 만드는 유정운의 컨트롤은 관중들의 숨소리마저 멎게 했다.

《김원배 선수 병력 전멸! 유정운 선수의 병력도 전멸했지만 유정운 선수는 공중 유닛이 남아 있어요!》

《거의 끝났죠. 비행장에서 불이 반짝반짝 들어오는 걸 보니 공중 유닛이 더 생산될 텐데, 그럼 김원배 선수는 엘리전도 힘들어요.》

《신예 유정운이 지난 리그 우승자마저도 꺾나요?》

대전투 후에 김원배도 생산해 놓은 지상 병력이 있긴 했지만, 그 수가 적어서 유정운의 공중 유닛으로도 막히는 상황이었다. 이미 상황이 완전히 기울었기 때문에 김원배는 치고 싶지는 않았으나 자신의 패배를 인정하는 문구를 날려야 했다.

타닥—

《아! GG! 김원배 선수 GG를 선언합니다!》

《유정운! 지난 리그 우승자 김원배마저도 격파하면서 3전 전승으로 4강 진출합니다!》

《이렇게 되면 A조 2위인 최금호 선수와 결승행 티켓을 놓고 싸우게 되겠군요.》

"유정운! 유정운!"

유정운의 승리가 결정되자 유정운을 응원하던 팬들이 환호성을 내질렀다. 승리를 해도 유정운은 특유의 부표정으로 별 반응을 보이시 않았지만 그 점이 팬들에게는 일종의 카리스마로 느껴졌다. 방송 경기임에도 긴장을 하지 않고 자신의 기량을 십분 발휘하고 있는 유정운에게 김원배의 팬들도 박수갈채를 보냈다. 그렇게 하늘의 분노 3차 리그 8강 경기가 모두 마무리되고 유정운은 친구들의 축하를 받으며 서울 게임 센터를 나섰다. 박호준은 유정운에게 목 조르기를 시도하면서 호탕하게 웃었다.

"무서운 녀석! 이번에 졌으면 나하고 4강에서 붙을 뻔했는데 잘됐다. 결승전에서 보자고!"

"어. 꼭 올라와라."

유정운은 여전히 무표정한 얼굴로 응답을 했다. 하지만 그의 어조에는 자신감이 배어 있었다. 상대는 이미 16강에서 꺾어본 적이 있는 최금호였기 때문이다.

"당연히 올라갈 테니까 각오나 해둬!"

박호준은 유정운의 어깨를 툭툭 치며 호언장담을 했다. 하지만 그의 머리 속에는 방금 했던 말과는 다른 생각이 들어 있었다.

'김원배를 이기려면 웬만한 연습 가지고는 안 된다. 그리고 이미 분위기를 타버린 정운이를 이기기 위해서는 죽어라고 연습하는 수밖에 없어. 역시…… 어쩔 수 없나.'

박호준이 모종의 결심을 하는 동안 이상규가 열심히 떠들어댔다.

"정운아! 이제 4강에도 올라갔으니 한턱 내라! 오랜만에 포식 좀 해 보자!"

"……"

잠깐 이상규의 얼굴을 쳐다보던 유정운은 이상규를 향해 턱을 한 번쪽 내밀었다. 그리고 유유히 앞으로 걸어나갔다. 이상규가 멍하니 서 있는 동안 일행은 그를 내버려 두고 버스를 잡아탔다. 버스 문이 닫히기 직전에 이상규가 정신을 차리고 버스 안으로 뛰어들어 왔고 버스는 그대로 출발했다.

“정운아, 이리로 와.”

버스비가 없어 허둥대는 이상규 대신 버스비를 지불한 유정운은 임배희가 부르는 대로 향했다. 마침 서동민은 김연영과 앉아 있었고, 박호준도 전애리 선생 옆에 앉은 상태였다. 임배희의 옆 자리가 비어 있고 그녀가 옆에 앉으라고 손짓했기 때문에 유정운은 별 거리낌 없이 그녀의 옆 자리에 앉았다. 이상규는 물론 혼자 앉아야만 했다.

“정말 잘했어. 첫 참가인데 벌써 4강 진출이네.”

“아뇨, 이번에는 김원배 선수가 저한테 많이 휘둘려서 그래요.”

임배희의 칭찬에 유정운은 별거 아니라는 듯 말했다. 그렇지만 임배희는 고개를 설레설레 저었다.

“김원배 선수가 당황하도록 정운이가 많이 흔들었으니까 그렇지. 음…… 전부터 생각하던 건데…… 정운이는 역시 천재 같아.”

“……?”

“마법 실력도 굉장히 좋고, 게임 실력도 탁월하니까. 나는 마법 하나만으로도 벅찬데 정운이는 지금 두 가지를 동시에 하고 있잖아. 그것도 둘 다 수준급이고. 천재가 아니라면 정말 힘든 일이거든.”

“뭐…….”

임배희의 말에 유정운은 아무런 반박도 할 수 없었다. 사실 마법과 게임 눌 다 많은 노력을 기울이고 있지만, 만약 그쪽 방면에 타고난 재능이 없었다면 이 정도까지 성공하지는 못했을 것이다. 어떤 한 분야에서 성공하기 위해서는 재미, 재능, 노력 이 세 가지가 적절히 조화되어야만 하기 때문이다.

“배희 선배.”

"응?"

"이번 리그 결승전이 수능 끝나고 2주 후에 있잖아요."

"응."

"수능 끝난 기념으로 배희 선배한테 우승컵을 선물로 줄게요."

"아…… 응…….."

무표정한 유정운과는 달리 임배희의 얼굴은 빨갛게 물들었다. 한편 그 뒤쪽에 앉은 박호준도 전애리 선생과 얘기를 하고 있었다.

"선생님."

"왜?"

"저…… 이번 4강전하고 결승전은 정말 죽어라고 연습할 거예요. 그래서 당분간은 부반장 역할을 제대로 못할 것 같아서요. 어쩌면 학교를 결석하는 일이 있을지도 몰라요."

그 말을 하는 박호준의 표정에서는 진지함이 묻어났다.

"……그러니? 그렇다면 내가 교직원 회의 때 말할게. 네가 연습에 충실할 수 있도록."

"고맙습니다."

박호준은 전애리 선생에게 감사의 말을 했다. 평소에도 하는 말이긴 하지만 약간은 장난기 섞인 어조로 말하는 것이 보통이었는데, 지금은 조금의 장난기도 없었다. 마치 중요한 시험을 앞두고 있는 응시자 같았다. 그렇게 진지한 박호준의 모습을 처음 보는 전애리 선생으로서는 약간의 두근거림을 느꼈다.

"전 이번 대회에 제 모든 것을 걸 거예요. 그렇게 하지 않으면 지금의 정운이를 이길 수 없으니까요. 그리고…… 결승에서 정운이를 이기고 우승을 하면…… 그동안 선생님한테 하고 싶었던 말을 할게요."

"에? 무슨 말?"

"그건 그때 가서 말해야죠. 지금 말하면 재미없잖아요?"

박호준은 씨익 하고 웃었다. 뭔가 지금 그 말을 들으면 안 될 것 같은 기분에 전애리 선생은 그저 고개만 끄덕일 수밖에 없었다.

*　　　*　　　*

학교 생활은 계속되었다. 유정운은 마법 연구부에 들르며 게임 준비를 했고 공부를 했으며, 무난하게 학교 성적을 냈다(물론 마법 과목에서는 전교 1등을 기록했다). 그리고 최금호와의 4강전에서 최금호를 2:0으로 가볍게 격파하고 결승전에 진출했다. 결승까지 진출하는데 단 1패도 하지 않았기 때문에 모두의 관심은 유정운이 과연 전승 우승을 할 수 있을까 없을까로 쏠렸다. 여태까지 진행된 하늘의 분노 리그를 통틀어 전승 우승을 기록한 선수가 아무도 없었기 때문이다.

반면 박호준의 학교 생활은 순탄치 않았다. 게임부에는 들르지도 않고 수업이 끝나자마자 자신의 팀 숙소로 가서 팀원들과 연습에 매달렸다. 그리고 팀원들과 밤늦게까지 연습하느라 학교에 지각하는 일이 잦았다. 그러다 보니 학교 공부를 게을리 할 수밖에 없었고, 기말고사 성적은 거의 바닥을 쳤다. 그리고 김원배와의 4강전에서는 2:1로 조금 힘겹게 김원배를 꺾고 결승에 진출했다. 대부분의 전문가들은 비록 신예이고 큰 무대 경험이 없지만 유정운이 우승할 것이라고 예상했다. 그만큼 유정운의 기세가 무섭고, 아무리 박호준이라 하더라도 그의 기세를 막지 못할 것이라 생각하고 있었다. 몇몇 사람들은 조심스레 유정운의 전승 우승을 예상할 정도였다.

＊　　　＊　　　＊

2074년 11월 16일 금요일.

대부분의 고3 수험생들의 최종 목표인 대학수학능력시험이 치러졌다. 수능시험이 치러지는 학교 앞에서 유정운은 쌀쌀해진 추위를 느끼며 임배희의 건투를 빌었다. 원래 응원하는 곳에는 2학년 각급 반장·부반장 등이 오기 마련인데, 유정운은 그 사이에 몰래 끼어들어 있었다. 사실 3학년 선배들이 시험을 잘 보든 망치든 그와는 아무런 관계가 없었다. 그러나 임배희가 시험을 보기 때문에 응원차 일부러 나온 것이었다.

우르르―

마침내 시험이 끝나고 응시자들이 대거 몰려나왔다. 유정운은 그 인파 사이에서 임배희의 모습을 쉽게 찾아낼 수 있었다. 약간 초췌해진 듯한 그녀의 모습에 유정운은 안쓰러움을 느끼며 그녀에게 커피 한 잔을 건넸다.

"마셔요."

"응…… 고마워."

유정운이 건네준 커피를 마시며 임배희는 나지막이 웃었다. 할머니와 둘이 살고 있는 임배희로서는 거동이 그다지 자유롭지 못한 할머니가 자신을 응원하러 이곳까지 오는 걸 말렸기 때문에 응원하러 올 가족이 아무도 없는 상황이었다. 그런데 유정운이 응원하러 일부러 나온 걸 보고 처음엔 굉장히 놀랐다. 하지만 유정운이 이곳에 응원하러 나왔다는 사실 하나만으로도 임배희는 편안한 마음으로 시험을 치를 수 있었다.

"시험 잘 봤는지 못 봤는지 안 물어?"

커피를 홀짝홀짝 마시면서 임배희가 물었다. 유정운은 여전히 무표정한 얼굴로 대답했다.

"선배 표정 보면 대충 알아요. 그래도 예비 채점할 때까지 안심하면 안 돼요. 실수한 게 있을지도 모르니까요."

"응. 그래도 오늘은 좀 쉬고 싶어. 어디 저녁이나 먹으러 가자."

"예. 마침 수중에 돈도 있고 하니 제가 한턱 낼게요."

"정말? 정운이한테 처음으로 얻어먹는 거네?"

"그런가요? 흠…… 그렇군."

임배희가 선배라는 입장에 있다 보니 자신이 돈을 내기보다는 임배희가 돈을 내는 쪽이 많았다. 아니, 전부 임배희가 냈다. 선배가 후배의 돈을 뜯어먹는 게 아니라면서 계산을 해버리니 유정운이 돈 낼 일이 없었던 것이다. 하지만 집안 사정이 넉넉지 못한 임배희에게 계속 돈을 내게 하는 것은 유정운으로서도 내키지 않았다.

"앞으로 제가 얻어먹은 것만큼 살게요. 대회 나가서 받은 돈도 있고 하니까요. 저, 생각보다 돈 많아요."

"그래, 그래. 알았어."

임배희는 밝은 표정을 지었다. 자신이 선배라는 입장에서 후배인 유정운을 돌봐야 한다는 강박관념에서 벗어나게 되었기 때문이다. 지금 같은 상황에서는 임배희가 유정운에게 어리광이나 투정을 부려도 모두 받아들여질 만큼 유정운이 성장했다. 그것이 임배희를 기쁘게 만들었던 것이다.

그리고 그로부터 3주 후.

마침내 2074년도 하늘의 분노 3차 리그 결승전이 벌어졌다. 아직 준프로게이머인 유정운이 큰 규모의 대회에서 박호준과 우승을 놓고 다투는 상황이 되자 모든 게임 팬들의 이목이 집중되었다. 준프로가 프로의 아성을 뛰어넘고 최고의 자리에 오를 것인지, 프로가 준프로에게 프로의 매운맛을 보여주며 수성(守成)을 할지가 관심사가 되어버린 것이다.

"유정운! 유정운!"

"박호준! 박호준!"

결승전이 치러지는 서울 게임 센터에는 최대 수용 인원 1만 5천 명이 가득 들어차서 정확히 반반씩 나뉘어 응원전을 펼쳤다. 일설에는 이번 결승전 암표가 몇천 만원을 호가했다는 소식도 있어, 이번 결승전에 사람들이 얼마나 기대를 하고 있는가를 말해 주고 있었다.

"열기가 정말 뜨거운데?"

"대단하다. 월드컵이 벌어지고 있는 것 같아."

어느 때보다 달아오르고 있는 경기장의 관중들을 보고 서동민과 김연영은 놀라움을 감추지 못했다. 사실 이번 3차 리그에서는 하늘의 분노라는 게임의 각 종족이 고르게 포진되었었고, 4강전은 4종족 모두 한 명씩 올라와서 이른바 '종족 최강전'을 벌였다는 평가를 받았다. 그리고 신구 대결이 펼쳐진다는 점에서 대부분의 전문가들이 이번 리그의 대흥행을 예상했고 결과는 오늘과 같았다.

"내가 정운이한테 공짜 표 몇 장 더 받고 팔면 수천 만 원은 챙길 수 있었는데!"

이상규는 그게 안타깝다는 듯이 소리쳤다. 반면 전애리 선생과 임배희는 긴장한 눈빛으로 박호준과 유정운을 바라보았다. 둘은 지금 해설자와 캐스터의 질문을 받고 있었다.

《박호준 선수, 이번이 두 번째 결승 도전인데 자신있습니까?》

"연습은 충분히 했습니다. 오늘의 결과는 그 연습량으로 말씀드리겠습니다."

《유정운 선수, 요즘 분위기가 무서울 정도로 좋은데 자신있습니까?》

"예. 전승 우승을 목표로 할 생각입니다."

서로 친한 친구이지만 경기장에서는 적으로 돌아선 듯 두 사람의 신경전은 팽팽했다. 그리고 경기전 인터뷰가 끝나고 박호준과 유정운은 음성 차단이 된 게임 박스 안으로 들어갔다. 그 후 몇 분이 지나자 캐스터의 '경기를 시작하겠습니다' 란 말이 끝남과 동시에 첫 번째 경기가 시작되었다.

《1경기 예상을 어떻게 하십니까?》

《'암흑의 숲' 맵에서는 인간족이 기계족보다 약간 앞서고 있습니다. 그러나 별 차이는 없기 때문에 이번 1경기를 가져간 선수는 기세 싸움에서 상당히 유리한 고지를 점하게 됩니다.》

《문제는 이 맵에서 박호준 선수는 2승 1패를 거두었고, 유정운 선수는 알다시피 3전 전승이거든요?》

극초반은 무난하게 넘어갔고 초중반에 들어서 박호준과 유정운은 거의 동시에 공격을 들어갔다. 양쪽 병력이 엇갈렸기 때문에 수비하러 갈 것인지 계속 공격할 것인지를 결정해야만 했다.

《아, 유정운 선수! 회군합니다!》

《글쎄요, 제가 보기에는 그냥 맞엘리 작전으로 가야 하지 않을까 생각되는데요.》

《회군하는 동안 본진에는 피해를 입을 수밖에 없어요!》

해설자들의 예상대로 유정운의 본진은 박호준의 병력에 의해서 하나둘씩 파괴되기 시작했다. 그리고 마침내 도착한 유정운의 본대와 박호준의 본대가 유정운의 본진에서 격돌했다.

《아! 정말 놀라운 컨트롤! 이미 자리잡고 있던 박호준 선수의 병력 사이로 파고들어 무섭게 진압합니다!》

《야…… 진짜 말이 안 나오네요. 인간 맞습니까?》

《유정운 선수는 인간이 아니죠. 개량형이에요.》

유정운의 본진에서 벌어진 전투는 유정운의 압도적인 승리로 끝났다. 거의 비슷한 병력을 가지고 싸웠는데도 불구하고 컨트롤로 압승을 해버리는 유정운의 모습은 보는 사람들에게 혀를 내두르게 만들었다.

《본진 병력 진압하고 그대로 역공 갑니다!》

《못 막죠.》

《끝난 거예요. 저걸 무슨 수로 막습니까?》

해설자들은 볼 것도 없다는 듯 박호준의 패배를 예상했다. 그러나 상황은 그렇지 않았다. 박호준이 뽑은 대량 학살 마법 유닛의 마법 공격 한 방에 유정운의 거의 대부분의 병력이 소멸되어 버렸기 때문이다.

《아니, 이게 어떻게 된 거죠?》

《그렇군요. 보기에는 유정운 선수의 병력이 많아 보였어도 그 병력은 아까의 전투 때문에 전부 체력이 얼마 남아 있지 않은 병력이었거

든요? 유닛 체력이 바닥이어도 공격력은 멀쩡한 유닛과 똑같으니까요.》

《마법 공격 한 번만 더 하면 유정운 선수의 병력을 모조리 잡아낼 수가 있는데, 아직 마나가 안 찼나요?》

유정운의 러시를 막느냐 못 막느냐의 상황에서 박호준의 대량 학살 유닛이 유정운의 절묘한 컨트롤에 의해 잡혀 버렸다. 남은 유닛이 얼마 없는 유정운이었지만 후속 부대의 도착으로 박호준보다 병력 상에서 우위를 점했고, 그 결과 박호준의 본진 병력을 모두 잡아낼 수 있었다.

《아! GG! 박호준 선수 GG를 선언합니다!》

《유정운 선수가 약간이라도 역공을 망설였다면 박호준 선수에게도 기회가 왔을 텐데 정말 아쉽군요.》

《절묘한 컨트롤과 상황 판단력이 유정운 선수에게 1승을 챙기도록 해주네요.》

"유정운! 유정운!"

유정운의 1승 리드로 인해 유정운의 팬들은 환호를 하며 그를 응원했다. 하지만 박호준의 팬들도 가만히 있지만은 않았다. 오히려 더 목청 터져라 박호준을 응원했다.

《2경기 시작합니다. 맵은 '전설의 한강'.》

《중앙에 긴 강이 있어서 공중 거리는 짧고, 지상 러시 거리는 길죠. 이 맵에서는 보통 공중 유닛 싸움으로 가는데 기계족이 인간족에게 다소 앞서 있기도 합니다.》

《공중 유닛 중에서 기계족만큼 센 것이 없으니까요.》

어차피 초반에 상대를 공략하기가 쉽지 않은 맵이기 때문에 박호준과 유정운 모두 무난하게 출발을 했고, 공중 유닛으로 가닥을 잡는 듯 보였다. 그러나 박호준이 정찰하러 보냈던 일꾼을 잡아낸 유정운은 짓고 있던 비행장 두 기를 갑자기 취소시켰다.

《아, 비행장 건설 취소! 대신 병영 양성소를 두 개나 더 건설합니다.》

《공중전을 포기하고 완전히 지상전으로 갈 생각인가 본데요?》

《만약 박호준 선수가 이 의도를 파악하지 못하고 공중 유닛으로 갈 생각을 하면 유정운 선수의 첫 러시를 막기가 쉽지 않겠는데요?》

정찰 보냈던 첫 일꾼이 잡히자 박호준은 두 번째 일꾼으로 정찰을 보냈다. 하지만 이미 나와 있던 유정운의 소수 지상 병력에 의해서 박호준의 정찰 의도는 실패로 돌아갔다.

《박호준 선수 정찰에 실패합니다.》

《순진하게 공중 유닛으로 가다가는 위험한데요.》

《유정운 선수가 정찰 들어온 일꾼을 잘 잡았죠.》

모두 박호준이 정찰에 실패했다고 판단할 즈음, 박호준은 갑자기 짓고 있던 공중 유닛 생산 건물을 취소해 버렸다. 그리고 유정운과 마찬가지로 지상 병력 생산 건물을 두 개 늘렸다.

《아니, 갑자기 건물 취소하고 지상전 준비하는 박호준! 정찰 성공했었나요?》

《아니죠. 이건 박호준 선수의 감입니다. 공중전으로 가는 상대라면 지상군이 거의 없어야 정상인데 아까 유정운 선수가 정찰 들어온 일꾼을 잡느라 병력을 조금 보여줬거든요.》

《그래도 그 병력 수가 많지 않아서 지상전으로 간다고 하는 정보를 얻기가 쉽지 않았을 텐데…… 역시 프로의 감은 무섭군요.》

전설의 한강 맵에서 공중전이 벌어질 것이란 예상과는 달리 박호준과 유정운은 순수 지상 물량만으로 서로를 공격해 들어갔다. 전략상에서 서로 밀릴 것이 없는 상황이었으나, 결정적으로 유정운의 지상 유닛 생산 건물 타이밍이 조금 빨랐기 때문에 박호준보다 아주 약간 병력이 더 많았다. 그리고 소위 '개량형 컨트롤'을 통해 박호준의 병력과 효율적인 전투를 했기 때문에 첫 번째이자 마지막 교전에서 유정운이 미세하게나마 승리를 거두었다.

《GG! 박호준 선수 또다시 GG!》

《박호준 선수, 상대의 전략을 완전히 파악했는데도 지고 말았네요. 정말 유정운 선수의 컨트롤은 뭐라고 말할 수가 없을 것 같아요. 완전 사기죠, 사기!》

《이대로 전승 우승하는 건가요?》

두 번째 경기도 유정운이 가져가자 유정운이 이대로 전승 우승을 하는 것이 아니냐는 말이 관중들 사이에서 흘러나오기 시작했다. 물론 유정운이 세 번째 경기도 이기면 전승 우승이라는 엄청난 기록을 세우는 것이기 때문에 그것만으로도 굉장한 일이지만, 팬들 입장에서는 3:0의 승부보다는 박빙의 승부를 원했나. 선승 우승의 대기록이 세워지는 걸 바랄 것인가, 박빙의 승부를 바랄 것인가. 팬들은 그 양쪽에서 갈팡질팡하고 있었다.

"후우……"

게임 박스 안에 앉아 박호준은 긴 한숨을 내쉬었다. 스코어는 2:0으로 지고 있지만 그의 표정에는 일말의 흔들림도 없었다.

'이제 모든 건 이번 경기에 달렸다. 이번 경기에서 진다면 이대로 끝나고, 이긴다면…… 분명히 내가 역전할 수 있다!'

박호준의 표정에서 자신감이 흘러나왔다. 총 5판 3선승제의 경기에서 단 한 경기만이라도 유정운에게 패배를 안겨준다면 자신이 이기리라는 확신이 있었기 때문이다.

《3경기 시작합니다. 마지막 경기가 될 수도 있는 3경기 맵은 '회오리 산'입니다.》

《지상이나 공중으로의 러시 거리가 비교적 먼 편이라 극초반의 도박적인 전략은 잘 안 먹히는 맵이죠.》

《전적상 기계족이 인간족보다 다소 앞서고 있어서 박호준 선수는 무난한 출발을 할 것 같고…… 어?》

말을 하던 해설자가 순간 말을 잇지 못했다. 박호준이 지나치게 빠른 타이밍에 일꾼 정찰을 보냈기 때문이다.

《설마…… 전진해서 건물을 지을 생각인가요?》

《전진 건물을 해서 빠른 타이밍에 공격을 갈 생각이 아닌 것 같네요. 그냥 맵 중앙에다 아예 본진을 꾸리는데요?》

《저렇게 되면 확실히 유정운 선수의 진출로를 막게 되긴 하지만…… 유정운 선수야 본진에 방어를 튼실히 하고 수송선을 만들어서 드랍하면 되거든요?》

박호준의 중앙 본진 건설을 보고 해설자들은 부정적인 견해를 내놓았다. 특히 기계족이 앞서 있는 맵에서 괜한 전략을 들고 나왔다고 생각했다. 그들의 생각대로 유정운은 본진 방어에 충실하면서 수송선을 생산하고 있었다. 지상 병력상으로는 박호준이 훨씬 많았지만, 본진 방어 건물이 많아서 유정운의 본진을 쓸어버리기에는 조금 부족한 병력이었다.

《수송선 생산해서 본진 드랍 가는 유정운 선수! 박호준 선수 본진에는 일꾼밖에 없습니다!》

《지금 이 상태에서 일꾼 피해 받으면 못 이겨요!》

《공격하려면 지금 해야 하는데 공격하더라도 뚫는다는 보장이 없죠!》

상황은 박호준에게 암울하게 돌아갔다. 그러나 그때 박호준은 모두의 생각을 뒤엎는 행동을 보였다. 본진에 있던 일꾼 모두를 대동하고 유정운의 본진으로 공격을 들어간 것이다.

《일꾼 하나도 남김없이 공격에 투입합니다!》

《이거 완전 올인러시네요!》

《지상 병력만으로는 힘든데 일꾼까지 합세하니 모르겠는데요?》

마침내 유정운의 본진에서 교전이 일어났다. 일꾼까지 모조리 대동한 박호준의 공격은 매우 거셌다. 특히 박호준의 본진을 공략하기 위해 수송선에 병력 일부를 태웠던 유정운으로서는 급히 그 병력을 본진 방어를 하기 위해 되돌려야 했다.

《하나둘씩 파괴되는 유성운 선수의 방어 라인!》

《드랍 공격 갔던 병력의 공백이 너무 크네요! 같이 있었다면 막았을지도 모르는데요!》

《못 막아요! 아무리 유정운 선수라도 이건 못 막아요!》

뒤도 돌아보지 않고 모든 것을 공격에 걸었던 박호준은 마침내 유정

운의 방어 라인을 모조리 돌파하고 유정운의 본진을 초토화시켰다. 뒤
늦게 합류한 유정운의 병력이 방어를 해보려고 했지만 역부족이었다.

《GG! GG! 유정운 선수 이번 리그에서 처음으로 GG를 칩니다!》

《연승 기록이 9연승에서 멈추네요!》

《박호준 선수 기사회생합니다!》

"와―! 와―!"

팬들은 열광했다. 지금까지 하늘의 분노 리그에서 나오지 않았던 모
든 일꾼 대동 올인러시를 봤기 때문이기도 하고, 지칠 줄 모르던 유정
운의 기세를 꺾었기 때문이기도 했다. 하늘의 분노 게임을 그렇게까지
잘 알지 못하는 전애리 선생이나 어느 정도 알고 있는 임배희도 점점
흥분하고 있었다. 중립적인 입장의 서동민과 김연영, 이상규는 이미
흥분의 도가니였다.

"저 녀석들 진짜 잘한다!"

"정말 재미있어!"

"아무나 이겨라! 이기는 편 내 편!"

팬들의 열화와 같은 함성과 함께 4차전 경기가 시작되었다. 4차전
맵은 기계족과 인간족이 거의 5:5의 싸움을 만들어내는 공평한 맵이었
다. 그렇기 때문에 박호준과 유정운 모두 평범하게 출발을 했고 평범
한 유닛들을 생산해 내었다.

《두 선수 안전하게 경기를 플레이합니다.》

《이번 경기 역시 첫 교전이 상당히 중요하겠네요. 첫 교전에서 이기
면 승기를 가져갈 수 있습니다.》

《3경기에서 진 유정운 선수가 얼마나 마인드 컨트롤을 잘했는지가

관건이겠군요.》

　시간이 흘러 박호준과 유정운은 중앙에서 대규모 접전을 펼쳤다. 누가 더 뛰어난 컨트롤을 가지고 있는지 시합이라도 하듯 둘 다 현란한 컨트롤을 선보이며 공격을 가했다. 그러나 그 순간 유정운이 아주 작은 컨트롤 실수를 하고 말았다.

《유정운 선수답지 않은 컨트롤 미스!》

《아, 방금 전의 컨트롤 미스로 병력 손실을 조금 봤어요!》

《위험합니다! 유정운 선수!》

　서로 완벽에 가까운 컨트롤을 하고 있는 와중에 벌어진 작은 컨트롤 미스는, 병력상의 격차를 순식간에 벌려 버렸다. 그것은 특히 한 번도 컨트롤 미스를 해본 적이 없는 유정운에게서 일어난 일이라 모든 이들에게는 그 컨트롤 미스가 매우 크게 느껴졌다.

《퍼펙트 컨트롤의 유정운 선수가 실수를 하다니요!》

《졌습니다! 중앙 교전에서 유정운 선수가 졌어요!》

《첫 패배 때문에 정신력이 흔들린 것 같네요!》

　중앙 교전에서 패배하고 물밀듯이 내려오는 박호준의 병력을 어떻게든 막아보려 안간힘을 썼으나 이미 벌어진 병력 차를 극복할 수는 없었다. 결국 유정운은 3경기에 이어서 4경기에서도 GG를 선언할 수밖에 없었다.

《GG! GG! 두 번째 GG입니다! 유정운 선수 GG!》

《2:2가 되었네요! 두 선수 정말 대단합니다!》

《정신력이 모든 것을 가르겠군요!》

　1·2차전을 잡아낸 유정운이 무난하게 전승 우승을 할 것이라고 예

상했었으나, 박호준이 기적같이 3경기를 따내고 4경기마저도 가져가
자 상황은 알 수 없게 흘러 버렸다. 유정운의 팬은 물론 박호준의 팬까
지도 누가 이길 것이라는 예상을 할 수 없었고, 심지어는 누가 이겨도
좋으니 멋진 경기를 보여달라는 생각을 하고 있었다. 경기장을 찾은
모든 팬들은 승패를 떠나 그들의 경기에 매료되어 있었던 것이다.

“……”

“……”

서로 마주 보게 설치된 두 군데의 게임 박스 안에서 박호준과 유정
운은 서로의 눈을 쳐다보았다. 완전 방음 처리가 되어 있어 팬들의 우
레와 같은 함성을 들을 수는 없지만, 그들도 팬들이 열광하고 있다는
사실은 알고 있었다. 직접 경기를 하는 자신들이 재미있다고 생각할
정도니 보는 이들이 어떻게 생각할지 안 봐도 뻔했기 때문이다. 하지
만 그렇다고 서로 상대에게 승리를 양보할 생각은 추호도 없었다.

《마지막 5경기를 시작합니다!》

“와! 와와!”

팬들의 함성과 함께 시작된 5차전. 5차전 맵은 1차전에서 쓰였던 맵
인 ‘암흑의 숲’이었다. 비록 1차전에서는 박호준이 지긴 했지만 지금
은 박호준의 기세가 하늘을 찌르고 있었기 때문에 누가 승리하리라고
장담을 하기 힘들었다.

《마지막이라 그런지 서로 무난한 출발을 합니다.》

《생각해 보면 3경기 빼고는 전부 전략이 평범했죠.》

《그래도 컨트롤이 화려해서 평범한 경기로는 안 보였죠. 4경기 전
부.》

박호준과 유정운이 평범한 진행을 하는 동안 해설자들은 경기 예측을 5:5로 했다. 사실 그런 예측은 무의미한 것이기는 했지만 모두 해설자들의 말에 동의하고 있었다. 오히려 누군가 한쪽의 승리로 예측한다는 사실 자체가 무의미할지도 모르는 일이었다.

《본진 병력은 나둔 채 치열한 멀티 공방전!》

《서로의 멀티를 견제하는 플레이가 예술이네요!》

《이렇게 되면 둘 다 멀티를 못할 것 같은데요?》

박호준과 유정운은 좀 더 많은 병력 확보를 위해 멀티 기지를 건설하려 했으나 번번이 상대방의 견제에 막혀 버렸다. 본진 자원은 점차 떨어져 가는데 멀티 기지는 상대방 견제 때문에 성공을 할 수 없으니 답답한 상황이 연출되었다. 물론 그 답답한 상황이라는 것은 선수들 입장에서 답답한 것이지 보는 사람들은 계속되는 견제 플레이에 찬사를 보냈다.

《아! 두 선수 모두 본진 자원이 떨어졌어요!》

《이거 두 선수 모두 멀티를 할 수 있는 상황이 아니에요!》

《한 방! 결국 한 방 싸움이 되겠군요!》

해설자들의 말대로 본진 자원이 다 떨어진 박호준과 유정운은 남은 자원을 모두 병력 생산으로 돌린 후, 일꾼을 모두 대동한 채 중앙으로 진출했다. 마치 누가 힘 싸움을 잘하고 유닛 컨트롤을 잘하는지 승부를 가리려는 듯 뒤도 돌아보지 않은 올인 러시였다. 경기장에서 관람하는 관중들과 TV로 시청하던 사람들 모두 숨을 죽였다. 언제나 떠들어대던 캐스터와 해설자들도 아예 입을 다물었다. 지금 이 상황에서는 설명이 필요없기 때문이다. 모든 것은 경기를 하는 선수들에게 달린

것이다. 그렇게 박호준과 유정운의 모든 병력은 맵 중앙에서 최후의
교전을 펼쳤다.

＊　　　　＊　　　　＊

휘잉—

찬바람이 유정운과 임배희를 휘감듯 지나갔다. 덕분에 임배희의 머
리카락이 헝클어져서 유정운은 그녀의 머리카락을 잘 정리해 주었다.
자신의 머리카락을 매만지는 유정운의 손길을 느끼며 임배희가 입을
열었다.

"아깝다, 이번 결승전. 우승할 수도 있었는데."

"미안해요. 우승컵 선물로 주겠다는 약속 못 지켜서."

"아냐. 정운이는 최선을 다했잖아? 그걸로 충분해."

임배희는 환하게 웃었다. 평소에는 거의 웃지 않지만 유정운과 얘기
를 할 때는 많이 웃게 되었다. 특히 수능이 끝난 뒤에는 마음의 짐까지
털어버려서 웃는 횟수가 많아졌다. 그런 임배희의 변화를 유정운은 긍
정적으로 받아들이고 있었다. 그래도 굳이 임배희보고 '많이 웃어서
보기 좋네요' 라고 말하는 건 성격에 맞지 않아서 다른 말을 했다.

"호준이가 저보다 더 절박한 심정으로 게임에 매달렸기 때문에 제가
이길 수 없었던 거예요. 솔직히 저는 건성건성 했죠. 첫 출전인데 결승
까지 한 번도 안 지고 가서 너무 자만했거든요. 좋은 경험이었어요."

"……."

자신의 머리카락을 매만지던 유정운의 손길이 사라지자 임배희는

조금 아쉬운 마음이 들었다. 반면 유정운은 시선을 다른 곳으로 돌리며 말을 이어나갔다.

"하지만 다음에는 지지 않을 자신이 있어요. 마침 겨울 방학도 다가오니까 연습할 시간은 충분하거든요. 그리고 마법 공부도 조금씩 해나가야죠. 음…… 내년이면 배희 선배가 졸업하니 조금…… 쓸쓸하네요."

"응……."

졸업 얘기가 나오자 임배희의 표정이 조금 어두워졌다. 시험 자체는 문제없이 잘 봤기 때문에 원하는 대학 진학에는 그다지 어려울 것이 없었다. 하지만 대학에 가서 지금처럼 마법 공부를 열심히 할 수 있을지 없을지는 장담하기 어려웠다. 그녀로서는 채소은과 함께 보냈던 2년과 유정운과 함께 보냈던 1년을 잊을 수 없었기 때문이다. 그 시기가 없었다면 임배희가 마법에 관심을 가지고 열심히 공부하는 일은 일어나지 않았을 것이다.

"내가 나중에 마마 홈페이지 만들고 할 테니까 자주 접속해. 그럼 떨어져 있어도 옆에 있는 것 같은 기분이 들 거야."

"예. 그렇겠네요."

유정운도 오랜만에 얼굴에 미소를 떠올렸다. 그러나 그 미소는 즐거워서 만들어낸 것이 아니었다. 자신의 감정을 감추기 위해 만들어낸 미소였다. 마음속에는 뭔가 전하고 싶은 말이 있었지만 그 말을 감히 할 생각도, 전하고자 하는 말이 무엇인지 떠올릴 엄두도 내지 못했다.

그것은 임배희도 마찬가지였다. 자신의 감정이 무엇인지 어렴풋이 깨닫고 졸업을 앞둔 현재에는 그 감정을 확실히 깨달았지만, 그녀는 그 감정을 유정운에게 전달하지 않았다. 지금까지 위엄있는 척 리더인 척 해왔지만 결국 자기 자신은 용기가 없는 것일 뿐이라고 생각했다.

"기분 전환이라도 하러 가요."

"……!"

평소에 거의 놀러 나가지 않는 유정운이 그런 제안을 하자 임배희는 꽤 놀란 표정을 지었다.

"뭐 할 건데?"

"영화라도 보죠. 날씨도 추우니까 따뜻한 영화관에서 팝콘 먹으면서 몸을 녹여야죠."

"어떤 영화 볼 거야?"

"어떤 장르 좋아해요? 액션? 멜로? SF? 추리? 코믹?"

"음…… 요새 '사랑하면 할수록' 이라는 영화가 인기있다고 하던데, 어때?"

임배희가 말한 영화는 제목에서부터 알 수 있듯이 멜로물이었다. 사실 유정운은 이한치한(以寒治寒)을 신조로 '한겨울에는 공포물이 제격이다' 라는 생각을 가지고 있었다. 문제는 한겨울에 극장에 내걸리는 공포물이 없다는 점이었다. 그래서 유정운은 임배희의 제안을 따르기로 했다.

"그걸로 하죠. 그럼 가요."

"응."

영화관으로 가는 도중 임배희가 춥다면서 유정운의 손을 잡았다. 물론 유정운도 그녀의 손을 맞잡아주었다. 이제 그들이 이렇게 함께 다닐 수 있는 시간도 얼마 남지 않았기 때문이다.

　　　　　＊　　　　　＊　　　　　＊

　박호준과 전애리 선생은 주말을 맞이하여 사제지간의 정을 더욱 돈독히 하고자 커피숍에 들렀다. 사실 이번 미팅을 강력하게 주장했던 사람이 박호준이기 때문에 전애리 선생이 참여해 준 것이었다. 원래 스승과 제자가 주말에 만나서 놀 수도 있긴 하지만, 전애리 선생이 생각하기에 왠지 박호준과 함께 있으면 안 된다라는 생각이 들어서 가급적이면 사적으로 박호준을 만나려고 하지 않았다. 그렇지만 박호준이 나오라고 떼를 써서 어쩔 수 없이 나오게 되었다.

　"우승 축하해."

　"네. 고맙습니다."

　잔잔한 음악이 깔리는 커피숍에서 전애리 선생은 다시 한 번 박호준의 하늘의 분노 3차 리그 우승을 축하해 주었다. 그러다 보니 문득 결승전 때의 일을 생각해 내게 되었다. 지금 생각해도 도저히 이해할 수 없는 것은 유정운의 GG선언과 함께 박호준의 우승이 확정되었을 때 그녀 자신도 모르게 눈에서 눈물이 나왔다는 점이었다. 박호준이나 유정운이나 모두 자신의 제자인데, 유정운이 우승했다면 절대 나오지 않을 눈물이 박호준의 우승과 함께 나왔으니 아무리 생각해도 이해할 수 없었던 것이다.

　"오늘 이렇게 선생님을 부른 건 할 말이 있어서예요."

　주문한 커피를 한 모금 마시며 박호준이 입을 열었다. 순간 전애리 선생의 얼굴에 긴장감이 감돌았다. 그것은 박호준의 할 말이 무엇인지 어렴풋이 짐작하고 있다는 점에서 나오는 감정이었다.

"그, 그래? 무슨…… 얘기니?"

왜인지는 모르지만 전애리 선생은 떨리는 마음을 진정시키며 박호준의 얘기를 들으려 했다. 그러나 정작 말을 하려는 박호준은 매우 편안한 표정이었다.

"그냥 부담없이 들으세요. 지금부터 제가 하는 말은 그냥 제 생각이니까요."

다시 커피를 한 모금 마신 후 박호준의 말이 이어졌다.

"처음 선생님을 봤을 때 정말 예쁘다고 생각했어요. 제가 본 여자들 중에서는 가장 예뻤거든요. 굉장히 어른스럽다고 해야 할까요? 아무튼 동경의 대상이었어요."

"……."

전애리 선생은 박호준의 얼굴을 똑바로 쳐다보지 못하고 약간 고개를 숙인 채 커피만을 홀짝홀짝 마셨다. 그러는 와중에도 박호준의 얘기는 계속되었다.

"처음에는 그냥 그 나이 때 으레 있는 첫사랑쯤이라고 생각했어요. 근데 선생님에 대해서 알면 알수록 더 좋아지는 거예요. 선생님은 남에게 일을 떠맡기지도 않고 자신이 해결하려고 했고 실제로 많이 해결했죠. 그 테러 사건이 일어난 후에도 선생님은 정말 열심히 하셨고 결국 학교는 많이 안정화됐구요."

"……."

"저도 선생님처럼 어른이 되고 싶었어요. 자신의 일에 책임을 다하는 그런 어른이 되고 싶었죠. 그래서 저도 나름대로 열심히 노력했어요. 선생님한테 더 이상 어린애 취급당하기 싫었거든요. 저도 제가 하고 있는 일에서 충분히 혼자 살아갈 수 있고 성공할 수 있다는 것을 보여 드리고 싶었어요.”

“아…….”

계속 고개를 숙이고 있던 전애리 선생이 박호준의 얼굴을 쳐다보았다. 박호준도 마침 그녀의 얼굴을 보고 있었기 때문에 둘의 시선이 정면으로 부딪쳤다. 하지만 박호준도 전애리 선생도 시선을 돌리지 않았다.

“그래서 이번 결승전에 모든 걸 건 거예요. 선생님 앞에서 우승하는 모습을 보여 드리고 제가 더 이상 도움을 받지 않아도 혼자서 잘해낼 수 있다는 것을 보여 드리려고 했어요. 그렇게 하면 선생님도 절 어른으로…… 아니, 남자로 봐줄까 하는 기대를 가졌거든요.”

“……!”

“결국 선생님은 절 제자로 생각하고 계시다는 거 알아요. 그리고 2학년 올라가게 되면 선생님을 또 만날 수 있을지 없을지도 확실하지 않구요. 그래서 이제 더 이상의 미련은 두지 않기로 했어요. 대신…….”

박호준은 약간 긴장되는 듯 커피를 한 모금 더 마셨다. 그러고 나서 작지만 힘이 있는 목소리로 말했다.

“고등학교를 졸업했을 때 제 마음속에 선생님을 좋아하는 감정이 남아 있다면…… 그때 주저없이 고백할 거예요. 선생님들이나 전교생 앞에서.”

“……!”

전애리 선생의 표정이 크게 흔들렸다. 자신이 가르치는 학생에게서 그런 말을 들었으니 당황하지 않으면 오히려 그것이 이상한 일이었다. 동요하는 전애리 선생의 모습을 보면서 박호준은 손을 저었다.

"너무 그러지 마세요. 지금 고백하겠다는 게 아니라 2년 후라니까요. 그때 선생님을 계속 좋아하게 되면 고백한다는 얘기니까 부담 가지실 거 없어요."

"하, 하지만……!"

박호준은 부담을 가지지 말라고 했으나 지금의 이 상황은 이미 고백을 한 것이나 마찬가지이기 때문에 전애리 선생으로서는 부담을 가지지 않을 수가 없었다. 말하자면 박호준은 고백 예고를 한 셈이었다.

'어떡하지? 어떡하지? 난 선생인데…… 제자하고 그런 짓을 하면 도덕적으로…… 아니, 지금 내가 무슨 생각을……!'

혼란스러운 마음을 다잡지 못하고 전애리 선생은 갈팡질팡했다. 전애리 선생의 허둥대는 모습을 처음 보는 박호준은 의외의 수확을 거두고서 좋아라 하는 표정을 지었다. 왠지 자신이 전애리 선생보다 더 어른스럽다는 느낌이 들었기 때문이다.

"제 얘기는 끝났어요. 그럼 오늘은 모처럼 둘이서 놀아요. 스승과 제자로서 놀아도 되고 남자와 여자로서 놀아도 돼요. 어느 쪽이든 선생님 편한 대로 생각하세요. 결승전 준비하는 동안 선생님을 못 봐서 많이 외로웠거든요."

박호준은 멋쩍게 웃으면서 자리에서 일어났다. 처음에 일어날까 말까 망설이던 전애리 선생도 결국 박호준을 따라 커피숍을 나섰다. 자신이 지금 어떤 입장에서 박호준과 주말을 보낼 것인지에 대해서는 생각해 보지 않았다. 그저 마음 가는 대로 행동하자고 결심했다. 그래도 그녀의 마음속에는 이 말이 맴돌고 있었다.

'호준이가 결승전 준비한다면서 학교에 나오지 않은 이틀 동안……나도 외로웠어.'

25장
도움이라는 것

ⅡⅩⅤ **도움이라는 것**

2075년 2월 18일 월요일.

천인 고등학교 4회 졸업식이 거행되었다. 유정운은 임배희의 졸업을 축하하기 위해 이번 졸업식에 참여했다. 사실 1·2학년은 봄방학 중이었기 때문에 임배희는 유정운에게 졸업식에 나오지 말라고 했다. 그러나 그날 할 일이 없다는 핑계로 유정운은 학교로 출근했다. 그리고 가족이 아무도 없어 사진을 찍을 수 없는 임배희를 대신하여 그녀의 졸업 모습을 핸드폰에 담았다.

"와줘서…… 고마워."

달랑 졸업장만을 든 채 임배희가 희미하게 웃었다. 그것을 보고 유정운은 속으로 아차 했다. 졸업식에 대한 개념이 잘 잡히지 않아서 꽃다발을 준비해야 한다는 사실을 잊어버렸기 때문이다. 졸업식을 맞이

하여 교문 앞에서 꽃다발을 파는 상인들이 즐비했음에도 불구하고 그것에 전혀 신경을 쓰지 않은 유정운의 무개념이 만들어낸 실책이었다.

"미안해요. 꽃 사는 걸 잊었어요."

"괜찮아. 와준 것만으로도 기뻐."

꽃다발을 들고 가족들과 사진을 찍는 다른 졸업생들의 모습을 보며 유정운은 안타까운 마음이 들었다. 부모가 이혼하고 거동이 불편한 할머니와 단둘이 살고 있는 임배희이기 때문에 졸업식인데도 불구하고 졸업을 축하해 줄 사람이 유정운 자신밖에 없었다. 그런데도 겉으로 내색하지 않는 임배희를 보며 왠지 그 모습이 자신을 보는 듯한 생각이 들었던 것이다.

"전에도 했지만 대학 입학 축하해요."

"응. 고마워."

졸업식을 맞이하여 유정운은 임배희의 대학 입학을 다시 한 번 축하해 주었다. 그녀가 지원한 대학은 고려대학교 마법학과였고 당당히 장학금까지 받으며 합격했다. 고려대학교라면 어차피 자신의 형인 유명운이 있는 곳이기 때문에 임배희와의 연줄은 아직 끊어지지 않았다고 보는 게 맞았다. 그래도 유정운이 그 대학에 입학한다는 보장은 아예 없다시피하기 때문에 오히려 임배희와의 연줄이 끊어졌다라고도 볼 수 있었다.

"정운아."

"……?"

나지막이 자신의 이름을 부르는 임배희를 보고 유정운은 얼굴에 물음표를 띄웠다. 임배희는 유정운에게 다가가 살며시 그를 껴안았다.

예상하지 못한 상황을 맞이하게 된 유정운의 사고는 잠시 정지되었고, 그사이 임배희가 말을 이었다.

"언제나 고마워. 정운이가 있어서 난 여기까지 오게 됐어. 만약 정운이가 없었다면 가정 불행을 탓하면서, 친구 불행을 탓하면서 주저앉아 버렸을지도 몰라."

"아뇨…… 배희 선배는 스스로도 잘 견뎌냈잖아요."

"으으응…… 나 혼자서는 못해. 사람이란 존재는 자기 혼자서 해결할 수 있는 일이 별로 없으니까."

임배희는 여전히 유정운을 껴안은 채로 말했다. 이런 상황에서는 임배희를 끌어안아도 괜찮지 않을까 하는 생각이 문득 들었으나, 유정운에게는 그럴 용기도 배짱도 없었다. 아니, 용기가 없는 게 아니라 자신이 왜 그런 생각을 하고 있는지에 대한 이유가 불분명했기 때문이다.

"역시…… 정운이에게 나는 그냥 선배로구나……."

껴안았던 팔을 풀며 임배희가 조금 씁쓸한 표정을 지었다. 임배희가 한 말의 의도를 파악하지 못한 유정운은 그냥 멀뚱멀뚱 그녀만 쳐다보았다. 임배희는 유정운의 어깨를 톡톡 두드리며 화제를 돌렸다.

"점심 먹으러 가자. 배고파."

"아, 예."

하고 싶은 말들을 속으로 삼킨 채 유정운과 임배희는 패스트푸드점으로 향했다. 하지만 두 사람의 걸음은 멀리 진행되지 못하고 제자리에서 멈췄다. 갑자기 학교 본관 3층에서 거대한 폭발이 일어났기 때문이었다.

챙강―

본관 3층 중에서 방송실 쪽에 있던 창문이 와장창 깨져 나갔다. 창문이 깨질 때 순간적으로 커다란 불꽃이 일어났다 사라지는 것을 유정운은 똑똑히 보았다. 뭔가 안에서 폭발이 일어나 창문이 깨져 나갔다는 생각을 하게 만들었다. 임배희도 유정운과 똑같은 생각을 했는지 둘의 다음 행동은 일치했다.

탁탁탁—

앞운동장에서 열심히 졸업 사진을 찍다가 폭발에 놀란 사람들 사이로 피해 유정운과 임배희는 본관 안으로 뛰어들어 갔다. 생각하기도 싫은 테러 사건을 경험한 때문인지 두 사람은 먼저 상황을 파악하는 것에 초점을 맞추었다. 일단 상황이 파악되어야 경찰을 부를 것인지 구급차를 부를 것인지를 정할 수 있기 때문이다.

"아! 방송실 문이……!"

에스컬레이터를 뛰어올라가 3층에 도착한 유정운과 임배희 중 방송실 문이 폭발에 의해 찌그러진 상태로 나동그라져 있는 것을 발견한 임배희가 놀라서 걸음을 멈추었다. 하지만 유정운은 걸음을 멈추지 않고 즉시 방송실 안으로 들어갔다. 이미 달리면서 마나전자를 들뜨게 만들어놨기 때문에 언제라도 마법을 쓸 수 있는 상황이었다.

"무슨 일이에요?!"

방송실 안으로 뛰어들어 간 유정운이 안에 사람이 있을 것이라고 가정하고 소리쳤다. 희미한 연기가 가득 차 있는 방송실 안에서 유정운의 외침에 대답하는 이는 아무도 없었다. 단지 형체를 알아볼 수 없게 파괴된 방송기기 앞에 이상한 물체가 하나 서 있을 뿐이었다.

"헉……!"

놀라더라도 놀람을 입 밖으로 잘 드러내지 않는 유정운이 헛바람을 삼킬 정도로 그 물체는 상상을 초월했다. 실루엣은 분명 사람의 그것이었다. 하지만 그 표면은 사람이 아닌 유정운이 지금껏 봐왔던 꿈틀이였다. 몇 달 전에 유명운의 모습을 한 인간 꿈틀이를 본 적이 있긴 하지만 그때는 얼굴만 인간이었고 지금은 몸 전체가 인간의 모습이었다. 인간의 모습을 한 꿈틀이가 방송기기 앞에 우뚝 서 있는 모습은 그야말로 공포를 자아내게 만들었다.

"악!"

뒤따라 들어온 임배희도 인간 꿈틀이를 보고 비명을 질렀다. 원래 공포물에 많이 약한 임배희였기 때문에, 실제 상황에서의 공포는 그녀의 사고와 행동을 전부 멎게 만들었다. 특히 인간 꿈틀이가 입이라고 추정되는 얼굴 부위에서 씨익 하고 웃었을 때는 거의 기절 상태까지 갔다.

"너 뭐야? 또 그놈이냐?"

유정운은 임배희 앞에 서서 인간 꿈틀이에게 소리쳤다. 인간 꿈틀이가 웃었을 때부터 사람의 말을 알아들을 수 있을 것이라 생각했기 때문에 소리친 것이었다. 그리고 그런 유정운의 생각대로 인간 꿈틀이는 마치 근육처럼 온몸을 꿈틀꿈틀대며 천천히 소리를 냈다.

"인…… 간……."

느리지만 또박또박한 한국말이었다. 그 말을 듣고 임배희는 결국 기절을 하고 말았다. 임배희의 몸이 힘없이 쓰러지자 유정운은 급히 그녀를 안은 후 다시 시선을 인간 꿈틀이에게 돌렸다. 인간 꿈틀이는 입 근육이라 추정되는 부분을 열심히 움직이며 같은 말을 반복했다.

“인…… 간……. 인…… 간…….”

스윽—

소리를 냄과 동시에 인간 꿈틀이는 유정운 쪽으로 천천히 손을 들어 올렸다. 유정운이 긴장한 상태로 쳐다보는 동안 인간 꿈틀이의 손에서 노란색의 빛이 흘러나왔다. 그것을 보고 유정운은 거의 반사적으로 임배희를 끌어안은 채 방송실 문 바깥으로 뛰쳐나갔다.

콰쾅—!

유정운과 임배희가 있었던 자리에서 거대한 폭발이 일어나며 본관 전체가 흔들렸다. 그 때문에 방송실에 무슨 일이 있나 해서 몰려들던 사람들이 기겁하여 다시 본관 밖으로 나갔다. 그리고 교무실에 있던 선생들은 지진이 일어났다고 판단하여 밖으로 나가지 않고 교무실 안에서 꼼짝하지 않았다. 덕분에 방송실 쪽에 있는 사람은 유정운과 임배희밖에 없었다.

“헉— 헉—”

하마터면 비명횡사할 뻔했기 때문에 유정운은 거친 숨을 몰아쉬었다. 체력이 약한 유정운이라 임배희를 안고 방송실 밖으로 대피한 것도 상당히 버거운 일이었다. 어쨌든 노란색 빛을 보고 인간 꿈틀이가 마법을 쓸 것이라 생각한 유정운의 판단 덕분에 일차적인 위기는 넘길 수 있었다.

팍—

인간 꿈틀이에 대항하기 위해 유정운은 핸드폰을 꺼내 들었다. 그리고 곧바로 방송실 안으로 뛰어들어 갔다. 정신을 잃은 임배희를 보호하며 싸우기는 힘들기 때문에 일단 인간 꿈틀이의 주의를 자신에게로 돌릴 생각이었던 것이다.

찌익—

"위대한 마나여! 차가운 얼음의 꽃을 피우라!"

신발과 방송실 바닥 면과의 마찰로 인한 마찰음이 발생함과 동시에 유정운은 몸을 약간 숙이고 얼음 마법의 주문을 외웠다. 인간 꿈틀이가 자신에게 마법 공격을 하기 전에 먼저 공격을 하기 위함이었다. 그런 그의 시도는 성공해서 핸드폰에서 주황색 빛이 나옴과 동시에 인간 꿈틀이의 손 부분이 얼음 마법에 의해 꽁꽁 얼어붙어 버렸다.

"우우……."

인간 꿈틀이는 마치 괴로움에 울부짖듯이 소리를 냈다. 그사이 인간 꿈틀이의 상태를 보면서 재차 마법 공격을 준비하기 위해 유정운은 다시 한 번 마나전자를 들뜨게 만들었다.

툭—

그때 얼음 마법에 의해 얼려진 인간 꿈틀이의 손 부분이 갑자기 떨어져 나갔다. 그리고 인간 꿈틀이는 잘려 떨어진 부분을 기계에 갖다 대었다. 그러자 기계에서 변형이 일어나며 인간 꿈틀이의 손 부분을 재생하기 시작했다. 물질을 통해 세력을 확장했던 기존의 꿈틀이와 마찬가지로 인간 꿈틀이 역시 물질 잠식을 통해 자신의 몸을 유지하는 듯했다.

"위대한 마나여, 강렬하고 뜨거운 분노로 하늘을 두렵게 하라!"

유정운은 폭발 주문을 외웠다. 원래 주문은 '위대한 마나여, 그대의 강렬하고 뜨거운 분노가 하늘을 두려움에 떨게 하리라' 였다. 하지만 약식과 변형이 가미된 주문을 통해 유정운의 마법 시전 속도는 두 배 이상 빨라졌다.

콰쾅—!

인간 꿈틀이 쪽에서 강력한 폭발이 일어났다. 유정운이 이번에 사용한 마나전자는 3밴드에 해당했기 때문에 그의 핸드폰에서는 노란색의 빛이 번쩍였다. 3밴드의 폭발 마법은 웬만한 물체는 박살 낼 수 있는 수준이라 정상적이라면 인간 꿈틀이에게 타격을 입혀야만 했다. 그러나 상황은 그렇지 못했다. 유정운의 강력한 폭발 마법을 인간 꿈틀이가 마법으로 방어해 낸 것이다.

'방어 마법인가…… 망할.'

유정운은 공격을 멈추고 인간 꿈틀이를 주시했다. 인간 꿈틀이의 손에서 뿜어져 나오던 노란색 빛이 흩어지며 인간 꿈틀이의 모습이 또렷이 보였다. 방어 마법이란 것은 마법이 일어나기 위한 마나전자의 흐름을 다른 쪽으로 돌려놓는다는 컨셉트를 가지고 있다. 마나전자를 직접 다루는 만큼 난이도가 높은 마법이고, 웬만한 마법사가 아닌 한 방어 마법을 구사하기가 쉽지 않다. 방금 전에 인간 꿈틀이가 사용한 방어 마법은 자신의 몸 주위로 구현되려는 폭발 마법을 거의 완벽하게 밀어내어 폭발 위치를 바꿔 버린 것이었다. 물론 마법 구현 자체를 막아버리는 수도 있지만 그것은 더 더욱 고난이도의 방어 마법이었기에 인간 꿈틀이가 아직 그 정도까지의 마법은 구사하지 못한다는 가정을 할 수 있게 만들었다.

'이 녀석들도 진화하는 건가……!'

인간 꿈틀이의 방어 마법을 보고 유정운은 속으로 긴장을 했다. 확실하게 말할 수는 없으나 방금 전의 빛은 인간 꿈틀이가 3밴드에 해당하는 마법을 사용할 수 있다는 것을 말해 주었다. 현재 5밴드인 유정운이 쉽게 상대할 만한 적수는 아닌 것이다.

번쩍—

그때 인간 꿈틀이의 손에서 노란색의 빛이 뿜어져 나왔다. 그것을 보고 유정운은 재빨리 그 자리를 피했고 곧이어 굉장한 폭발이 일어났다.

콰앙—!

"큭!"

유정운이 있던 자리에서 일어난 폭발이 재빨리 그 자리를 피한 유정운에게도 영향을 미쳤다. 방송실 내부에서 터진 폭발이라 그 여파를 받지 않을 수가 없었던 것이다. 그래도 다치거나 화상을 입지는 않고 방송실 바닥을 몇 바퀴 구르는 것에서 끝났다.

"위대한 마나여! 강렬하고 뜨거운 분노가 하늘을 두렵게 하라!"

유정운은 인간 꿈틀이가 서 있다고 생각되는 곳에다가 또다시 3밴드의 폭발 마법을 사용했다. 그러나,

콰앙—

이번에도 역시 인간 꿈틀이의 방어 마법에 의해 유정운의 폭발 마법은 인간 꿈틀이의 주변에서 터져 버렸다. 주문없이 바로 마법을 사용할 수 있는 인간 꿈틀이여서 그런지 주문을 외워야 하는 유정운보다 마법 구현 시간이 빨랐다.

'역시 일반적인 공격으로는 상대할 수가 없다. 그럼 어떡하지?

인간 꿈틀이 공략법을 떠올리기 위해 유정운은 머리를 이리저리 굴렸으나 대답은 쉽게 나오지 않았다. 그러는 사이 인간 꿈틀이가 유정

운을 향해 노란색의 빛을 내뿜었다.

콰앙—!

또다시 유정운이 있던 자리에서 폭발이 일어나며 유정운을 바닥에 나뒹굴게 만들었다. 다행히 빛이 번쩍이자마자 몸을 날려서 황천행은 면할 수 있었다. 그러나 언제까지 이런 식으로 피해 다닐 수만은 없는 노릇이었다. 인간 꿈틀이의 마법 사용은 거의 무제한에 가까워 보였기 때문이다.

'일단 녀석이 마법을 사용하지 못하게 만들어야 하는데…… 아!'

바닥을 구르면서 머리를 굴리던 유정운이 어떤 착상을 하게 되었다. 그것이 성공할지 어떨지는 알 수 없었으나 다른 방법이 딱히 떠오르지 않았기 때문에 곧바로 실전 응용을 하기로 했다.

"위대한 마나여, 안식처를 제공하리니 나에게 와서 머무르라."

일단 마나전자를 많이 소모했기 때문에 유정운은 마나전자를 모았다. 그 사이 인간 꿈틀이의 폭발 마법 공격이 몇 번 더 있었지만, 유정운의 움직임을 예측하지 않고 그냥 그가 있었던 곳만 공격했기 때문에 무리없이 피할 수 있었다.

콰앙—!

인간 꿈틀이의 공격을 피하랴, 마나전자 모으랴 정신이 없었지만 살아남기 위해 유정운은 필사적으로 정신을 집중했다. 그렇게 해서 유정운은 또다시 5밴드에 해당하는 마나전자를 모을 수 있었다.

"위대한 마나여, 내 부름에 답하여 이끄는 대로 따라오라!"

마나전자가 모이자마자 유정운은 곧바로 마나전자를 들뜨게 만들었다. 인간 꿈틀이의 공격 때문에 군데군데 상처를 입고 옷이 찢어졌지만 아직까지 버틸 만했다. 중요한 것은 지금부터 할 공격이었다.

"위대한 마나여! 차가운 얼음의 꽃을 피우라!"

번쩍—

주황색의 빛과 함께 유정운은 인간 꿈틀이를 향해 얼음 마법을 사용했다. 인간 꿈틀이의 몸 전체를 지정했기 때문에 인간 꿈틀이가 방어 마법을 사용하지 않는다면 녀석의 몸을 완전히 꽁꽁 얼릴 수가 있었다. 물론,

콰직—

예상대로 인간 꿈틀이는 방어 마법을 사용했고 그 결과 인간 꿈틀이의 주변이 완전하게 얼음으로 뒤덮이고 말았다. 얼음 마법의 지정 위치가 방어 마법에 의해 밀쳐졌기 때문에 마치 얼음의 방어막을 친 듯한 모습이 만들어진 것이었다. 그 속에서 인간 꿈틀이는 아무런 피해도 받지 않은 채 서 있었다.

"위대한 마나여! 그대의 보이지 않는 가벼운 기운이 이 땅의 모든 것을 들어 올리리라!"

이번에 유정운이 사용한 마법은 3밴드에 해당하는 반중력 마법이었다. 반중력을 인간 꿈틀이 주변에다 사용한 것이다. 원래의 생각대로라면 인간 꿈틀이를 중심으로 중력 마법을 걸어야 하지만, 그럴 경우 인간 꿈틀이가 방어 마법으로 중력 마법의 구심점을 튕겨낼 수도 있기 때문에 일부러 바깥쪽에다 반중력 마법을 걸었다. 반중력 마법이 인간 꿈틀이의 바깥쪽에 걸린데다가, 방어막처럼 쳐진 얼음이 마나전자의 흐름을 방해했기 때문에 인간 꿈틀이는 반중력 마법을 되튕기지 못했다. 그 결과,

콰콱―

결계처럼 쳐져 있던 얼음이 반중력의 효과로 튕기듯이 인간 꿈틀이에게로 몰려들었다. 인간 꿈틀이는 방어 마법으로 얼음을 튕겨내려 했으나 마나전자의 흐름을 방해해서 마법 자체를 튕겨 버리는 방어 마법으로는 실제 물질로 이루어진 얼음을 되튕기지 못했다. 그래서 얼음 갑옷을 입은 것처럼 인간 꿈틀이의 몸에 두꺼운 얼음이 겹겹이 쌓였다.

'얼음이라는 물질 때문에 녀석은 마나전자를 자유자재로 다루기 어렵다!'

반중력 마법을 해제한 유정운은 흐트러지려는 정신을 바로잡으며 정신을 집중했다. 아까부터 계속해서 마법을 써서 정신력이 많이 소모되었기 때문이다. 하지만 그렇다고 쉴 수는 없었다. 지금의 이 기회를 놓치면 언제 또 기회가 찾아올지 모르기 때문이다.

"위대한 마나여! 그대의 강렬하고 뜨거운 분노가 하늘을 두려움에 떨게 하리라!"

평소에는 약식으로 했던 폭발 마법을 이번엔 정식 주문으로 외웠다. 그것은 그 나름대로 이유가 있었다. 정식으로 외움으로써 정신을 집중할 수 있고, 강력한 마법을 사용하기 위해서는 약식보다 정식으로 하는 편이 더 편했기 때문이다.

번쩍―!

유정운의 핸드폰에서 초록색 빛이 흘러나왔다. 이번 공격으로 인해 유정운은 모든 마나전자를 마법에 사용하게 되었다. 즉, 이 공격이 실패하게 되면 유정운이 다시 마법을 사용하기에는 그 어느 때보다 시간이 많이 걸린다는 소리였다.

콰아앙—!

지금까지와는 비교도 할 수 없이 강력한 폭발이 인간 꿈틀이에게서 일어났다. 방어 마법을 사용하려고 한 듯 보였으나 얼음 때문에 제대로 사용하지 못했고, 게다가 4밴드에 해당하는 폭발 마법을 막기에는 인간 꿈틀이의 방어 마법이 역부족이었다. 그래서 강력한 폭발 마법에 의해 인간 꿈틀이의 몸은 산산이 분해되고 말았다.

"크윽!"

유정운은 급히 얼굴을 가리고 몸을 웅크렸다. 그도 그럴 것이 4밴드의 폭발 마법의 여파가 고스란히 유정운을 덮쳤기 때문이다. 어떻게 해서든 인간 꿈틀이를 제거해야 한다는 생각이 폭발 마법의 후폭풍까지는 생각하지 못하게 만들었던 것이다.

픽!

폭발에 휘말린 유정운의 몸은 방송실 벽에까지 날아가 부딪쳤다. 부딪친 쪽이 등이 아닌 옆구리 쪽이라 척추가 부러지는 불상사는 일어나지 않았다. 하지만 팔과 다리에 심한 화상을 입었고 어깨와 무릎의 뼈가 부러지는 골절상을 당했다.

"망…… 할……."

자신의 실수를 깨달은 유정운은 자기 자신에게 화를 냈다. 그러나 그 화는 오래가지 못했다. 골절과 화상의 영향으로 유정운은 곧 정신을 잃어버렸기 때문이다.

*　　　　*　　　　*

딕— 딕—

병원 침대 위에서 유정운은 전자책으로 책을 보았다. 원래 일본어로 된 책이었기 때문에 전자책에 삽입되어 있는 번역기를 써서 한글로 번역된 것을 보는 중이었다. 책 내용은 마법에 관한 것이었다. 처음 병원에 입원했을 때에는 만화나 소설을 주로 보다가 이내 지겨워져서 마법 책을 읽기 시작했다. 그것이 의외로 재미있어서 이제는 마법에 관련된 책만 읽고 있었다.

"후우……."

전자책을 읽다가 잠시 머리를 식힐 겸 유정운은 한숨을 내쉬며 창문 밖을 쳐다보았다. 창문 밖에는 일본인 환자들이 이리저리 움직이고 있었다. 그중에 한국인은 단 한 명도 없었다. 그도 그럴 것이 지금 유정운이 있는 곳은 대한민국이 아니라 일본이기 때문이다.

「일본에 가서 치료받자.」

유명운이 그렇게 말했을 때 유정운은 가볍게 거부했다. 뼈가 부러졌지만 가만히 있으면 지가 알아서 붙을 거고 화상 입은 거는 피부 이식 수술만 하면 되기 때문이었다. 하지만 일본에 피부 이식 전문가가 있다면서 유명운은 그를 일본으로 수송해 버렸다. 그래서 본의 아니게 일본으로 날아오게 된 것이다.

띵—

디지털 시계에서 알람 소리와 함께 2075년 4월 2일 오후 2시의 표시가 찍혀 나왔다. 졸업식 날 일어났던 사고로부터 벌써 1개월 반 정도가 지난 것이다. 그때 입은 부상 때문에 유정운은 학교에 다니지 못하고 치료를 받아야만 했다. 대한민국에 있을 때에는 임배희가 가장 많이 문병을 왔었고 그 다음이 박호준, 서동민&김연영 순이었다. 하지만 그것도 3월이 시작되자 전부 뜸해졌다. 임배희는 갓 대학에 입학해 적응해야 할 것이 많았기 때문에 문병을 오고 싶어했지만 거의 오지 못했고, 3월부터 2075년 하늘의 분노 리그가 시작되어 박호준도 문병에 거의 오지 못했다. 서동민과 김연영은 서로 같은 반이 되었으나 유정운과는 반이 갈렸기 때문에 친구들을 새로 사귀느라 문병 올 틈이 없었다.

'뭐, 그 지긋지긋한 녀석하고 같은 반이 되었다는 게 심히 불쾌하다만……'

유정운은 이상규를 떠올리며 쓴웃음을 지었다. 박호준하고 같은 반이 된 건 좋았으나 이상규와 같은 반이 되었다는 사실을 듣고 절망했다. 문병 올 때 뭔가를 사 들고 와야 한다는 생각 때문에 단 한 번도 문병 오지 않은 이상규를 유정운이 좋게 볼 리 없는 것이다. 그리고 문병 오고 안 오고를 떠나서 유정운은 원래 이상규를 싫어했다.

똑똑―

그때 문에서 노크 소리가 났다. 현재 유정운이 쓰고 있는 병실은 유정운만의 단독 병실이었다. 피부 이식 수술은 끝나고 나서 따로 단독 병실을 쓸 정도로 수술 후 안정이 중요한 것이 아님에도 불구하고 유정운은 단독 병실을 써야만 했다. 그것은 유명운과 또 한 명의 인물이 그렇게 하라고 강요했기 때문이다. 그 또 한 명의 인물이란 바로,

"나 왔어~"

타오를 듯한 긴 머리카락과 크고 맑은 눈망울, 갸름한 턱 선에 의한 덧니를 가진 귀여운 용모의 일본인 소녀. 바로 아카모리 나나미였다.

"어. 오늘 일찍 끝났나 보네."

"응. 부 활동이 있는데 그냥 왔어. 에헷."

나나미는 아카모리 학교의 교복을 입은 채로 와서 병원 침대 위에 걸터앉았다. 작년 수학여행 때 만났을 때에는 꼬박꼬박 존댓말을 하던 나나미였으나 이제는 서로 허물없이 대화를 주고받게 되었다. 어차피 나이가 같기 때문에 그 편이 유정운으로서도 편했다.

"책 보고 있었어? 마법책?"

"어. 심심해서."

유정운은 짤막하게 대답했다. 나나미와 얘기하다 보면 자꾸 이상하게 페이스가 말려 버리기 때문에 그걸 방지하기 위해서였다. 그러나 오늘도 어김없이 나나미의 마이 페이스 공격이 시작되었다.

"이거 봐. 오늘 신문 기사."

나나미는 가방에서 전자책을 하나 꺼내서 그것을 유정운에게 보여 주었다. 전자책에는 저장되어 있던 한 편의 일본 신문 기사가 한글로 번역되어 떠올라 있었다. 그 기사의 제목은 '일본도 패키지 게임의 프로게이머를 육성해야 한다' 였다.

"……!"

별생각없이 기사를 훑어 내려가던 유정운은 그 기사에 자신의 이름이 거론되는 것을 읽고 크게 놀랐다. 물론 기사상에서 유정운이 비중 있게 다루어진 것은 아니었으나 일본 신문에 자신에 관한 기사가 실렸다는 사실이 놀라웠다. 약간 표정이 변한 유정운을 보고 나나미가 왠지 즐거운 듯이 말했다.

"나도 놀랐어. 정운 상 이름이 실려 있어서. 2074년도 하늘의 분노 리그 중 3차 리그 박호준과 유정운의 결승전이 가장 명승부였다고 게임 팬과 전문가들이 뽑았대. 결승전 마지막 경기에서 승패가 갈리니까 많은 팬들이 감동과 아쉬움으로 울었다는 대목에서 정말 놀랐어. 게임 경기를 보고 우는 사람들도 다 있구나…… 해서."

"뭐……."

사실 예전부터 자신이 좋아하는 게이머가 이기거나 지면 감동이나 안타까움에 우는 몇몇 여성 팬들이 있긴 했다. 그런 팬들은 대개 프로게이머의 경기 내용보다는 프로게이머 자체를 좋아하는 사람들이었다. 마치 가수의 노래보다는 그 가수 자체를 좋아하는 것과 같다고 봐도 무방하다.

하지만 결승전 5경기를 보고 대부분의 팬들이 말로 형용할 수 없는 감동을 느꼈다고 모든 매체에서 보도되었다. 모든 일꾼과 모든 병력을 이끌고 벌인 마지막 중앙 교전, 모든 병력을 잃자 깔끔하게 GG를 친 유정운의 모습, 그리고 우승을 하자 유정운에게 다가가 강한 포옹을 하여 그를 위로한 박호준의 모습은 경기장을 찾은 관객들과 다른 매체를 통해 경기를 지켜보던 모든 팬들을 감동시켰다. 어떤 매체에서는 그 경기를 진정한 사나이들의 싸움이라고 표현했을 정도였다.

"한국에서는 PC패키지 게임 리그로 이런 엄청난 보도와 선전을 하는데, 우리 나라도 좋은 PC게임으로 게임 리그를 개최해 안정적인 프로게이머 체제를 확립해야 한다라는 게 요지야."

기사 내용을 설명하면서 나나미는 생글생글 웃었다. 하지만 정작 유정운은 무덤덤했다.

"내 얘기가 중요한 게 아니잖아. 나는 그냥 곁다리네."

"그래도 기사에 실렸다는 게 어디야? 난 기사에 한 번도 실린 적이 없다구."

그게 불만인 듯 나나미는 삐친 표정을 지었다. 그러나 자신이 삐쳐도 유정운에게서는 아무런 반응이 없기 때문에 제풀에 삐침을 풀어버렸다.

"체—엣. 재미없어."

"……?"

"……됐어. 그나저나 수술한 건 다 나았어?"

나나미는 화제를 다른 쪽으로 돌렸고, 유정운은 그녀에게 수술한 부위인 팔을 보여주기 위해 환자복의 소매를 걷어 올렸다.

"다 났어. 전문가라서 그런지 흉터 하나 안 남던데."

"후—응. 완전히 나았네."

"그래서 이번 주 안으로 퇴원하고 한국으로 갈 거야."

"흥…… 뭐, 뭐?!"

별생각없이 반응을 했던 나나미가 유정운의 말을 뒤늦게 알아듣고 크게 놀랐다. 유정운이 일본에 와서 머문 시간이 일주일 정도였기 때문에 조금 더 있다가 갈 줄 알고 있었던 것이다.

"수, 수술하자마자 간다구? 왜 그렇게 빨리 가?"

"다 나았잖아. 오래 있어서 뭐 해."

"그, 그래도……!"

나나미는 안타까워했다. 여태까지 마음을 터놓고 지내는 친구가 없다가 이제 막 새로 생겼는데 곧바로 가버리겠다는 말을 들었기 때문이다. 자신이 대기업 사장의 딸이라는 점 때문에 친구들은 그녀에게 가까이 다가오지 못했고, 그녀 스스로도 마음 놓고 친구를 사귈 수가 없었다. 주변에서는 나나미가 고등학교를 졸업하자마자 후지이 코타로와 결혼시키려는 움직임을 보이고 있다는 게 가장 큰 이유이기도 했다. 유정운과 같은 경우에는 그의 형이 아카모리 회사와 밀접하게 연관된 유명운의 친동생이라는 점 때문에 지금 이와 같은 접촉이 용서되고 있었다. 만약 유정운에게 유명운이라는 Background, 이른바 빽이 없었다면 나나미와 얘기하는 것도 제재를 받았을 것이다.

"조금만 더 있다가 가면…… 안 돼……?"

'윽……!'

귀여움으로 무장한 나나미의 눈물 글썽 애교 신공에 유정운의 방어 라인이 무너져 내리기 시작했다. 하지만 임배희를 떠올리며 간신히 그녀의 공격을 막아내고 나서야 유정운은 한숨을 돌렸다.

"후우…… 일단 나도 학교는 가야 하니까 여기 오래 못 있어. 나중에 여름 방학 시작되면 나나미가 와. 대접은 잘할 테니까."

"히잉……."

나나미는 여전히 눈물 글썽 신공으로 공격을 해왔지만 임배희를 축으로 방어 라인을 구축한 유정운의 성벽을 뚫지는 못했다. 자신의 공격이 여의치 않음을 깨닫자 나나미는 공격 방법을 슬며시 바꿨다.

"근데…… 끝까지 얘기 안 해줄 거야? 왜 그렇게 다쳤는지."

"……."

나나미의 질문을 받고 유정운은 입을 다물었다. 방송실에서의 인간 꿈틀이의 출현은 현재까지 임배희를 제외하고는—임배희도 긴가민가하고 있다—아무도 모르고 있는 상태였다. 유정운이 누구에게도 알리지 않았기 때문이다. 그래서 방송실에서의 사고는 방송기기 폭발 사고로 처리되었다.

방송실에서 인간 꿈틀이가 나타났을 때 세계의 곳곳에서 알 수 없는 기계의 폭발 사고가 일어났다. 인간 꿈틀이가 나와서 마법을 사용하다 보니 폭발이 일어난 게 아니라, 말 그대로 기계 고장에 의한 폭발이었다. 하지만 기계가 고장났다고 폭발하지는 않기 때문에 세계 각국에서는 이번 일의 진위를 제대로 파악하지 못하고 있었다. 그저 해커에 의한 기계 폭발 유도라고 짐작만 할 뿐이었다.

유정운의 사건 역시 사고로 처리되었고, 유정운은 형인 유명운에게도 인간 꿈틀이 얘기를 하지 않았다. 유명운도 유정운에게 사고 얘기를 묻지 않았다. 그들은 이 사건이 뭔가 심상치 않음을 느꼈고 서로에게 걱정을 끼치지 않기 위해 입을 다물었던 것이다.

"이잇! 너무해!"

"으앗!"

유정운이 아무 말도 하지 않는 것에 화가 난 나나미가 유정운의 옆구리를 꼬집었다. 그래서 유정운은 화들짝 놀라 중심을 잃고 침대 위에 그대로 드러누워 버렸고, 이에 놀란 나나미가 유정운을 붙잡기 위해 일어섰다가 침대 가장자리에 다리가 걸려 중심을 잃고 침대 위로 엎어졌다. 그 결과,

"……!"

"……!"

유정운과 나나미의 몸이 포개지며 그들의 얼굴이 매우 가까이 밀착
되었다. 어디선가 많이 보았던 장면이 연출되며 유정운과 나나미는 서
로의 시선을 응시했다. 그러다가 먼저 말을 꺼낸 쪽은 유정운이었다.

"나나미…… 괜찮아?"

"……!"

무덤덤한 유정운의 말에 나나미가 크게 놀라 튀어 오르듯이 몸을 일
으켰다. 그리고 고개를 푹 숙이며 침대 옆에 있는 의자에 걸터앉았다.
유정운은 천천히 몸을 일으켜 그녀를 쳐다보았으나 나나미는 묵묵부답
을 유지했다. 푹 숙인 그녀의 얼굴이 잘 익은 홍시처럼 되었다는 사실
을 유정운은 알지 못했다.

"갑자기 꼬집어서 놀랐잖아."

"으…… 응……."

나나미는 여전히 고개를 숙이고 있었고 유정운은 그녀의 그런 모습
에 오히려 미안해졌다. 나나미가 미안해하고 있다고 생각했기 때문이
다. 그러나 나나미의 상황은 유정운의 상상과는 매우 달랐다.

'키, 키스……!'

나나미의 머리 속에 떠오르는 단어는 그것이었다. 실제로 유정운과
나나미의 입술이 맞닿은 것은 아니었다. 하지만 유정운의 얼굴을 가까
이서 보게 되자 나나미는 순간적으로 키스를 하고 싶다는 생각을 했다.
그러다가 유정운의 무덤덤한 말로 인해 정신을 차린 것이었다.

"나, 나 오늘은 그만 가, 가볼게."

"아…… 어."

나나미는 유정운의 얼굴을 쳐다보지도 않고 가방을 들고 그대로 병

실을 빠져나왔다. 하지만 하고 싶은 말이 하나 있어서 병실을 나가기 직전에 고개를 돌리지 않고 입을 열었다.

"대한민국에 돌아가기 전에…… 날짜 알려줘. 안 알려주고 그냥 갔다가는 가만 안 놔둘 거야."

"어."

그 말을 끝으로 나나미는 병실 문을 나섰다. 당황하는 나나미의 모습을 보는 건 쉽지 않은 일이었기 때문에 유정운은 조금 의외라는 생각을 했다. 사실 나나미가 왜 당황하고 있는지도 몰랐다. 아무튼 당황해하는 나나미의 모습도 유정운에게는 마냥 귀엽게만 보일 뿐이었다.

＊　　　＊　　　＊

2075년 4월 8일 월요일.

유정운은 마침내 컴백 스쿨을 할 수 있었다. 돌아오기 전에 필요한 수속은 학교 측에서 모두 다 알아서 처리해 준 상태라 유정운은 마음 편히 몸만 왔다.

"어서 와라. 2학년 1반 담임 오경락(吳敬樂)이라고 한다."

살이 조금 많이 찐 30대 아저씨가 교무실에서 유정운을 반갑게 맞이했다. 마치 운동도 안 하고 컴퓨터 앞에 오래 앉아 있어서 살이 찐 케이스처럼 보였다. 아무튼 유정운은 1년 동안 이 통통한 아저씨와 함께 생활해야만 했다.

"안녕!"

그때 교무실에 박호준이 모습을 보이며 유정운에게 말을 걸어왔다.

원래 박호준이 교무실에 굳이 올 이유는 없었으나 오경락 선생이 불렀기 때문에 온 것이었다. 박호준을 유정운 옆에 세워둔 오경락 선생은 그 둘을 보며 입을 열었다.

"너희는 우리 학교 이미지를 높이는 데 큰 공헌을 했기 때문에 남은 기간 동안 전액 장학금을 받고 많은 지원도 얻게 될 거다. 그렇다고 학업을 게을리 해서는 안 되니까 열심히들 노력해라."

"예."

"네."

박호준은 웃으면서, 유정운은 무덤덤하게 대답했다. 성적이 그렇게 좋은 편이 아닌 두 사람이 장학금을 받게 되는 이유는 매우 간단했다. 2074년 하늘의 분노 3차 리그에서 명승부를 펼친 두 사람이 학교의 위상을 높이 세웠다고 판단한 천인 고등학교 측이 2년 동안 전액 장학금을 지불하기로 결정했던 것이다. 마법 고등학교의 이미지가 강한 천인 고등학교도 이제 슬슬 다른 방면으로 이미지 변신을 꾀하고 있다는 증거였다.

"좋아. 그만 가봐라."

오경락 선생의 방출 선언이 떨어지고 유정운과 박호준은 교무실을 나서려고 했다. 그러다가 이제 막 교무실로 들어서는 전애리 선생과 마주치게 되었다.

"선생님, 안녕하세요."

"……!"

유정운은 그냥 고개만 숙였고 박호준이 먼저 인사의 말을 꺼냈다. 하지만 전애리 선생은 그 어떤 대답도 하지 못했다. 박호준을 보는 순간 얼굴의 근육이 굳어버렸기 때문이다.

"아, 그, 그래. 안녕……."

부자연스러운 미소와 함께 전애리 선생은 힘겹게 입을 열었다. '졸업할 때까지 선생님을 좋아한다면 고백할게요' 라는 식의 말을 들었으니 박호준을 똑바로 쳐다보기가 어려웠던 것이다. 게다가 박호준은 이미 학교 안팎으로 스타가 되어 있었다. 아무리 선생이라지만 마음 놓고 대하기에는 박호준의 대외적인 위치가 상대적으로 큰 상태였다.

"마법이론 시간에 뵈어요."

"그, 그래……."

박호준은 의미심장한 미소를 날리고 유정운과 함께 교무실을 빠져나갔다. 이번에 전애리 선생은 1학년 담임을 맡지 않고 2학년 수업만 하기 때문에 당연히 박호준과의 만남을 피할 수가 없었다. 수업을 할 때마다 보내오는 박호준의 시선은 전애리 선생으로서 아무렇지도 않게 생각하기가 매우 힘들었다. 그건 박호준의 시선이 불쾌해서가 아니라 두근거려서였다.

'안 돼. 난 선생이니까 제자들을 올바른 길로 인도해야지.'

전애리 선생은 속으로 그렇게 생각했다. 하지만 그녀는 자신의 얼굴이 빨개져 있다는 사실을 알지 못했다.

방과 후.

"난 게임부 가볼게."

"어. 그래."

하루 수업이 모두 끝나자 박호준은 쏜살같이 게임부로 향했다. 그도 그럴 것이 3차 리그 결승전 이후로 많은 학생들이 게임부 입부를 희망했고, 결국 천인 고등학교의 모든 부 가운데 최고의 인원인 30명을 게임부가 보유하게 되었다. 그에 비해서 유정운이 소속되어 있는 마법 연구부 인원은 여전히 적은 열 명 안팎이었다. 사실 학생의 절반 정도는 유정운 역시 게임부 소속이라 생각하고 있었기 때문에 마법 연구부는 한산할 수밖에 없었다.

스륵―

오랜만에 찾은 물리실A의 문을 열고 유정운은 안으로 들어갔다. 안에는 몇몇의 남녀 학생들이 테이블에 둘러앉아 있었다. 문제는 그 학생들 전부 처음 보는 얼굴들이라는 점이었다.

"누구?"

2학년임을 알려주는 짙은 녹색의 넥타이를 맨 남학생 하나가 유정운에게 다가와 질문을 던졌다. 유정운은 적어도 자신을 아는 3학년 선배가 한 명쯤은 있을 것이라 생각해서 왔는데 전부 뉴페이스다 보니 입장이 조금 곤란하게 되었다.

"어…… 마법 연구부 부원인데……."

"부원? 그런데 처음 보는데?"

2학년 남학생은 고개를 갸웃했다. 성격 자체가 부정적이지는 않아서 지금 유정운을 의심하고 있지는 않았다. 단지 자신이 마법 연구부에 들어온 지 한 달 정도가 되었는데, 유정운을 단 한 번도 본 적이 없기 때문에 의아하게 여기고 있을 뿐이었다. 그때,

"혹시…… 유정운 선배…… 인가요?"

"……!"

　처음 보는 부원 가운데 한 명이 유정운의 이름을 거론했다. 놀랍기도 하고 반갑기도 한 마음에 유정운은 그 말을 한 부원을 쳐다보았다. 그러다가 그 부원을 보고 거의 정신이 나갈 정도로 크게 놀랐다. 키가 작고 에메랄드 색의 단발머리인 점만 빼면, 완전히 채소은과 판박이였기 때문이었다.

　“넌……!”

　“채영은이라고 해요. 이번에 마법 연구부에 들어온 1학년이에요. 잘 부탁드려요.”

　자신을 채영은이라고 소개한 1학년 여학생은 살짝 미소를 머금었다. 그러나 유정운은 같이 웃어줄 수가 없었다. 이제 슬슬 채소은에 대한 아픔을 잊어가고 있는 상황에서 그녀와 똑같이 생긴 소녀가 자신의 앞에서 웃고 있었기 때문이다. 소녀의 얼굴이 채소은과는 달리 약간 연약해 보이고 귀엽더라 하더라도.

　“유정운? 어? 걔 원래 게임부 아니었어?”

　프로게이머로서의 유정운만 알고 있는 대부분의 마법 연구부 부원들은 채영은의 말을 반신반의했다. 그러나 채영은은 모두의 마음을 녹일 듯한 미소를 지으며 그들의 의심을 일축시켰다.

　“제 언니가 여기 부원이었고, 그때 정운 선배도 같이 있었어요. 언니한테서 정운 선배 얘기 많이 들었으니까요. 프로게이머하기 전부터 여기 부원이었어요. 그리고 올해 졸업식 때 방송실 폭발 사고가 있었는데 그때 다쳐서 한 달 동안 치료받았대요.”

　“그렇구나.”

　부원들 사이에서 채영은의 말은 거의 진리로 통하는 듯했다. 아무도 그녀의 말을 의심하고 있지 않았다. 사실 의심할 건덕지도 없었다. 모두 사실이었으니까.

"들어와. 난 2학년 김세민(金世民)이야. 그리고……."

김세민은 유정운에게 부원들을 소개시켰다. 유정운을 제외하고 2학년은 김세민과 양우미(洋牛美)뿐이었다. 약간 모범생처럼 생긴 김세민과 달리 양우미는 얼굴만 보면 완전 남자였다. 사각턱의 인상에서 풍겨 나오는 것처럼 성격도 조금 억세 보일 듯한 인상이었다.

"그리고 쟤들은 1학년인데……."

김세민은 남은 1학년들을 소개했다. 1학년도 채영은을 제외하고 남자인 송시열(宋示列)과 여자인 안은선(安恩善)뿐이었다. 송시열 같은 경우에는 2070년도 청소년 남자 표준키인 180㎝보다 더 큰 190㎝였고 안은선은 여자 표준키인 170㎝보다 훨씬 작은 165㎝였다. 그에 비해 채영은은 거의 표준키인 172㎝였다. 유정운도 물론 표준키였다.

"그런데 3학년 선배들은 안 나와?"

유정운은 김세민을 향해 물었고 김세민은 멋쩍게 웃으며 대답했다.

"대입 준비한다고 안 나와. 사실 나와도 하는 일도 없고. 그래서 거의 지금 이 멤버로 부 활동하고 있어."

"흠……."

결론은 현 마마 부원 중에 경력이 가장 오래된 사람이 유정운이라는 얘기였다. 그렇지만 이미 그들끼리 김세민을 암묵적인 부장으로 생각하고 있는 듯해서 유정운은 그냥 평범한 부원으로 지내고자 했다.

"너도 와서 참가해 봐. 이번 주에는 터널링에 대해서 토론하기로 했어."

김세민은 유정운의 자리를 마련해 주며 연구 주제에 대해 알려주었다. 유정운이 오기 전까지 마나전자 터널링에 대해서 공부하고 있었던 듯했다. 모두 모여서 토론한다는 점이 작년의 마마와는 다른 점이라고 할 수 있었지만 그 토론 내용의 깊이는 그다지 없어 보였다.

"터널링이란 게 마나전자가 다른 마법사에게 넘어간다는 거라는데 무슨 뜻이지?"

"책에는 비어 있는 전도띠로 마나전자가 이동한다고 써 있어."

"전도띠라는 게 뭐예요? 처음 듣는 말인데요?"

"음…… 책을 봐도 잘 모르겠어요."

김세민을 비롯한 양우미, 송시열, 안은선 등은 고개만 갸웃했다. 3학년에 들어가서야 배우기 시작하는 내용을 가지고 씨름하고 있으니 이해할 리가 없는 것이다. 그렇지만 채영은은 조금 알고 있는 듯했다.

"마법사들에게는 원자가띠와 전도띠가 있대요. 평소에 마나전자가 원자가띠에 있다가 마나전자 들뜸 유도 주문을 외우면 전도띠로 이동해서 마법을 사용할 수 있다고 하던데요? 언니한테 들었어요."

"오오……!"

채영은의 말에 감탄하는 부원들. 그러나 그중에 유정운은 전혀 감탄하지 않았다. 이미 알고 있는 내용에다 채영은의 언니라는 사람에게 그 사실을 알려준 사람이 바로 자신이기 때문이었다. 처음 봤을 때에는 반신반의했으나 이제 채영은이 채소은의 동생이라는 사실을 그녀에게 직접 묻지 않아도 확신할 수 있었다.

'그런데 왜 동생도 마마에 들어온 거지?

그 점이 유정운으로서는 의아했다. 그러다가 문득 채소은과의 대화

중에 동생인 채영은의 마나밴드가 3밴드라는 점을 떠올렸다. 중3 때 3밴드였다는 것에 놀랐었던 기억을 떠올린 것이다. 그것은 그만큼 마법에 관심이 있거나 소질이 있다는 것을 뜻했기 때문에 채영은이 마법 연구부에 들어온 건 전혀 이상한 일이 아니었다.

"정운 선배."

"……?"

잠시 딴생각을 하고 있던 유정운에게 채영은이 말을 걸어왔다. 유정운은 순간적으로 채영은이 '왜 우리 언니를 저렇게 만들었어요?' 라고 말할 줄 알았다. 하지만 그녀의 질문 내용은 완전히 다른 것이었다.

"터널링이 왜 일어나는지 알아요?"

"응? 아……."

설명을 해야 할지 말아야 할지 유정운은 잠시 망설였다. 그러다가 나중에 채영은에게 물어볼 말도 있고 해서 일단 부 활동에 충실히 참여하기로 했다.

"터널링이란 건 전도띠에서 들뜬 마나전자가 다른 마법사의 전도띠로 넘어가는 현상이야. 원래 거의 안 일어나는 현상이라 터널링이라 부르는 거고."

"그럼 전도띠는 왜 있어요?"

"원자가띠에서 안정적으로 돌던 마나전자가 주문에 의해 들뜨면 전도띠로 넘어가. 그리고 전도띠에서 돌면서 마법 지팡이 같은 보조 도구에 부딪치면 우리가 원하는 대로 마법을 사용할 수 있게 되지. 전도띠란 건 마나전자가 에너지를 받아 들떠서 마음대로 활보할 수 있는 공간이니까."

유정운의 설명은 끊김이 없었다. 그것을 보고 마마 부원들은 입만 벌리고 있었다. 사실 유정운의 말이 맞는지 틀리는지 그들로서는 확인할 길이 없었음에도 불구하고, 그들은 유정운을 대단하게 보았다. 하지만 채영은은 궁금한 게 많은 모양이었다.

"터널링이 되면 마법을 못 쓰잖아요? 그럼 터널링을 당한 마법사는 마법을 쓸 수 있나요?"

"쓸 수 있어. 전도띠에 마나전자가 넘어왔으니까 잘 제어하면 마법을 쓸 수 있지."

"그럼 터널링됐는데도 마법을 안 쓰면 어떻게 되어요?"

"그냥 마나전자가 알아서 돌다가 서로 부딪쳐서 에너지를 잃고 소멸해 버려. 넘어온 마나전자를 안 쓴다고 마법사가 피해를 보지는 않아."

"음…… 그렇구나……."

채영은은 뭔가 이해하는 듯한 표정을 지으며 고개를 끄덕였다. 하지만 다른 부원들은 대체적으로 이해를 하지 못했다. 아무튼 그렇게 마마 부원의 마법 토론은 불행하게도 유정운을 중심으로 진행되어 갔다.

"안녕히 계세요."

"잘 가. 내일 보자."

마법 토론을 마치고 마마 부원들은 제각기 부실을 빠져나갔다. 원래대로라면 유정운도 재빨리 집으로 향했겠지만, 해야 할 일이 있었기 때문에 잠시 채영은을 불러 세웠다.

"영은아, 할 말이 있는데."

"네."

갑자기 불렀음에도 불구하고 채영은은 마치 기다렸다는 듯이 유정운의 말에 대답했다. 부실을 빠져나가던 마마 부원들은 유정운이 채영은에게 관심을 보이자 의미심장한 표정을 지었다. 여자 부원들이야 그냥 흥미있다는 표정뿐이었지만 남자 부원들의 표정은 심상치가 않았다. 그도 그럴 것이 세 명의 남자 부원 모두 채영은에게 마음이 있었기 때문이다. 유정운도 그런 낌새를 눈치채기는 했지만 그래도 채영은에게 물어볼 말이 있어서 물러설 수가 없었다.

"음…… 중요한 얘기라 옥상에서 하고 싶은데."

마마 부원들의 이목이 부담되었기 때문에 유정운은 으슥한 옥상으로 채영은을 유도하고자 했다. 그 말을 듣고 마마 부원들이 처음부터 너무 대담하다는 생각으로 깜짝 놀라고 있을 때 채영은이 미소 지으며 대답했다.

"네. 가요."

"……!"

채영은의 대답에 마마 부원들은 더 더욱 경악했다. 인적이 없는 곳(?)으로 낯선 남자(?)를 따라갔다가는 어떤 봉변을 당할지 알 수 없는데 순순히 따라가겠다고 하니 놀랄 수밖에 없는 것이다. 그래서 부장 격인 김세민이 뭔가 경고를 주려고 했지만 채영은은 유정운을 잡아끌었다.

"어서 가요."

"어……."

오히려 적극적인 채영은의 태도에 마마 부원들은 뭐라 할 말을 잃고 말았다. 그렇게 마마 부원들을 뒤로하고 유정운과 채영은은 아무도 없는 옥상으로 올라갔다.

탁—

옥상 문을 닫고 유정운은 채영은과 함께 학교 앞운동장이 보이는 위치까지 가서 섰다. 그동안 채영은은 그저 유정운이 가는 데로 같이 따라왔다. 유정운이 먼저 말을 하기 전까지 입을 열 것 같지 않았다. 그래서 먼저 말을 꺼내기로 했다.

"네 언니는…… 지금 어때?"

"작년하고 똑같아요. 아직 혼수상태죠."

"……."

이미 채영은이 자신에 대해 확실히 알고 있었기 때문에 유정운은 오히려 할 말이 없어지는 듯한 느낌을 받았다. 채소은을 그렇게 만든 것이 자신이고, 그 동생인 채영은에게 용서를 빌어야 하는가라는 생각이 들었던 것이다. 그렇게 유정운이 입을 다물자 이번에는 채영은이 먼저 말을 꺼냈다.

"요새는 병원에 안 들르죠?"

"……어."

"왜죠?"

"……."

유정운은 그 말에 대답할 수가 없었다. 솔직히 말하면 '잊고 싶어서' 라고 대답해야 했으나 채영은이 그 대답에 어떤 반응을 보일지가 두려웠다. 그리고 과연 채소은을 잊어도 되는가에 대한 것도 확실한 대답을 할 수가 없었다.

"그 질문은 하지 않기로 할게요. 아무튼 언니가 선배를 많이 좋아했다는 것만 기억해 주면 되어요. 선배한테 계속 언니를 좋아하라고 하기에는…… 선배도 괴로울 테니까요."

"……."

채영은은 약간 한숨이 섞인 듯한 어조로 말했다. 하지만 유정운을 탓하거나 원망하는 의미로 말한 것은 아니었다. 그저 누군가에게 언니에 대한 존재를 알리고 싶었는데 그게 유정운이 되었을 뿐인 것이다. 유정운도 그것을 느꼈다.

"미안하다…… 네 언니를 지켜주지 못해서."

"……."

그 말을 끝으로 두 사람 사이에 긴 침묵이 이어졌다. 누구의 잘못도 아니라는 걸 두 사람 모두 알고 있었기 때문에 누굴 원망하고 그러지는 않았다. 원망을 한다면 하늘을 원망할 수밖에 없었다. 그래서 유정운과 채영은은 그저 하늘만 쳐다보았다.

*   *   *

시간은 빠르게 흘러 어느새 5월이 되었다. 1학기 첫 중간고사를 치렀으나 채영은은 채소은의 동생이라서 그런지 시험을 상당히 잘 보았고 유정운은 그럭저럭 평균적인 성적을 냈다. 반면 2075년도 하늘의 분노 1차 리그 진행 중인 박호준은 거의 죽을 썼다. 아무래도 공부와 프로게이머 생활을 병행하기는 힘들기 때문이다. 그리고 아무것도 하지 않는 이상규는 모두의 기대를 저버리지 않고 당당히 전교 꼴등을 차지하는 기염을 토했다.

5월 달에는 백일장을 겸한 소풍이 예정되었다. 장소는 동물원이나 사적지 둘 중 하나였는데 유정운네 반은 동물원을 택했다. 마마 부원 중 동물원으로 소풍을 가게 되는 사람은 2학년에는 김세민, 1학년에는 채영은과 송시열이었다. 즉, 남자 부원들은 모두 같은 장소로 소풍을 가게 된 것이다.

"자, 그럼 박호준 빼고는 모두 온 거지?"

"네~"

"좋아, 12시까지 알아서 행동할 것. 해산!"

오경락 선생의 지시에 따라 반 아이들은 삼삼오오 짝을 지어 사라졌다. 박호준 같은 경우에는 소풍보다는 게임 리그에 충실할 것을 원했고 학교에서 그것을 받아들여 박호준의 결석을 출석으로 인정해 주었다. 학교의 대스타에게 편의를 봐주는 것이다. 물론 박호준만큼의 대접을 학교에서 받는 유정운이지만 하늘의 분노 1차 리그에는 시간적으로 참여할 수가 없었고, 2차 리그에는 예선전을 치러서 올라가야 하기 때문에 또 참가가 불가능했다. 만약 2차 리그 시즌 도중에 벌어지는 예선전에 통과하면 그때서야 3차 리그에 참가할 수 있게 되는 것이다.

"흐흐, 같이 하자."

혼자 떨어진 유정운에게 이상규가 의미 불명의 미소를 지으며 다가왔다. 하지만 유정운은 그런 그의 제안을 매몰차게 거절했다.

"난 부원들하고 해야 돼. 잘 가라."

그리고는 미리 정해놓았던 약속 장소로 유유히 사라졌다. 졸지에 혼자 남게 된 이상규는 유정운을 포기하고 다른 표적감을 찾기 위해 주변을 샅샅이 수색하기 시작했다.

"여기야."

유정운이 약속 장소에 도착했을 때에는 이미 마마 부원들이 모두 모여 있는 상태였다. 천인 고등학교에서는 소풍이나 수학여행 같은 외부로 나가는 행사에 전부 교복을 입는 게 관례라 모두 교복을 입고 있었다. 주로 검은색으로 이루어진 교복이고 디자인도 나쁜 편이 아니어서 모두 별 불만을 갖지 않았다.

"일단 그림을 그려야 되니까 동물원을 둘러보면서 그릴 거 정하자."

김세민의 제안에 따라 일행은 동물원을 차례대로 둘러보기 시작했다. 동물원에는 TV에서 많이 보던 동물들도 있었고 생전 처음 보는 동물들도 있었다. 하지만 백일장의 압박 때문에 마음 놓고 감상하지는 못하고 대충 훑어본 다음 타깃을 정했다. 타깃은 코끼리였다.

스윽─

유정운은 가방에서 전자종이와 전자펜, 그리고 전자붓을 꺼냈다. 예전에는 하얀 도화지에다 연필로 그림을 그리고 물감으로 채색을 했으나, 지금은 전자펜으로 전자종이에 스케치를 하고 전자붓으로 색을 칠한다. 무슨 말이냐 하면 2000년도에 펜마우스로 컴퓨터 모니터 상으로 그림을 그리던 것처럼 전자펜으로 전자종이에 그림을 그린다. 전자종이에 전자펜이 닿으면 그 자리에 점들이 계속 찍히는데 그 상태에서 전자펜을 이동시키면 선이 그려지는 것이다. 물론 스케치하다 틀리면 전자펜 뒤에 달려 있는 전자지우개로 지우면 된다. 그렇게 스케치가 끝나면 전자붓으로 색을 칠하는데, 전자붓은 붓대에 달린 스펙트럼을 이용하여 색의 종류와 농도를 정하고 붓을 전자종이에 갖다 대면 색이 칠해지게 되어 있다. 이것도 물론 색을 잘못 칠하면 붓 끝에 달린 지우

개로 색만을 지운다. 전자붓으로는 색칠한 부분만 지울 수 있고 전자펜으로는 스케치한 선만 지울 수 있다. 아무튼 전자 시리즈를 통해 그림 그리기는 매우 쉬워진 상태였다.

슥슥―

유정운은 코끼리와 그 배경을 스케치했다. 하지만 그림을 그려본 적이 없었기 때문에 그의 스케치 수준은 별 볼일 없었다. 특히 코끼리를 그린 그림은 코끼리인지 괴물인지 구별하기가 매우 힘들었다. 유정운 스스로도 자신이 그린 그림을 보고 '초등학생이 발로 그려도 이거보다는 낫겠다' 라는 생각을 했을 정도였다.

"이거…… 괜찮나요?"

유정운 옆에서 그림을 그리던 채영은이 자신의 그림을 보여주며 조심스럽게 물었다. 하지만 채영은의 그림 역시 그다지 볼 게 없었다. 특히 코끼리 그림은 유정운과 막상막하를 이루고 있었다. 그것을 보고 유정운이 동지가 생겼다고 좋아할 때, 김세민과 송시열이 동시에 입을 열었다.

"잘 그렸네."

"색만 잘 칠하면 돼."

모두 채영은에게 용기를 북돋아주기 위해서 마음에도 없는 거짓말을 했다. 하지만 유정운은 냉정한 일침을 가했다.

"너도 나만큼 못 그리는구나."

"잉……."

초등학생이 그린 것 같은 유정운의 그림을 보며 채영은은 좌절감을 맛보았다. 최대한 똑같이 그려보겠다고 그려본 그림이 유정운의 수준과 비슷비슷했기 때문이다. 그렇게 채영은이 울 것 같은 표정을 짓자 유정운은 자리를 털고 일어나며 말했다.

"코끼리는 우리 수준에 벅차. 다른 쉬운 동물이나 찾으러 가자."

"……네."

자포자기한 채영은은 유정운의 제안에 따르기로 했다. 그렇게 되자 다급해진 것은 김세민과 송시열이었다. 원래 채영은과 같이 그림을 그리려고 했는데, 채영은이 유정운과 둘이서만 사라지려고 했기 때문이다.

"우리도 갈게!"

김세민이 남자 부원 대표로 유정운에게 소리치듯이 말했다. 막 걸음을 옮기려던 유정운은 그의 말을 듣고 별로 생각하지도 않고 대답했다.

"마음대로 해."

저벅저벅—

그렇게 유정운과 채영은을 선두로 마마 부원들은 다시 자리를 이동했다. 스케치를 다 끝내고 색칠만을 남겨두고 있었던 김세민과 송시열의 그림은 이미 전자종이에서 지워진 상태였다. 그것은 채영은을 유정운이라는 악마로부터 지키기 위해서였다.

"저 녀석이 좋겠다."

유정운이 지목한 동물은 거북이였다. 그것도 등껍질 속으로 완전히 들어가 얼굴도 다리도 안 보이는 거북이였다.

"아! 저거라면 그리기 쉽겠네요!"

채영은은 유정운이 가리킨 거북이를 보고 탁월한 선택이라며 만족해했다. 그렇게 해서 일행은 거북이 그림을 그리기 시작했다. 물론 등껍질 속으로 숨은 거북이만 그리면 욕먹을 게 뻔했기 때문에 그리기 쉬운 각도의 거북이를 정해서 그렸고, 배경 부분은 특별히 신경 써서 그렸다. 그림을 못 그리는 동료 의식을 가지게 된 유정운과 채영은은 그리는 동안 서로 의논을 해가면서 했고, 그 모습을 김세민과 송시열은 이를 갈면서 볼 수밖에 없었다.

"됐다!"

마침내 채영은이 백일장에 제출할 그림을 완성했다. 상당히 무난한 수준의 그림이라 백일장에 뽑히지는 않겠지만 적어도 욕을 먹을 정도는 아니었다. 유정운 역시 비교적 괜찮게 그렸기 때문에 자기 스스로도 만족해했다. 어차피 처음부터 잘 그릴 생각이 아니었으니 욕만 안 먹으면 된다는 생각에서였다. 반면 그림을 조금 그리는 편에 속하는 김세민과 송시열은 의외로 잘 그리지 못했다. 유정운과 채영은의 행동에 신경 쓰다 보니 제대로 된 그림을 그릴 수 없었던 것이다.

"이제 중간 인원 점검 시간이다. 인원 체크 끝나면 다시 여기로 모이자."

유정운은 완성한 그림을 가방 속에 넣으며 일행에게 그렇게 말했다. 그 말에 반박할 사람은 아무도 없었다. 단지 김세민만이 유정운에게 주도권을 빼앗긴 것 같은 기분이 들어 마음이 편치 않았을 뿐이었다.

그렇게 마마 부원들은 각자의 반 집결지로 흩어졌다. 가는 도중 유정운은 선배나 후배나 동창을 막론하고 모든 여학생들에게 집적이는 이상규를 발견했으나 무시해 버리고 집결지에 도착했다. 집결 장소에는 이미 반 아이들이 대부분 모여 있었다. 오경락 선생은 학생들의 이름을 하나하나 부르며 인원을 체크했다. 인원 체크 도중 실수로 오경락 선생이 이상규의 이름을 빼먹었으나 아무도 그것에 신경 쓰지 않았고 오경락 선생도 그 사실을 눈치채지 못했다.

"모두 모였구나. 좋아. 이제부터 점심 시간인데 가능하면 모여서 점심을 먹도록 해라. 점심 먹고 나서는 글짓기를 하고 오후 4시에 여기로 모이는 거다. 해산!"

오경락 선생의 해산 명령이 떨어지자마자 반 아이들은 소리를 지르며 뿔뿔이 흩어졌다. 유정운 역시 마마 부원들과 정한 약속 장소로 향하다가 중간에서 인원 체크 때문에 헐레벌떡 뛰어오는 이상규를 발견했다. 하지만 이상규의 눈에 띄지 않게 사람들 속에 몸을 숨긴 뒤 이상규가 반 집결지로 가는 것을 보고 나서 다시 갈 길을 재촉했다.

"일찍 왔네."

"네."

약속 장소에 도착하니 채영은이 먼저 기다리고 있었다. 아직 다른 부원들은 도착하지 않았기 때문에 유정운은 일단 채영은과 함께 점심 먹을 장소를 물색했다. 그러다가 그들의 눈에 띈 곳은 두 개가 일렬로 나란히 놓여 있는 벤치였다. 벤치가 긴 편이 아니라서 많아야 두 명 정도밖에는 앉을 수가 없었다.

"저기밖에 먹을 자리가 없겠다."

"그러네요."

자리 물색이 끝났을 때 다른 부원들이 모두 도착했다. 그래서 유정운은 그들에게 먹을 장소를 알려주고 그들을 그리로 데려갔다. 두 개가 놓여 있는 벤치 중 유정운이 먼저 한쪽에 자리를 잡고 앉았다. 그렇게 유정운이 먼저 자리를 잡자 채영은은 별생각없이 유정운의 옆에 앉았다. 그것을 보고 다른 남자 부원들의 눈에서 불똥이 튀었으나 이미 일어나 버린 사태였기 때문에 어떻게 할 수가 없었다. 그래서 김세민과 송시열은 선택의 여지가 없이 옆에 있는 벤치에 앉아야 했다.

"먹자."

자리를 잡고 나서 일행은 도시락을 꺼내었다. 모두의 도시락에는 예나 지금이나 변치 않는 소풍 메뉴인 김밥이 들어 있었다. 물론 개중에는 보온 도시락에 피자나 치킨 같은 것을 담아오기도 했지만 대세는 김밥이었다.

쩝쩝─

일행은 예나 지금이나 변치 않는 김밥 집기 도구인 이쑤시개로 김밥을 집어 먹으며 고픈 배를 달랬다. 그리고 우정을 쌓기 위해 서로의 김밥을 집어 먹었다. 원래 유정운은 남의 도시락에 손을 안 대는 주의였지만 채영은이 먼저 자신의 김밥을 집어 먹고는 먹어보라고 하나 주었기 때문에 그녀의 김밥을 먹게 되었다.

'흠…… 역시 집집마다 김밥 맛이 다르군.'

채영은이 준 김밥을 먹으며 유정운이 그런 감상에 빠질 즈음 김세민과 송시열도 경쟁하듯이 채영은의 김밥을 먹으며 자신의 김밥을 그녀에게 주기 시작했다. 그런데 그것이 남자인 유정운이 보기에도 상당히 추잡해 보였기 때문에 채영은으로서도 꽤 당황할 수밖에 없었다.

"야, 나눠 먹는 건 좋은데 정도껏 해라. 지저분해 보여."

1학년인 채영은이 나설 수 있는 상황이 아니었기 때문에 선배인 유정운이 남자 부원들의 행동에 제재를 걸었다. 일단 채영은의 도시락에 지저분하게 널려진 김밥을 자신의 도시락으로 옮기고 나서 자신의 김밥 일부를 채영은에게 주었다.

"맛없긴 한데, 먹고 죽지는 않으니까 먹어."

"아뇨, 맛있어요. 잘 먹을게요."

아무도 넘보지 않아서 깨끗한 유정운의 도시락이었기 때문에 채영은은 비교적 마음 놓고 김밥을 먹을 수 있었다. 그렇게 잠시 중단된 김밥 먹기가 재개되었을 때 유정운은 문득 자신이 물을 가져오지 않았다는 사실을 깨달았다.

'이런, 또 악운의 징크스가 생기는 건가? 소풍날 물을 안 가져오다니……!'

때마침 채영은이 김밥을 먹으면서 목이 마른지 물을 마시려고 물통을 꺼내고 있었다. 하지만 유정운은 그녀의 물을 빼앗아 먹는 게 마음에 걸려서 옆 벤치에 앉은 김세민에게 말을 걸었다.

"세민아, 나 물통을 안 가져왔는데 물 좀 줄래?"

"응?"

조금 불만스런 표정으로 김밥을 먹고 있던 김세민은 유정운이 하는 말을 제대로 듣지 못하고 반문했다. 그러자 물통을 꺼냈던 채영은이 유정운에게 물통 뚜껑을 열어서 물통을 넘겨주었다.

"이거 마셔요."

"아…… 고마워."

채영은이 직접 물통을 줘서 거절할 수 없는 상황에 몰렸기 때문에 유정운은 그녀가 준 물통을 받게 되었다. 원래 유정운의 성격대로라면 뭔가에 물을 따라 마시지 않고 통째로 벌컥벌컥 마셔야 했지만, 남의 물통에 입 대는 것은 실례라고 생각했기 때문에 물통 뚜껑에다 물을 따라 마셨다. 하지만 물통 뚜껑이 그렇게 큰 편이 아니어서 만족할 만한 수분 섭취를 하려면 적어도 세 번은 물을 따라 마셔야 했다. 그러나 남의 물통에 들어 있는 물을 양껏 마시기는 양심의 가책을 무제한으로 받았기 때문에 그냥 목만 축이는 선에서 한 번만 따라 마셨다.

“자.”

부족하지만 물을 마신 유정운은 물통을 채영은에게 돌려주었다. 그러자 채영은도 유정운이 했던 대로 물통 뚜껑에다 물을 따라 마셨다. 별로 주의를 기울이지 않았음에도 불구하고 유정운은 자신이 입을 댄 쪽에 채영은이 입을 대어 물을 마셨음을 알게 되었다. 말하자면 채영은과 간접 키스를 하게 된 셈이었다.

‘뭐…… 영은이는 그런 쪽에 별로 신경 안 쓰는 모양이군.’

“영은아! 나도 물 안 가져왔는데 물 좀……!”

그때 옆 벤치에 앉아 있던 송시열이 채영은에게 물을 달라고 떼를 썼지만 송시열 옆에 앉아 있는 김세민이 그의 행동을 저지시켰다.

“가방에 물통 들어 있잖아.”

“아…… 그, 그러네. 하하.”

김세민의 제재를 받고 송시열은 어색한 웃음을 흘리며 자신이 가져온 물통으로 목을 축였다. 서로가 서로의 생각을 너무나 잘 알고 있었기 때문에 자기들끼리도 싸울 수밖에 없는 것이다. 입장은 비슷해 보이지만 김세민과 송시열은 서로 견제하랴, 유정운을 채영은에게서 떨어뜨리랴 할 일이 많았다.

그렇게 점심 식사를 끝마치고 일행은 글짓기 모드로 들어갔다. 다행히 그림 그리기는 오전에 끝낸 상태라서 글짓기만 하면 자유 시간이었다. 백일장에서 상 탈 생각이 전혀 없는 유정운과 채영은은 동물에 대해 이것저것 자신의 생각을 썼다. 글짓기를 하는 도중에도 서로의 의견을 공유했기 때문에 김세민과 송시열은 좀처럼 그들의 대화에 끼어들기가 힘들었다.

"다 썼다. 아, 역시 전 글쓰기에 소질이 없나 봐요."

일단 완성은 했지만 써놓고도 마음에 안 드는지 채영은은 약간의 쓴웃음을 지었다. 하지만 같이 의논해서 글짓기를 한 결과 유정운의 수준도 그게 그거라는 걸 알고 있기 때문에 그나마 위안이 되었다.

"지금이…… 2시 반인데 이제 뭐 할까?"

김세민과 송시열도 글짓기를 끝냈다는 걸 확인한 뒤 유정운이 그들을 돌아보며 물었다. 집합 시간이 4시였기 때문에 약 한 시간 반 정도의 시간이 남은 상태였다. 그 순간만을 기다리고 있었다는 듯이 송시열이 의견을 발표했다.

"여기에 공포 체험관이 있대요. 거기 가봐요."

"공포 체험? 재미있겠는데?"

송시열의 말에 김세민이 찬성의 뜻을 밝혔다. 어차피 유정운은 누군가 의견을 내면 따를 생각이라 아무런 불만이 없었고, 채영은도 선뜻 찬성했다. 그래서 일행은 일말의 지체 없이 바로 송시열을 따라 공포 체험관으로 향했다.

"저기에요."

송시열이 가리키는 곳을 바라보니 대략 10층 높이의 건물 하나가 위용을 자랑하며 서 있었다. 건물 측면에 '공포 체험관' 이라고 큼지막하게 써져 있어서 그 건물이 목적지라는 것은 쉽게 확인했다. 유정운은 동물원 내에 왜 공포 체험관이란 게 있을까라는 의구심을 가지며 일행을 따라 공포 체험관 안으로 들어갔다.

웅성웅성—

건물 안으로 들어가자 많은 어린아이들이 모여 떠드는 광경을 쉽게 발견했다. 중간 중간에 천인 고등학교의 교복을 입은 학생들의 모습도 보이긴 했지만 그래도 어린이들의 수가 압도적으로 많았다. 보통 동물원에는 어린이들이 많이 오기 때문에 당연한 결과였다.

"저거 해요, 저거!"

바글바글한 어린이들의 틈새를 뚫고 송시열은 서바이벌 어드벤처라는 곳으로 일행을 이끌었다. 중학생 이상의 청소년들만 이용할 수 있기 때문에 그쪽에는 어린아이들이 전혀 없었다. 유정운은 어린이들의 틈을 빠져나오느라 거칠어진 숨을 고른 뒤 서바이벌 어드벤처의 설명을 쭉 읽었다. 룰은 비교적 간단했다. 2인 1조로 해서 각 층에 나타나는 홀로그램 몬스터를 피해 가장 위층까지 도착하면 경품을 주는 것이었다.

"두 명이 한 조를 이루게 됩니다. 조를 짜주세요."

참가비를 내고 들어가자 안에 있던 안내자가 유정운 일행에게 조 편성을 요구했다. 네 명이 온 것이라 두 명씩 나누면 딱 두 개 조가 되었다. 문제는 누가 누구하고 같은 조가 되느냐였다.

"기왕 온 거니까 1학년, 2학년 한 명씩 묶어서 조를 짜는 게 좋겠어요."

일단 가장 먼저 의견을 말한 것은 채영은이었다. 그 말을 듣고 좋아한 사람은 김세민이었고 실망한 사람은 송시열이었다. 채영은과 같은 조에 편성될 확률이 김세민 50퍼센트, 송시열 0퍼센트이기 때문이다.

"그냥 편하게 이렇게 묶어요."

하나의 의견을 말하는 것에 그치지 않고 채영은은 연이어서 의견을 내놓았다. 그것은 가까이 있는 순서대로 조를 묶는 것이었다. 그녀가 말한 대로 한다면 채영은과 가까이 있는 유정운이 그녀와 같은 조가 되고, 가까이 붙어 있는 송시열과 김세민이 한조가 될 수밖에 없었다.

"아니, 그보다……!"

"시간도 없으니까 그렇게 하자. 그럼 먼저 간다."

김세민이 뭐라고 반론을 제기하기도 전에 유정운이 그의 말을 중도 차단해 버렸다. 서바이벌 어드벤처를 통과하는 데 걸리는 시간을 정확히 모르기 때문에 괜한 일에 시간을 낭비하지 않으려고 그런 것이었다. 그리고 채영은 역시 그런 유정운의 생각에 동의했다.

"먼저 갈게요. 시열이하고 세민 선배도 꼭 통과해요."

"아……."

멍하게 서 있는 김세민과 송시열을 뒤로하고 유정운과 채영은은 사이좋게 서바이벌 어드벤처의 시작 지점으로 걸어갔다. 시작 지점에서는 각 개인에게 가벼운 재질로 만들어진 웃옷을 하나씩 주고 있었다. 유정운과 채영은이 그것을 받고 몸에 걸치자 안내원이 설명을 시작했다.

"그 옷은 서로 통신할 수 있게 설계되어 있으니 서로 통신을 하면서 진행하도록 하세요. 두 명이 혼연일체가 되어야 무수히 튀어나오는 홀로그램 몬스터를 피할 수 있습니다. 둘 중에 한 명이라도 몬스터에게 잡혀 옷에 기록되어 있는 체력 수치가 0이 되면 탈락이니 주의해 주세요. 그럼 행운을 빕니다.”

설명을 다 듣고 나서 유정운과 채영은은 통신 상태를 체크한 뒤 곧바로 서바이벌 어드벤처를 시작했다. 건물 밖에서 볼 때에는 일반적으로 층이 열 개로 나누어져 있는 것으로 보였으나 막상 게임을 시작하고 나서 보니 그냥 완만하게 층 사이가 이어져 있어서 마치 등산을 하는 기분이었다. 문제는 그 등산 중에 홀로그램으로 만들어진 몬스터가 괴상한 소리를 내며 등산객들에게 접근한다는 것이었다.

“이쪽!”

몬스터의 이동에는 일정한 패턴이 있었기 때문에 유정운과 채영은은 서로 통신하면서 무사히 게임을 진행해 나갔다. 중간에 함정에 빠져서 홀로그램으로 만들어진 돌이 굴러온다든지 화살이 날아온다든지 하는 위기가 있긴 했지만 게임 오버가 될 정도의 데미지를 받지 않았기 때문에 게임은 계속 진행할 수 있었다.

“하아…… 하아…….”

여러 번의 위기를 넘겨 마지막 관문까지 오게 된 채영은은 거칠어진 숨을 가다듬으며 기력을 회복했다. 유정운의 호흡 역시 조금 거칠어지기는 했지만 의외로 게임이 재미있었기에 유정운은 그런 것에 개의치 않았다. 특히 몬스터의 공격에 스치기만 해도 채영은이 아웃되는 상황이라 그에 따른 긴장감이 그를 흥분시키고 있었다.

“자, 그럼 마지막 관문을…… 헉!”

채영은의 호흡이 안정을 되찾았음을 확인한 유정운은 마지막 관문을 살피다가 경악해 버렸다. 그리고 그의 반응을 이상하게 여긴 채영은도 마지막 관문을 살펴보고는 크게 놀랐다. 마지막 관문이 그들의 상상 이상이었기 때문이다.

거의 30미터 정도 되는 다리. 그 다리를 통과해서 10층으로 가면 미션 클리어였다. 미션 내용만 보면 정말 간단함의 극치를 달리는 것이었지만, 문제는 그 다리 자체에 있었다. 만들어진 다리는 너무나 투명해서 그곳에 다리가 있는지조차 확인할 수 없을 정도였고, 그 다리의 밑으로는 한눈에 보기에도 100미터 이상은 되어 보일 듯한 깊이로 도시의 모습이 꾸며져 있었다. 즉, 100미터 이상의 허공에 만들어진 다리를 따라 도시 위를 지나가야 한다는 뜻이었다.

"지, 진짜 잘 만들었다……."

유정운은 감탄을 하지 않을 수 없었다. 만들어진 도시의 모습은 너무나 리얼해서 자동차가 빵빵 소리를 내는 게 아득하게 들려올 정도였고 사람들이 생활하는 모습조차 확인 가능했다. 만약 여기가 10층 정도 높이의 공포 체험관 내부라는 자각이 없었다면 정말로 도시 위 100미터 허공에 떠 있는 듯한 착각이 들 정도였던 것이다.

휘이잉—

게다가 다리 위쪽으로는 비교적 강한 바람마저 불고 있었다. 보이지도 않는 다리를 따라 바람을 맞으면서 100미터 허공을 걸어야 하는 마지막 관문. 게다가 몬스터의 출현 시간이 15초 간격이었기 때문에 30미터의 다리를 15초 내로 주파해서 안전 장소에 숨어야 했다. 그렇기 때문에 아무리 강심장을 지닌 사람이라도 이 미션을 쉽게 생각하기는 무리였다.

"무, 무서워요……."

채영은은 내려다보는 것조차 겁이 나서 유정운의 뒤로 숨어버렸다.

아파트 38층, 즉 100미터 이상의 높이에서 생활하는 유정운은 그 높이 자체에 익숙했지만 그래도 무서운 건 무서운 것이었다. 특히 밑이 훤히 보이는 상황에서 다리를 따라 달린다는 건 진저리가 날 만했다.

"영은아, 너 고소공포증 있어?"

"그게…… 있는지 없는지 잘……."

"그럼 없는 거네. 원래 이 높이에서는 누구나 다 무서워해. 그리고 이건 홀로그램으로 만든 거니까 떨어져도 안 죽어."

"그, 그래도……!"

유정운은 채영은을 안심시키려 했지만 그녀는 쉽게 안정을 찾지 못했다. 평소에 이런 높이를 경험한 적이 거의 없었기 때문에 당연한 결과였다. 그래서 유정운은 진지한 표정으로 그녀에게 의견을 물었다.

"못하겠으면 포기할래?"

"우……."

9층까지 겨우겨우 올라왔는데 마지막 관문을 남겨놓고 포기하기에는 너무 아깝다는 생각이 채영은의 머리 속을 가득 메웠다. 그렇지만 100미터의 높이는 그녀의 그런 생각을 자꾸 밖으로 몰아내려고 했다. 할 것이냐 말 것이냐의 싸움에서 그녀는 쉽사리 결정을 내리지 못했다.

"일단 내가 먼저 시범을 보일 테니까 몬스터가 지나가면 바로 뒤따라와."

유정운은 자기 멋대로 그렇게 말한 뒤에 다리 반대편에서 몬스터의 모습이 사라지자마자 냅다 뛰었다. 어차피 아래는 안 보고 위만 쳐다보며 뛰었기 때문에 별 어려움 없이 30미터를 15초 내에 주파할 수 있었다. 그렇게 다리를 통과한 뒤 몬스터가 지나가는 것을 확인하고 채영은에게 신호를 내렸다.

"뛰어!"

"……!"

유정운의 신호에 맞추어서 채영은은 다리 쪽으로 걸음을 내디뎠다. 하지만 저 아래 까마득히 펼쳐져 있는 도시의 경관이 그녀의 발목을 붙잡았다. 자신이 허공에 떠 있다는 것을 인식하자마자 다리에 힘이 풀리며 그대로 주저앉아 버린 것이다. 그렇게 주저앉은 채 움직일 줄을 몰랐다. 이대로 가면 순찰 돌고 있는 몬스터에게 발각되어 게임 오버될 가능성이 매우 높았다.

탓—!

채영은이 주저앉아 버리자 유정운은 지체하지 않고 다시 다리를 건넜다. 그리고 주저앉아 있는 채영은을 일으키고 다리의 출발 지점으로 몸을 피했다. 그 일을 완료하자마자 순찰 돌던 몬스터가 잠시 나타났다가 또 사라졌다. 조금만 시간을 지체했다면 몬스터에게 발각되었을 상황이었다.

"미, 미안해요……."

자신 때문에 유정운이 다시 돌아온 것을 보고 채영은은 울먹이며 고개를 떨구었다. 마지막 관문이 홀로그램으로 만들어진 가짜임을 알고 있음에도 불구하고 한 걸음조차 내밀지 못한 자신이 한심하게 느껴졌다. 그렇게 자신을 책망하고 있는 채영은을 보며 유정운은 왠지 모를 화가 치밀었다. 어딘가 자신의 모습을 보는 것 같은 느낌이 들었기 때문이다.

"잘 들어. 누구나 이 높이에서는 무서워해. 특히 눈으로 그 높이를 확인할 수 있기 때문에 더 무서운 법이야.”

“…….”

“여길 건너기 위해서는 밑을 쳐다봐서는 안 돼. 위만 쳐다봐. 내가 했던 대로 위를 쳐다보면서 뛰어야 통과할 수 있어. 그리고 내가 허공 위를 걷고 있다는 생각조차 잊어야 해. 안 그러면 나도 모르게 밑을 쳐다보게 되니까.”

“…….”

유정운은 열변을 토하며 얘기를 했지만 채영은의 표정은 별반 나아지지 않았다. 그 정도는 똑똑한 채영은도 알고 있었기 때문에 별 도움이 안 되는 것이었다. 그것을 깨달은 유정운은 좀 더 현실적인 방법을 생각해 내었다.

“좋아, 그럼 이렇게 하자. 내가 먼저 건너편에 가서 몬스터가 사라지면 저쪽에 서 있을게. 넌 계속 내 얼굴만 보고 있다가 내가 신호하면 내 얼굴만 쳐다보면서 달려. ‘저런 못생긴 얼굴을 보니 화가 난다. 한 대 때려야지’ 라고 생각하면서 뛰어.”

“…….”

“날 봐. 잘하는 것도 없고 평범하잖아. 그런데 이런 다리는 잘만 건넌다고. 네가 나보다 더 나았으면 나았지 못나지는 않았잖아? 나도 했으니까 너도 충분히 할 수 있어. 자신감을 가져. 내가 나보다 못하다는 소리 들으면 화나잖아?”

“…….”

채영은은 속으로 별로 화나지 않는다고 생각했지만 유정운이 말하고자 하는 뜻은 충분히 인지하고 있었기 때문에 아무 말도 하지 않았다. 그때 유정운이 그녀의 작은 어깨에 손을 얹으며 강한 어조로 말했다.

"이건 너 혼자서 해야 할 일이야. 아무도 도와줄 수가 없어. 여기서 물러서면 넌 결국 남에게 도움만을 받으면서 살게 돼. 넌 네 스스로 일어서고 싶지 않아?"

"……!"

채영은의 눈이 커졌다. 몸이 약했던 어린 시절, 그녀는 언제나 채소은이나 친구들에게 도움을 받으면서 지냈다. 그들은 채영은을 도와주고 싶어서 그런 것이었지만, 굳이 도와주지 않아도 될 것까지 도와줘서 그녀로서는 부담을 가질 수밖에 없었다. 그런 부담을 떨쳐 버리기 위해 채영은은 뭐든지 스스로 하려고 했지만 다른 사람들이 그녀를 가만두지 않았다. 뭔가 혼자서 하려고 하면 언제나 도움을 주려고 했던 것이다. 그래서 채영은으로서는 항상 답답함을 느꼈다. 그녀가 원하는 건 도움을 받는 쪽이 아니라 도움을 주고 싶은 쪽이었으니까.

"그럼 시작한다."

채영은의 의견은 묻지도 않고 유정운은 몬스터가 사라짐과 동시에 다시 다리를 건너갔다. 이미 한 번 건너본 길이기 때문에 마치 집 앞의 길을 다니는 것처럼 행동이 자연스러웠다. 그렇게 다리 건너편으로 가서 안전지대에 몸을 숨긴 유정운은 순찰 몬스터가 사라지자마자 도착 지점에 가서 우뚝 섰다. 그리고 반대편에 있는 채영은을 향해 소리쳤다.

"내 얼굴을 보고 뛰어! 뛰어와서 내 얼굴을 때려!"

몬스터는 소리에 반응하지 않고 시각에 반응하기 때문에 유정운이 소리를 질러도 몬스터는 하던 순찰만 계속했다. 유정운의 외침에 채영은은 잠시 망설였지만 이내 다리의 출발 지점에 가서 섰다. 그렇게 유정운과 채영은은 30미터의 거리를 두고 서로 바라보게 되었다.

"좋아! 날 때린다는 생각으로 달려!"

"……!"

탓―

마침내 채영은이 첫 걸음을 내디뎠다. 시선은 계속 유정운의 얼굴에 못 박고 그대로 달렸다. 어렴풋이 시야에 들어오는 도시의 모습과 피부로 느껴지는 바람의 세기가 그녀의 행보를 방해했다. 그렇게 중간 지점을 통과했을 때, 바람의 여파인지 심리적인 문제인지 그녀는 중심을 제대로 잡지 못하고 쓰러지고 말았다.

"악!"

"괜찮아?!"

유정운은 순간 채영은이 다친 것은 아닌지 걱정이 되었다. 몬스터의 순찰 시간이 점차 다가오고 있다는 것은 채영은이 쓰러지는 순간 잊어버렸다. 미션을 클리어하는 것보다 채영은의 몸 상태가 중요했기 때문이다.

"으으……!"

채영은은 쓰러긴 채 입술을 꽉 깨물었다. 비록 쓰러지기는 했지만 다친 곳은 없었다. 그래서 지금이라도 다시 뛰면 시간 내에 다리를 건널 수 있었다. 그러나 쓰러지면서 잠시 보았던 도시의 풍경이 그녀에게 상당한 공포감을 주고 말았다.

"고개를 들어! 내 얼굴을 보면서 뛰어!"

유정운은 다시 한 번 소리쳤다. 아직 채영은의 부상 여부는 알 수 없었지만 도와주러 뛰어가면 혼자서 다리를 건너려고 하는 채영은의 노력을 물거품으로 만들어 버리기 때문에 그 자리에서 꼼짝하지 않았다. 그저 채영은 스스로가 일어나 다리를 건너는 것에 기대를 걸 수밖에 없었다.

"아악!"

그 순간, 채영은이 비명을 내지르며 다시 일어서서 뛰기 시작했다. 유정운의 얼굴을 쳐다보며 그녀는 있는 힘껏 달렸다. 남은 거리가 그렇게 많지 않아서 그녀는 몇 초 걸리지 않아 유정운이 서 있는 곳까지 돌파할 수 있었다.

털퍽—

거의 유정운에게 돌진하다시피 달려온 채영은은 그대로 유정운의 품에 안겼다. 유정운은 그런 그녀를 안고 곧바로 안전지대로 몸을 피했다. 기껏 채영은이 다리를 건넜는데 몬스터에게 걸려 게임 오버되면 그녀의 노력이 헛수고가 되어버리기 때문이었다.

"흐윽…… 흑……!"

안전지대로 대피한 채영은은 울음 섞인 가쁜 숨을 내쉬었다. 그런 그녀의 눈에는 자그마한 이슬이 맺혀 있었고, 아랫입술은 아직도 꼭 깨물고 있었다. 쉴 새 없이 떨리는 그녀의 가녀린 몸은 그녀가 얼마만큼의 공포를 이겨내야 했는지를 잘 말해 주었다. 그래서 유정운은 그녀의 마음이 진정될 때까지 그녀를 꼭 안았다.

"흑……."

시간이 어느 정도 흐르자 채영은은 안정을 되찾았다. 그래서 유정운

은 품에서 그녀를 놓아주었다. 그리고 그녀의 머리를 쓰다듬으며 입을
열었다.

"정말 대단했어. 막상 그런 상황이 되면 포기하기 쉬운데 포기하지
않고 건너기는 어렵잖아. 역시 나보다 낫구나."

"……."

유정운의 칭찬을 듣는 것은 기분 나쁘지 않았지만 왠지 어린아이 취
급받는 것 같아서 채영은은 자리에서 일어서려 했다. 그러나 다리가
풀려 버려서 일어서지 못하고 다시 유정운에게 기댈 수밖에 없었다.

"무리하지 마. 자!"

유정운은 채영은의 의사를 무시하고 그녀를 자신의 등에 업었다. 채
영은은 도움 받기 싫다고 발버둥쳤지만 유정운의 한마디로 잠잠해졌
다.

"이제는 도움받아도 돼."

"……."

채영은은 발버둥치지 않고 얌전히 유정운의 등에 매달렸다. 그런 그
녀를 업고 유정운은 천천히 10층으로 올라갔다. 마지막 관문을 통과했
기 때문에 더 이상의 장애물은 나타나지 않았다.

"축하합니다!"

유정운과 채영은이 골인 지점에 도착하자 기다리고 있던 안내원이
축하의 말을 건넸다. 보통의 경우 남녀로 이루어진 조가 마지막까지
도착하는 것은 흔하지 않은 일이라 특별히 더 축하를 받았다. 유정운
은 채영은을 내려놓고 그녀가 제대로 설 수 있는지를 확인한 다음에
골인 지점에 있는 사람들을 살펴보았다. 대부분 남자 두 명으로 이루

어진 조였는데, 그중에는 김세민과 송시열의 모습이 보이지 않았다. 아무래도 중간에서 떨어진 모양이었다.

"여기 경품입니다."

안내원은 통과자들에게 경품을 지급했고 유정운과 채영은은 꽤 고액의 문화상품권을 받았다. 아마도 남녀 조일 경우에는 경품을 조금 더 푸짐하게 주는 것 같았다. 아무튼 그렇게 서바이벌 어드벤처를 마치고 입구에서 누구 때문에 떨어졌는지 따지고 있던 김세민과 송시열을 합류시켜 집합 장소로 향했다. 시간이 어느새 오후 3시 50분을 가리키고 있어서 조금도 지체할 수 없었던 것이다.

"재미있었어요. 그럼 내일 봐요."

"그래."

채영은은 유정운 등에게 인사를 하고 먼저 총총히 사라졌다. 김세민과 송시열도 작별 인사를 하고 각각의 집합 장소로 향했고 유정운도 걸음을 내디뎠다. 집합 장소로 가는 도중 벤치에서 졸고 있는 이상규를 발견했고 이번에는 지나가지 않고 그를 깨웠다.

"야, 일어나."

"응…… 누구……?"

아직 잠이 덜 깼는지 이상규는 게슴츠레한 눈으로 유정운을 올려다보았다. 그러다가 자신을 깨운 사람이 유정운임을 확인하고 기나긴 하품을 했다.

"아~ 홈. 근데 왜?"

"이제 집에 갈 시간이다. 난 먼저 간다."

유정운은 그 정도까지만 말하고 성큼성큼 집합 장소로 향했다. 이상규는 처음에는 멀뚱멀뚱 벤치에 앉아 있다가 유정운이 말한 의미를 뒤늦게 깨닫고 서둘러 그의 뒤를 쫓았다. 그렇게 유정운과 이상규는 무사히 집합 장소에 도착했고, 오경락 선생의 인원 체크가 끝난 뒤 학교에서 제공한 버스를 통해 각자의 집으로 돌아가게 되었다.

"……."

자신의 집 근처에서 내리고 나서 유정운은 약간 복잡한 심경으로 걸음을 내디뎠다. 과연 자신이 채영은에게 한 일을 잘했다고 해야 할지 잘 못했다고 해야 할지 감을 잡을 수 없었기 때문이다. 그나마 한 가지 위안으로 삼을 수 있는 건 마지막에 채영은이 지어 보인 미소가 밝았다는 점이었다.

"나도 이제 변해야지."

유정운은 스스로에게 다짐을 했다. 지금까지 자신만을 위해 살려고 발버둥을 쳤으나 이제부터는 자신이 누군가에게 도움을 줄 수 있을 정도로 성장해야 한다는 사실을 깨달았기 때문이다. 형인 유명운이 알게 모르게 자신에게 많은 도움을 주었던 것처럼, 자신도 누군가에게 알게 모르게 도움을 줄 수 있다면 좋겠다라는 생각을 하게 되었다. 그렇게 유정운의 사고방식과 행동 방식은 점차 성장하고 있었다.

〈4권으로 이어집니다〉